Mord und Mandelbaiser

Jutta Mehler, Jahrgang 1949, hängte frühzeitig das Jurastudium an den Nagel und zog wieder aufs Land, nach Niederbayern, wo sie während ihrer Kindheit gelebt hatte. Ihre Romane und Erzählungen basieren häufig auf authentischen Lebensgeschichten; für ihre Kriminalromane bevorzugt sie den Schauplatz Niederbayern. www.jutta-mehler.de

JUTTA MEHLER

Mord und Mandelbaiser

KRIMINALROMAN

emons:

Bibliografische Information der Deutschen Bibliothek
Die Deutsche Bibliothek verzeichnet diese Publikation
in der Deutschen Nationalbibliografie; detaillierte bibliografische
Daten sind im Internet über http://dnb.d-nb.de abrufbar.

© Hermann-Josef Emons Verlag
Alle Rechte vorbehalten
Umschlagmotiv: photocase.de/Francesca Schellhaas
Umschlaggestaltung: Tobias Doetsch
Gestaltung Innenteil: César Satz & Grafik GmbH, Köln
Druck und Bindung: CPI – Clausen & Bosse, Leck
Printed in Germany 2013
ISBN 978-3-95451-168-6
Originalausgabe

Unser Newsletter informiert Sie
regelmäßig über Neues von emons:
Kostenlos bestellen unter
www.emons-verlag.de

Dieser Roman wurde vermittelt durch die Aulo Literaturagentur.

»Ich werde älter und höre doch nicht auf,
immer noch viel zu lernen.«
Solon

Mittwoch, der 15. Juni

Nachmittags im Café Krönner

»Der Dichter ist tot«, platzte Hilde heraus, kaum hatte Thekla Zeit gefunden, sich auf dem dunkelroten Samt der Stuhlpolsterung niederzulassen.

Thekla verzog keine Miene.

Ganz im Gegensatz zu Wally. »Oh Gott, nein!«, rief sie entsetzt und presste beide Hände auf den Mund.

Thekla registrierte amüsiert, wie Hilde gespannt auf eine der Nachricht würdige Reaktion auch von ihr wartete. Doch anstatt auf Hildes Mitteilung einzugehen, verstaute sie gleichmütig ihre Sonnenbrille im Etui.

»Oh Gott, nein«, wiederholte Wally und starrte Hilde entgeistert an.

Solche Kulleraugen zu machen sollte sie sich lieber versagen, dachte Thekla schonungslos, wenn sie nicht vollkommen wie eine Kröte aussehen will. Eine Kröte mit lila Lidschatten, pinkfarbenem Lippenstift und kreisrunden Rougeflecken auf den Wangen.

»Heilige Muttergottes, der Dichter, der Dichter, der allseits verehrte Dichter ...«, stammelte Wally.

Thekla rückte ihren Stuhl zurecht und lehnte sich entspannt zurück. Sie liebte die Wiener-Kaffeehaus-Atmosphäre im Krönner, deshalb – hauptsächlich aber wegen der Agnes-Bernauer-Torte – fand sie sich jeden Mittwochnachmittag hier ein, um sich mit Hilde und Wally zu treffen.

»Hast du gehört, Thekla«, sagte Hilde scharf, »der Dichter –«

»Ich bin zwar mit den Jahren grauhaarig, spitznasig und unleidlich geworden, aber taub bin ich bis jetzt noch nicht«, unterbrach Thekla sie. Dann wandte sie sich der Frau in weißer Bluse und schwarzem Rock zu, die soeben an ihren Tisch trat. »Hallo, Elisabeth.«

Sie hörte das ärgerliche Zischen, mit dem Hilde die Luft einsog, und verbot sich ein Grinsen.

Seit etliche eingefleischte Niederbayern damit angefangen hatten, sich über »Hallo« und »Tschüss« zu mokieren und gar eine hallo- und tschüssfreie Sprache zu fordern, hatte Thekla im Gegenzug konsequent und rigoros »Grüß Gott« und »Pfüat Gott« aus ihrem Sprachschatz gestrichen. Sie war schon immer aufmüpfig gewesen, besonders wenn es darum ging, gegen Ansichten zu rebellieren, die sie für vernagelt hielt.

Thekla nickte Elisabeth freundlich zu. »Dasselbe wie immer.« »Milchkaffee, Agnes-Bernauer-Torte«, vergewisserte sich Elisabeth, die seit Jahrzehnten an den Tischen neben den Fenstern zur Steinergasse bediente. Jeden Mittwoch fragte sie erneut nach Theklas Wünschen, obwohl sich noch nie eine Änderung ergeben hatte.

Thekla nickte abermals, woraufhin sich Elisabeth an Hilde wandte. »Was darf ich Ihnen denn heute bringen, Frau Westhöll?«

Hilde schlug eilig die Speisekarte auf und fuhr mit dem Finger die Zeilen entlang abwärts. In der Mitte der Seite verhielt sie kurz, murmelte: »Blätterteigpastete mit Ragout fin. Nein, das hatte ich vorige Woche«, dann machte sie weiter.

Wie lange es jetzt wohl her ist, überlegte Thekla, dass Hilde aufgehört hat, Kuchen zu essen? Fünf Jahre? Sieben? Dabei könnte sie sich drei Stück pro Tag erlauben, klapperdürr, wie sie ist. Aber sie hat sich ja noch nie viel aus Süßigkeiten gemacht, und irgendwann war wohl ganz damit Schluss – während sich das Naschen bei Wally nachgerade zu einer Sucht entwickelt hat.

Hilde war schon während ihrer gemeinsamen Schulzeit schlank und drahtig gewesen. Damals – und auch später noch – hatte sie eine sehr attraktive, sportliche Figur gehabt. Erst mit den Wechseljahren war sie regelrecht mager geworden. Und jetzt, mit gut über sechzig, spannte sich nur noch Haut über ihre Knochen, eine dünne, gelbliche Haut, die aussah wie zerknittertes Pergament.

»Käse-Krabben-Toast«, schoss es plötzlich aus Hildes Mund wie aus einem Gewehrlauf.

»Dazu grüner Tee Natur?«, fragte Elisabeth, obwohl sich auch das seit dem erstem Treffen der drei Damen im Krönner nicht geändert hatte.

Hilde deutete ein Nicken an und fasste Wally ins Auge. »Wally.« Es klang wie eine Drohung.

Thekla seufzte. Nicht einmal Hilde würde abwenden können, was jetzt anstand.

Wally machte bereits:»Oh.«

Elisabeth neigte sich zu ihr hin. »Die Prinzregententorte ist heute wieder besonders saftig, Frau Maibier.«

»Oh nein«, entfuhr es Wally, während sich ihre Hände wie schützend auf den Speckwulst legten, der ihre Taille wie eine eingerollte Markise umgab.

Die Natur ist ein boshafter Gestalter, dachte Thekla, während sie Wallys Bestellung abwartete. Statt ihr ein Kinn zu bewilligen, hatte sie Wally um Bauch und Hüften Fettpolster ansetzen lassen, die tüchtigst gediehen, weil die Ärmste auch noch mit einem unstillbaren Hunger nach Süßem geschlagen war.

Thekla glaubte, Mitleid in Elisabeths Stimme mitklingen zu hören, als sie sagte:»Wie wär's mit einer Krönner-Waffel, Frau Maibier? Da stecken kaum Kalorien drin.«

Wally machte ein Gesicht, als hätte man sie auf Wochen hinaus zu Wasser und Brot verdammt, und nickte fügsam.

»Und dazu eine schöne heiße Schokolade«, fuhr Elisabeth liebenswürdig fort.

»Mit Sahne«, flüsterte Wally.

»Mit Sahne«, bestätigte Elisabeth verschwörerisch lächelnd, wandte sich ab und steuerte auf die Theke zu. Wallys Stimme holte sie nach zwei Schritten ein.

»Zur Krönner-Waffel bitte ein Stück Prinzregententorte.«

Thekla beobachtete, wie Hilde die Augen verdrehte. Arme Wally. Was Hilde zur eben ausgesprochenen Bestellung zu sagen hatte, würde bestimmt wehtun. Thekla empfand beinahe Mitleid mit Wally, obwohl sie selbst oft wenig einfühlsam mit ihr umsprang.

Man sollte sie in Frieden lassen, dachte sie. Wally hatte schon genug unter der eigenen Gewissenspein, unter der Verachtung ihres Mannes und unter dem Gespött ihrer Familie zu leiden.

Wie sich zeigte, beabsichtigte Hilde jedoch keineswegs, Wally wegen der Prinzregententorte zu rüffeln. Stattdessen wiederholte sie in einem Ton, als hätte sie eine Klasse unaufmerksamer Schüler vor sich:»Der Dichter ist tot. Gestern ist er gestorben, in der Blüte seiner Jahre.«

Thekla prustete. »Jahre sind wirklich das Einzige, was bei dem geblüht haben mag.« Dann fügte sie ernst hinzu: »Dieser Schmierfink war ja zu seinen Lebzeiten bereits eine Leiche – eine Schnapsleiche ohne Talent und ohne Charisma.«

Hilde warf ihr einen derart erzürnten Blick zu, dass Thekla beinahe zusammenzuckte. »Ein bisschen Respekt vor einem Verstorbenen wäre doch wohl angebracht, Thekla – Kruzitürken.«

Thekla staunte. Seit wann, fragte sie sich, legt Hilde Wert auf pietätvolles Totengedenken? Seit wann macht sie sich mit einem »Kruzitürken« dafür stark? Nicht dass Fluchen bei ihr ungewöhnlich gewesen wäre – aber trotzdem. Hat sie ihn etwa heimlich verehrt, diesen großtuerischen Schwafler?

Bevor sie diesem Gedanken nachgehen konnte, kehrte Elisabeth bereits wieder an den Tisch zurück und begann zu servieren.

Wally nahm einen mit Kuchen überladenen Teller in Empfang. Während sie die üppigen Buttercremeschichten in ihrem Stück Prinzregententorte bereits mit den Augen verschlang, seufzte sie theatralisch: »Er hat doch so herrliche Gedichte geschrieben ...!«

Thekla wand sich, als habe sie Bitterwurzel geschluckt, und sämtliche guten Vorsätze – nämlich Nachsicht und Toleranz gegenüber Wally zu üben – machten sich wie von Furien gehetzt aus dem Staub. Das geschah immer dann, wenn Wally anfing, für Kitsch und Schund zu schwärmen. Genauer gesagt für das, was Thekla dafür hielt.

Theklas Stimme troff vor Hohn, als sie deklamierte: Dunkle Schwaden entweichen feuchten Auen. Betäubt vom Nebel stirbt der September.«

Hilde legte das Besteck, mit dem sie sich gerade über ihren Käse-Krabben-Toast hermachen wollte, auf die Serviette zurück. »Mangelndes Verständnis für Lyrik gibt dir noch lange nicht das Recht, dich über die Dichtkunst lustig zu machen«, sagte sie streng.

»Ich«, antwortete Thekla und machte nach jedem Wort eine greifbare Pause, »habe – nur – zitiert.«

Wally leckte den Löffel ab, mit dem sie die Sahnehaube in ihrem Kakao verrührt hatte, setzte ein entrücktes Lächeln auf und begann nun ihrerseits zu deklamieren: »Bebend hängt an nackten Zweigen –«

Thekla unterbrach sie ruppig. »Blödsinn, Quatsch, Papperla-papp. An nackten Zweigen hängt nichts. Rein gar nichts, verstehst du, sonst wären sie ja nicht nackt.«

Hilde hob ihre Gabel und stieß damit in Theklas Richtung. »Dichterische Freiheit, verstehst *du*?«

Bevor Thekla spitz entgegnen konnte, purer Unsinn ließe sich nur dann entschuldigen, wenn der Verfasser es genau darauf angelegt habe – wie bei »Dunkel war's, der Mond schien helle« beispielsweise –, stellte Elisabeth den Milchkaffee, den sie erst jetzt brachte, vor sie hin.

Elisabeth schien einen Teil des Gesprächs mitbekommen zu haben, denn sie sagte: »Ich habe mir auch eine Zeile aus einem seiner Gedichte gemerkt.« Sie schloss die Augen und faltete die Hände wie zum Gebet. »Ich umarme freudetrunken den Lindenbaum, atme Stille, empfange Traum.«

Diesmal lachte Thekla so laut, dass die Gäste am Nebentisch konsterniert aufsahen.

Im Krönner herrschte generell eine gepflegte Atmosphäre, flegelhaftes Lachen älterer Damen war da fehl am Platz. Solche Entgleisungen wurden äußerstenfalls von Teenagern hingenommen, aber auch da nicht ohne Stirnrunzeln.

Thekla räusperte sich, als könne sie den Lacher damit ver-tuschen, und dämpfte ihre Stimme. »Die Schnapsflasche hat er umarmt – stockbesoffen. Und die Träume, die er empfangen hat, müssen Alpträume gewesen sein. Schreckgespenster im Gewand jämmerlicher Verse.«

Hilde legte das Besteck erneut beiseite und klopfte mit ihrem knochigen Finger auf die Tischplatte. »Du kannst ihn verunglimp-fen, kannst seine Verse verreißen, aber du wirst nichts daran ändern können, dass Lanz eine bedeutende Persönlichkeit war. Viele, viele Menschen werden sich am Totenbett von ihm verabschieden wol-len.« Sie machte eine inhaltsschwere Pause, bevor sie weitersprach. »Seine Witwe hat heute in aller Früh schon meinen Neffen zu sich ins Haus bestellt. Sie möchte, dass Lanz aussieht wie Apoll, wenn die Trauernden an seinem offenen Sarg vorbeidefilieren.«

Um nicht noch einmal Anstoß zu erregen, presste Thekla die Serviette auf den Mund, bis sie sich so weit erholt hatte, dass sie mit gedämpfter Stimme sagen konnte:»Apoll! Ein Jüngling von göttlichem Wuchs, von natürlicher Schönheit. Nicht einmal runderneuert kann Lanz einem Apoll das Wasser reichen. War seine Nase nicht bläulichrot wie eine überreife Pflaume?« Hilde hob spöttisch eine Augenbraue.»Habe ich behauptet, dass die Verwandlung billig kommt?« Thekla stach in ihr Tortenstück.»Apoll«, murmelte sie erbost, »in seinem ganzem Leben hat Hermann Lanz keinen einzigen Tag ausgesehen wie Apoll, und ein guter Dichter war er auch nicht.«

Hilde hatte ihren Toast noch nicht einmal zur Hälfte aufgegessen legte jedoch das Besteck quer über den Teller und tupfte sich mit der Serviette den Mund ab.»Er wird auch nie so aussehen«, sagte sie versöhnlich.»Mein Neffe ist zwar gut in seinem Beruf – man kann getrost sagen, er ist der Beste –, doch selbst der Meister aller Thanatologen könnte aus Lanz keinen Apoll machen. Aber«, sie hob beide Hände und legte jeweils den Daumen und den Zeigefinger aneinander, um das Delikate in ihren nächsten Worten zu unterstreichen,»Rudolf hat einen Göttervater aus ihm gemacht.«

»Feuf?« Thekla hatte eine Gabelvoll von ihrer Torte im Mund und ließ das Gemisch aus Mokkabuttercreme und Mandelbaiser genießerisch zergehen. Für keine Unterhaltung der Welt hätte sie den Bissen einfach hinuntergeschluckt, ohne ihn gebührend auszukosten. Die beiden Damen am Tisch hatten ohnehin verstanden, was sie meinte. Sogar Wally.

»Zeus!«, rief sie begeistert.»Dein Neffe ist ein Genie, Hilde. Unser verehrter Dichter wird im Olymp thronen als Gottvater aller Poeten.«

Thekla schluckte nun doch früher als beabsichtigt. Es reichte. Sie würde Wally den Marsch blasen, und zwar gehörig. Lanz, dieser Verse-Verhunzer, war allenfalls der billige Abklatsch eines minderwertigen Poeten, und thronen würde er sicherlich nirgendwo.

Als sie gerade loslegen wollte, streifte ihr Blick Hilde, deren Mundwinkel streng nach unten gebogen waren und an beiden Seiten ihres Kinns tiefe Gräben modellierten, die auf Unmut schließen ließen. Hildes Gesichtsausdruck veranlasste Thekla, innezuhalten. Statt Wally zu attackieren, fragte sie überrascht: »Nicht Zeus? Nicht der mächtige Herrscher mit Kräuselbart und

Lockenmähne? Ah, verstehe, auch dafür gibt Lanz nicht genügend her. Er war ja so unbehaart wie ein Hühnerei.« Sie tat, als würde sie scharf nachdenken. »Ist mir je ein Mythos untergekommen, in dem von einem glatzköpfigen Göttervater die Rede ist? Wen kann dein Neffe bloß vor Augen gehabt haben?«

»Wotan«, schnappte Hilde.

Thekla grinste breit. »Hätte ich mir ja denken können. Liest dein Neffe immer noch so gern in seiner Sammlung nordischer Göttersagen?«

Hilde presste ärgerlich die Lippen aufeinander.

»Zeus, Wotan«, mischte sich Wally ein. »Kommt das nicht auf dasselbe heraus?« Träumerisch fuhr sie fort: »Unser Dichter gleicht tatsächlich einem heidnischen Göttervater: ein bisschen verlebt, ein bisschen von Ausschweifungen gezeichnet, aber machtvoll.«

Thekla ignorierte sie und fragte stattdessen Hilde: »Hat Rudolf dem Dichter einen Kriegerhelm aufgesetzt und einen Speer in die Hand gedrückt? Oder was sonst soll ihn wie Wotan aussehen lassen?«

»Mein Neffe«, erwiderte Hilde blasiert, »hat aus Hermann Lanz einen bayerischen Wotan gemacht – mit Janker, Trachtenhut und Schnupftabakdose.«

Um nicht laut herauszuprusten, schob sich Thekla schnell einen großen Happen von ihrem Tortenstück in den Mund, schloss die Augen und konzentrierte sich auf den Mokka-Nuss-Geschmack.

Sie hörte Wally plappern, ließ die Worte jedoch unbeachtet an sich vorbeihüpfen.

Als Thekla die letzte würzige Süße von der Zunge saugte, fiel ihr auf, dass es am Tisch still geworden war. Sie öffnete die Augen, sah Hilde von ihrem Tee trinken, Wally sich die Nase putzen und wollte gerade einen weiteren Bissen von ihrem Tortenstück abstechen, da murmelte Hilde mit der Tasse an den Lippen: »Er hat so komische Verfärbungen.«

»Dein Tee?«, fragte Wally.

Hilde schoss einen unwilligen Blick über den Tisch. »Von wem, zum Teufel, reden wir denn die ganze Zeit? Vom Dichter, Wally, vom toten Dichter. Lanz hat ganz seltsame Flecken – ominöse Flecken, sagt Rudolf.«

Thekla legte die Gabel weg. »Bei einem, der sich zu Tode gesoffen hat, lässt sich ja vermutlich eine ganze Palette von Farberscheinungen feststellen: Die Haut ist von bläulichen Adern durchzogen. Die Nase glänzt lila. Zähne und Nägel sind bräunlich verfärbt. Falls die Leber nicht mehr mitgemacht hat, ist das Gewebe unter seiner Haut quietschgelb angelaufen. Außerdem«, sie verbiss sich ein Schmunzeln, »wird er wohl im Laufe der Zeit einen stattlichen Busen entwickelt haben – das kommt vom Östrogen im ...«

»Hör auf, hör sofort auf damit.« Wallys Glupschaugen traten hervor, als müssten sie jeden Moment auf ihren leer geputzten Teller purzeln. Sie schluckte hart.

Hilde winkte Elisabeth an den Tisch, bestellte einen doppelten Cognac für Wally und wandte sich dann scharf an Thekla. »Das hättest du dir sparen können! Als ob du nicht genau wüsstest, wie empfindlich Wally ist. Und mir musst du keine Vorträge über die Auswirkungen von Alkoholmissbrauch halten, ich kenne die Zeichen besser als du. Im Gegensatz zu dir konnte ich sie oft genug studieren, als ich im Bestattungsinstitut noch selbst Verstorbene versorgt habe. Glaub bloß nicht, mich belehren zu können, nur weil du ab und zu in der Apotheke deines Bruders aushilfst.«

Thekla ließ sich von Hildes rüdem Ton nicht beeindrucken. So benahm sich Hilde nun mal – und zwar schier jedem gegenüber. Schon zu der Zeit, als Hilde das Bestattungsinstitut Westhöll noch mit ihrem Mann geführt hatte, war sie für ihre Ruppigkeit Lebenden und Toten gegenüber bekannt gewesen. Bei Wally machte sie allerdings manchmal eine kleine Ausnahme, und Thekla hatte sich schon ab und zu Gedanken darüber gemacht, warum. Letztendlich war sie zu dem Ergebnis gekommen, dass Wally in Hilde sporadisch eine – normalerweise gut verborgene – mütterliche Saite zum Klingen brachte, denn Wally wirkte bisweilen wie ein etwas debiles Kind. Das war insbesondere dann der Fall, wenn sie anfing zu trällern »Komm mit nach Varaždin, solange noch die Rosen blühn.«

Ja, Wally war unverbesserlich romantisch, beispiellos naiv, und sie schwärmte für Kitsch, Tand, Schlager aus den Sechzigern und für Operettenmelodien, die ihre beste Zeit hatten, als sie ausschließlich auf Schelllackplatten abgespielt werden konnten. Wenn Rudolf Schock »Ich bin nur ein armer Wandergesell« sang, traten ihr die Tränen in die Augen, und bei Fritz Wunderlichs »Treu sein, das liegt mir nicht« verzauberte ein melancholisches Lächeln ihr Gesicht. Wallys einfältige, arglose Wesensart schien den stürmischen Wellenschlägen, die in Hildes Gemüt brandeten, von Zeit zu Zeit die Spitze zu nehmen.

Hildes tief in ihr verwurzelte Schroffheit, überlegte Thekla, während sie sich dem letzten Bissen ihres Tortenstücks widmete, wird der Grund dafür gewesen sein, dass Rudolf Westhöll seine Tante schleunigst loswerden wollte, nachdem er ihr Geschäft übernommen hatte. Offenbar war er der Meinung, dass weder fundierte Kenntnisse des Bestattungsrechts noch erhebliches Geschick beim Versorgen von Toten mangelnde Umgänglichkeit aufwiegen können.

Sie dachte darüber nach, wie lange Rudolf das Bestattungsinstitut Westhöll inzwischen führte, rechnete zurück, wann Hildes Mann verstorben war, und kam auf ungefähr drei Jahre. Bereits wenige Wochen später hatte Hilde das Bestattungsinstitut an ihren Neffen übergeben, und Rudolf hatte das Steuerrad seines Fahrschulautos von einem Tag auf den anderen mit dem Lenker des Leichenwagens vertauscht. Doch, wie man bald reden hörte, hatte er schnell gelernt, was ein guter Bestatter können musste. Hilde hielt sich viel darauf zugute, Rudolf bei seinem Start eine unentbehrliche Stütze gewesen zu sein. Es war ihr keineswegs leichtgefallen, das Geschäft abzugeben, aber wie hätte sie es alleine weiterführen sollen? Inzwischen saß Rudolf fest im Sattel, und eigentlich hätte Hilde sich nun zurückziehen können. Das war allerdings das Allerletzte, was sie wollte. Rudolf hingegen schien geradezu darauf zu drängen. Hildes Tage bei Westhöll seien gezählt, hieß es.

Bleibt die Frage, ob sie sich so einfach ausbooten lässt, dachte Thekla. Vielleicht, ging es ihr durch den Sinn, sorgt aber auch Rudolfs Frau dafür, dass Hilde bleiben und ihr zur Seite stehen kann, wenn Rudolf unterwegs ist, womit man ja ständig rechnen muss.

Thekla schluckte den köstlichen Nuss-Mokka-Brei und schaute

zu, wie Wally nach ihrem Glas griff und den Rest des Cognacs kippte.

»Totenflecken«, sagte sie dann zu Hilde, »was Rudolf an Lanz aufgefallen ist, waren wohl ganz gewöhnliche Totenflecken, vielleicht etwas ausgeprägtere als sonst. Sobald der Blutkreislauf still steht«, fügte sie gedämpft hinzu, »sinkt das Blut entsprechend der Schwerkraft in die unten liegenden Körperpartien, das kann schon mal bizarre Bilder ergeben.«

Hilde ließ ein Zischen hören. »Was glaubst du denn, was mein Neffe seit drei Jahren tagtäglich zu sehen bekommt? Totenflecken, Leichenstarre, Zersetzung. Er kümmert sich doch selbst um fast jeden Leichnam, stopft den Toten mit Bio Air getränkte Wattebäusche in die Körperöff—«

Wally gab ein Würgen von sich.

»Rudolf färbt Wimpern, pudert Gesichter, trägt Lippenrot auf«, setzte Hilde ihre Schilderung gemäßigter fort. »Wie ich schon sagte, Rudolf ist der Beste. In knapp drei Jahren hat er es ein ganzes Stück weiter gebracht als einige seiner Kollegen in Jahrzehnten.« Sie stach ihren knochigen Zeigefinger in Richtung Theklas Brustbein. »Rudolf weiß genau, wie frische und wie altbackene Totenflecken aussehen, und er weiß auch ganz genau, wo sie hingehören und wo ni—«

»Hilde«, wurde sie von Wally unterbrochen. »Kennst du vielleicht den jungen Mann dort drüben an dem Tisch unterm Mauerbogen? Der schaut dauernd zu uns herüber.«

Thekla beobachtete, wie Hildes Blick die Arkaden entlangzuwandern begann, die sich auf der gegenüberliegenden Seite durch den Raum zogen, und schließlich verharrte. Im nächsten Moment registrierte sie, dass Hilde jemandem grüßend zunickte.

Sie fasste nun ebenfalls die Plätze unter den Arkaden genauer ins Auge und sah einen Mann in den Vierzigern sich halb von seinem Sitz erheben und höflich verneigen.

»Du kennst den tatsächlich, Hilde«, stellte Wally hingerissen fest. »So einen gut aussehenden jungen Mann kennst du. Und wie galant er dich gegrüßt hat. Ist er etwa ein leidenschaftlicher Verehrer von dir?«

Thekla verdrehte die Augen. Wally las eindeutig zu viele

Schundromane. Um Hilde eine romantische Beziehung mit einem Mann welchen Alters auch immer zu unterstellen, brauchte es eine geradezu groteske Phantasie.

»Das da drüben ist Oskar Pfeffer«, erklärte Hilde kurz angebunden. »Särge, Sargwagen, Tragen, Grabroste, Rasenmatten, Pietätsartikel. Alles, was ein Bestatter braucht, kann er besorgen und liefert es umgehend in seinem Transporter an.«

Das also steckt hinter der galanten Verbeugung, dachte Thekla spöttisch. Für eine umfangreiche Bestellliste würde der Kerl Bluthund und Zerberus hofieren.

»Pfeffer weiß ganz genau, dass die Bestellungen vom Bestattungsinstitut Westhöll über meinen Schreibtisch gehen«, sagte Hilde.

Thekla schenkte ihr ein anerkennendes Lächeln. Nein, Hilde ließ sich nichts vormachen – von niemandem. Das war schon immer so gewesen. Bereits während ihrer gemeinsamen Schulzeit hatte Thekla sie für ihre bemerkenswerte Klarsicht bewundert und ihr dafür die eklatante Barschheit und das mangelnde Einfühlungsvermögen nachgesehen.

»So ein strammer Bursche«, sagte Wally mit einem Seufzer und warf einen verträumten Blick in Richtung Arkaden. »Und ich hatte den Eindruck, als würde er sich ernstlich für dich interessieren, Hilde.«

Hilde ignorierte Wallys Bemerkung. »Rudolf hat diese seltsamen Flecken schon an anderen Toten gesehen«, sagte sie stattdessen. »Er hält sie für verdächtig.«

Sie ist klarsichtig, vernunftbegabt, scharfsinnig – vor allem aber ist sie halsstarrig, dachte Thekla.

Laut sagte sie: »Bevor man den Bestatter an eine Leiche lässt, muss sie doch von einem Arzt genauestens untersucht worden sein. Ominöse Flecken hätte der ...« Sie verstummte, weil Elisabeth, von Wally herangewunken, eilig an den Tisch trat.

»Bitte«, hechelte Wally, »bringen Sie mir noch einen doppelten Cognac.«

»Bringen Sie gleich drei, Elisabeth«, sagte Thekla. »Ich glaube, wir haben heute alle ein Beruhigungsmittel nötig.«

Elisabeth schaute fragend in die Runde, als jedoch keine weiteren Erklärungen folgten, ging sie zur Theke, um drei Cognacgläser zu füllen.

»Rudolf hat Dr. Stenglich schon in zwei Fällen auf die Besonderheit dieser Flecken aufmerksam gemacht«, berichtete Hilde.

»Ja und weiter?«, fragte Thekla ein wenig gereizt. »Was ist dabei herausgekommen?« Sie machte eine unwillige Geste. »Muss ich es dir aus der Nase ziehen?«

»Stenglich ist ein verdammter Idiot«, erwiderte Hilde. »Ein seniler, uneinsichtiger Idiot.«

»Er hat einen Doktor in Medizin und jahrzehntelange Erfahrung in seinem Beruf«, entgegnete Thekla trocken und fügte dann jede Silbe betonend hinzu: »Was – hat – te – er – zu – den – Fle – cken – zu sa – gen?«

Hilde zog ein Gesicht. »Nichts wirklich Erhellendes: Nebenwirkungen von Arzneien, Wundliegen, Allergien, blablabla.«

»Hört sich das nicht einleuchtend an?«, fragte Thekla.

Hilde schlug mit der flachen Hand auf den Tisch, dass die Cognacschwenker tanzten, die Elisabeth soeben hingestellt hatte, und erneut einige Gäste die Köpfe drehten. »Nein, gar nicht, nicht im Mindesten.« Sie äffte Thekla nach: »Sol – che Fle – cken – sind – das – nicht.« Mit normaler Stimme fuhr sie fort: »Rudolf hat mir die Flecken – manchmal nennt er sie auch Blasen, weil sie sich ein wenig von der Haut abheben – genau beschrieben. Er muss sie gründlich studiert haben, als er die Leiche des Dichters auf dessen Sterbebett versorgte, und ich stimme ihm uneingeschränkt darin zu, dass Wundliegen anders aussieht, auch gängige Allergien sehen anders aus, Totenflecken ebenso. Am ehesten ähneln sie Brandblasen. Und soll ich dir sagen, worin sich die ominösen Blasen-Flecken am meisten von mir bekannten Hautveränderungen bei Toten unterscheiden?«

Thekla nickte.

Wally hatte nach ihrem Glas gegriffen, hielt es umklammert und starrte Hilde so ängstlich an, als erwarte sie Giftpfeile statt Worte. Ihre Fingernägel schimmerten korallenrot, sie waren mit Glitzersteinchen besetzt, von denen sich jedoch einige abgelöst und unschöne Ränder hinterlassen hatten.

»Weil sich die flachen Blasen«, fuhr Hilde bedeutungsvoll fort,

»fast ausschließlich an den Knie-Innenseiten der Toten befinden. Verstehst du, Thekla«, fügte sie eindringlich hinzu, »es muss sich um ein ganz spezielles Symptom handeln.«

»Ja«, antwortete Thekla nüchtern, »um die Nebenwirkung eines Medikaments eben – wie Dr. Stenglich angeführt hat.«

Hilde betrachtete eine Weile nachdenklich eine kleine Verfärbung in der Tischplatte, dann sagte sie leise: »Eine Nebenwirkung, ja. Und sie hinterließ womöglich deshalb so eindeutige Spuren, weil das Medikament überdosiert war und zum Tod geführt hat.«

Thekla griff nach ihrem Glas und trank es in einem Zug leer. Sie musste husten und sich schnäuzen, bevor sie fragen konnte: »Was hat denn Stenglich in die jeweiligen Totenscheine geschrieben?«

Hilde zuckte die Schultern. »Herzinsuffizienz, kardiogener Schock, Sepsis, was er halt immer reinschreibt.« Einen Moment lang war es still, dann fügte sie hinzu: »Rudolf hat Stenglich mal gefragt, woran man eine unnatürliche Todesursache erkennen kann. Das ist nämlich gar nicht so einfach, wenn nicht gerade ein Messer in der Brust der Leiche steckt oder Würgemale am Hals zu sehen sind. Deshalb dürfen die Ärzte auch keine allzu verallgemeinernden Todesursachen angeben, wie Herzversagen beispielsweise. Was meinst du, was Stenglich darauf erwidert hat?«

Thekla regte sich nicht.

Hilde trank nun ihrerseits den Cognac aus, ehe sie die Antwort des Doktors wiedergab. »Ja, glauben Sie vielleicht, alte Leute, die seit Jahren in ihren Betten dahinsiechen, sterben an den Folgen eines Schusswechsels mit der Granzbacher Polizei?«

Daraufhin herrschte Schweigen in der Runde. Elisabeth kam an den Tisch, räumte die leeren Gläser ab und fragte, ob die Damen noch einen Wunsch hätten.

Thekla bestellte Mineralwasser, Hilde noch mal Tee und Wally eine weitere heiße Schokolade.

»Rudolf und auch ich möchten wissen, was die Flecken zu bedeuten haben«, sagte Hilde nach einer Weile. »Deshalb bitte ich dich, Thekla, die Sache mit deinem Bruder zu besprechen. Als Apotheker muss er doch über die Nebenwirkungen von Arzneien genauestens Bescheid wissen.«

Müsste er, dachte Thekla, während sie Elisabeth beim Servieren der eben bestellten Getränke zusah. Würde er, wenn er sich mehr für seinen Beruf begeistern könnte.

Nach althergebrachtem Brauch hatten die Eltern von Martin und Thekla Stein schon frühzeitig festgelegt, was aus ihren Kindern einmal werden sollte. Der Junge – wer sonst? – würde die Stein'sche Apotheke übernehmen, das Mädchen würde einen Lehrberuf ergreifen. Deutsch und Geschichte, das fanden die Steins angemessen für die Tochter eines Apothekers. Es kam ihnen wohl überhaupt nicht in den Sinn, darauf Rücksicht zu nehmen, dass Martin geradezu süchtig nach technischem Spielzeug war, wogegen Thekla den ganzen Tag in der Apotheke zubrachte und mit sechs Jahren bereits wusste, warum Antibiotika nur auf ärztliche Anweisung ausgegeben werden durften, Retterspitz dagegen frei verkäuflich war.

Martin, von Natur aus fügsam, schrieb sich Anfang der Siebziger für das Fach Pharmazie an der Universität in München ein. Vier Jahre später machte er seinen Abschluss, heiratete eine Studienkollegin und übernahm kurz darauf die Stein'sche Apotheke, weil sein Vater an Magenkrebs erkrankt war. Nach dessen Tod (die Mutter war schon etwas früher verstorben) zog das junge Paar in Martins Elternhaus – und dort ging die Ehe zu Bruch.

Schon zuvor hatte sich Martin jede freie Minute mit seiner Modelleisenbahn, seinen Miniaturdampfmaschinen und Miniaturdieselmotoren beschäftigt. Nach dem Umzug hatte er das gesamte Dachgeschoss des Elternhauses für seine Spielereien in Beschlag genommen und dort seiner Liebhaberei gefrönt. Indessen war seine Frau gezwungen, sich um die Kundschaft in der Apotheke und um das gemeinsame Kind zu kümmern. Irgendwann bekam sie genug vom strapaziösen Alltag, vom Leben auf dem Land und von Martin sowieso. Mitte der Achtziger ließ sie sich großzügig abfinden und kehrte samt Tochter nach München zurück, wo sie aufgewachsen war.

Notgedrungen musste sich Martin nun wieder selbst um die Kunden in der Apotheke bemühen, wenn er nicht auch noch beruflich Schiffbruch erleiden wollte.

Paradoxerweise zeigte es sich jetzt von Vorteil, dass auch Thekla von ihren Eltern auf einen Weg gezwungen worden war, der an kein glückliches Ende führen sollte. Weniger fügsam als ihr Bruder, hatte sie sich zwar aufgelehnt und darauf bestanden, ebenfalls Pharmazie zu studieren, hatte aber zähneknirschend nachgeben müssen, als ihr Vater sagte:»Lehramt oder gar nichts.« Letztendlich war es dann auf gar nichts hinausgelaufen.

Thekla hatte ihr Studium vorzeitig abgebrochen, hatte geheiratet, war geschieden worden und stand Mitte der Achtziger allein und ohne Ausbildung da. Martin bot ihr an, zu ihm ins gemeinsame Elternhaus zu ziehen, sich um den Haushalt zu kümmern und – falls sie noch Lust dazu hatte – die kurze Ausbildung zur PTA zu absolvieren, damit sie auch in der Apotheke mithelfen könne. Thekla hatte das Angebot angenommen, und somit war ihrer beider Leben schließlich in die erhoffte Bahn geschwenkt – halbwegs zumindest.

Da Thekla nun seit bald dreißig Jahren täglich mitbekam, wie wenig Martin sich für die Ware interessierte, die er von Berufs wegen unter die Leute bringen musste, war ihr klar, dass er keine Ahnung haben würde, welches Medikament seltsame Flecken oder Blasen an den Knie-Innenseiten verursachen konnte.

Und sie selbst? Obwohl sie sich viel mit Nebenwirkungen von Arzneien beschäftigte, um ihre Kundschaft sachkundig beraten zu können, hatte sie noch nie von einem derartigen Symptom gehört.

Was zu bedeuten haben dürfte, dachte Thekla, dass es außerordentlich selten auftritt.

Nachdenklich sagte sie zu Hilde:»Warum hat dein Neffe nicht einen weiteren Arzt hinzugezogen? Das hätte ihm doch niemand verbieten können. Und mit einer gründlichen Untersuchung wäre man dem Phänomen schon auf die Spur gekommen. Dr. Friesing, der seit ein paar Monaten in Moosbach ...«

Hilde stellte die Tasse, aus der sie gerade hatte trinken wollen, mit einem Knall zurück auf den Tisch. »Könntest du mal eine Sekunde lang nachdenken, bevor du solchen Unsinn plapperst. Soll Rudolf sich das Geschäft ruinieren?« Mit einem verächtlichen Blick wandte sie sich von Thekla ab und sah Wally ermunternd an. »Was wäre denn deiner Meinung nach geschehen, wenn Rudolf auf einer zweiten Totenschau bestanden hätte?«

Wally machte wieder Kugelaugen. »Oh Gott, so was darf man doch den trauernden Hinterbliebenen nicht antun!«

»Richtig«, sagte Hilde beifällig. »In dir steckt eine Menge mehr Geschäftssinn als im Management der Stein'schen Apotheke.« Wally strahlte. Geschäftssinn hatte ihr wohl noch nie jemand bescheinigt.

Dozierend fuhr Hilde fort: »Die Hinterbliebenen würden sich bitterlich beschweren. Im Nu würde sich in Granzbach, Moosbach und Scheuerbach verbreiten, dass Rudolf Westhöll ein misstrauischer Hund sei, der gern mal eine Todesursache überprüfen lasse, weil er seine Kunden verdächtige, beim Sterben von Oma oder Opa nachgeholfen zu haben.« Sie bohrte ihren Blick in Theklas Augen und fragte streng: »Wie lange, glaubst du, würde er sich daraufhin noch im Geschäft halten können?«

Thekla dachte, dass man – Gerede der Leute hin oder her – immer den geradlinigen Weg beschreiten sollte, mochte sich jedoch auf keine Diskussion darüber einlassen. Deshalb zuckte sie bloß die Schultern.

Weil Hilde daraufhin sichtlich verschnupft schwieg, sagte sie nach einer kurzen Pause einlenkend: »Dein Neffe steckt also in der Zwickmühle. Einerseits macht er sich Sorgen wegen der merkwürdigen Flecken, andererseits wagt er es nicht, offen darüber zu sprechen.«

Hilde nickte, antwortete aber nicht, denn Elisabeth war an den Tisch getreten und begann damit, auf einem schmalen Notizblock zu addieren, was die Damenrunde an diesem Nachmittag konsumiert hatte. Das tat Elisabeth jeden Mittwoch auf die Minute um sechzehn Uhr dreißig, seit vor einigen Jahren Wallys Mann ins Café Krönner gestürmt war, Wally von ihrem Platz gezerrt und hinausgeschleift hatte. Inzwischen hatte sich einiges geändert, weshalb es eigentlich nicht mehr nötig gewesen wäre, den Kaffeeklatsch pünktlich zu beenden. Aber irgendwie war es unterblieben, Elisabeth davon in Kenntnis zu setzen.

Zu Anfang waren Thekla, Hilde und Wally mittwochs immer getrennt nach Straubing gekommen: Thekla aus Moosbach, Wally aus Scheuerbach, Hilde aus Granzbach – drei kleine Städtchen, die sich ein schönes Stück donauabwärts der Kreisstadt aufreihten. Moosbach lag Straubing am nächsten, Granzbach war am weitesten entfernt, und genau in der Mitte zwischen den beiden Orten erhob sich der Kirchturm von Scheuerbach. Die drei Frauen hatten Einkäufe gemacht, dies und das erledigt und sich anschließend im Krönner zum Kaffee getroffen, denn seit Langem verband sie eine – wenn auch recht lose – Freundschaft.

Ihre Wurzeln hatte diese Freundschaft in der gemeinsamen Internatszeit im Straubinger Ursulinenkloster, in dem seit 1691 mit kurzen kriegsbedingten Unterbrechungen kleine Mädchen zu frommen, gebildeten jungen Frauen erzogen wurden (was allerdings nicht durchwegs gelang). Thekla, Hilde und Wally hatten sich seit den inzwischen gut fünf Jahrzehnte zurückliegenden gemeinsamen Nächten in einem Zwanzigbettenschlafsaal und gemeinsamen Mahlzeiten im ungastlichen Hundertplätzespeiseraum erstaunlicherweise nicht aus den Augen verloren, obwohl Wally bereits in der Unterstufe und Hilde nach der mittleren Reife von der Klosterschule abgegangen waren.

Bis zu einem tiefwinterlichen Mittwoch im Januar vor vier Jahren waren die drei Frauen also jede Woche getrennt nach Straubing gefahren: Thekla in ihrem Peugeot, Hilde in ihrem Passat und Wally im Wagen ihres Mannes. Sie waren auch an jenem Januarmittwoch getrennt gekommen, an dem es seit dem frühen Morgen große Flocken schneite. Als sich die drei wieder auf den Nachhauseweg machten, lag eine dichte, von vielen Autoreifen glatt gebügelte Schneedecke auf den Straßen, was Wally aber nicht zu einer Änderung ihres Fahrstils veranlasste. Sie startete den Mercedes, den sich ihr Mann erst die Woche zuvor angeschafft hatte (hauptsächlich um der Konkurrenz zu zeigen, wie gut die Tischlerei Maibier & Söhne dastand), und fuhr forsch davon.

Der Grund, weshalb sie nicht schon viel früher von der Straße abkam, lag vermutlich darin, dass die Strecke Straubing–Scheuerbach keine nennenswerten Kurven aufwies, bis man die Christophorus-Statue auf der Brücke über den Moosbach erreichte, wo sie sich nach einem Gefälle zu winden begann und in Form mehrerer aneinandergereihter S nach Scheuerbach hineinführte. Der Wagen rollte flott die Anhöhe zur Brücke hinunter, hielt die Spur sogar, bis er sie überquert hatte, brach jedoch in der ersten Krümmung des ersten S aus, schrammte an einer Betonmauer entlang, kippte zur Seite und blieb ziemlich ramponiert liegen. Im Gegensatz zum Mercedes ihres Mannes hatte Wally nicht den kleinsten Kratzer abbekommen.

Bei ihrem nächsten Treffen erzählte sie Thekla und Hilde, ihr Mann habe keinen Zweifel daran gelassen, dass es ihm umgekehrt lieber gewesen wäre. Zudem habe er ihr die Autoschlüssel abgenommen, und von da an wurde Wally von ihrem Mann oder von einem ihrer Söhne chauffiert, wenn sie Besorgungen machen musste. Auch eine wöchentliche Fahrt nach Straubing wurde ihr zugestanden, allerdings mit der Auflage, dass Wally sich pünktlich um sechzehn Uhr fünfundvierzig auf dem Parkplatz am Hagen einzufinden habe.

Sie hielt sich streng daran. Fast ein ganzes Jahr lang stand sie mittwochs pünktlich um Viertel vor fünf neben dem Nachfolger des geschrotteten Mercedes. An dem Tag, an dem sie es vergaß, weil Hilde so unterhaltsam von der Beerdigung des Granzbacher Bürgermeisters erzählte, war ihr Mann wütend ins Krönner marschiert und hatte Wally vor aller Augen hinausgeschleift.

»Aus«, hatte Wally ins Telefon geheult, als Thekla am folgenden Tag bei ihr anrief. »Kein Kaffeeklatsch mehr bei Krönner. ›Einkaufen‹, hat mein Mann gesagt, ›kannst du zukünftig in Scheuerbach. Wir haben ein Edekageschäft und neuerdings sogar einen Lidl. Wir haben eine Drogerie, einen Friseur, eine …‹« Wallys Aufzählung war in Schluchzen übergegangen.

»Mitnichten Schluss«, hatte Thekla geantwortet und den Kopf geschüttelt. »Ich frage mich bloß, warum ich erst jetzt darauf komme. Wir hätten es ja gleich von Anfang an so machen können, dass Hilde dich mitnimmt. Auf dem Weg von Granzbach nach Straubing fährt sie doch sowieso an eurer Tischlerei vorbei, fast jedenfalls. Du könntest an der Brücke zu …«

Wally hatte Thekla gar nicht ausreden lassen. »Ich frag sie. Ich frag sie jetzt gleich!«

Seither wartete Wally jeden Mittwoch an der Christophorus-Statue auf Hildes Passat. Die beiden hätten zehn Kilometer weiter eigentlich auch noch Thekla aufpicken können, aber die wollte lieber unabhängig sein, denn manchmal hatte sie vor dem gemeinsamen Treffen bei Krönner mehr zu erledigen, manchmal weniger.

Elisabeth bedankte sich fürs Trinkgeld und wünschte den Damen eine schöne Woche.

Thekla, die heute mit dem Bezahlen dran gewesen war, verstaute ihr Portemonnaie in der Handtasche. Sie wollte sich gerade von ihrem Platz erheben, da sagte Wally: »Gehört es sich nicht, der Witwe des Dichters zu kondolieren?«

Hilde lachte spöttisch. »Die Neugier lässt dir wohl keine Ruhe, was? Willst ihn dir unbedingt ansehen, den Dichter Hermann Lanz als bayerischen Wotan.« Etwas ernster fuhr sie fort: »Ehrlich gesagt würde es mich selbst interessieren, wie Rudolf die Verwandlung gelungen ist.« Sie wandte sich an Thekla. »Außerdem werden eine Menge Leute da sein, die wir in Augenschein nehmen könnten. Vielleicht ist jemand dabei, der ein auffallend zufriedenes Gesicht macht.«

Thekla verdrehte die Augen. »Jeder, der – so wie ich – Lanzens Gedichte kläglich fand, könnte einen Ausdruck von Zufriedenheit zeigen. Was noch lange nicht heißt, dass er den Stümper umgebracht hat.«

»Thekla! Oh Gott, nein!« Wally machte das Krötengesicht.

»Du gehst zu weit, Thekla«, sagte Hilde streng.

Thekla ließ sich nicht einschüchtern. »Ja, wer hat uns denn des Langen und Breiten von ominösen Flecken vorgeschwafelt? Wie ernst ist es dir denn damit, dass sie möglicherweise Anzeichen dafür sind, beim Sterben könnte nachgeholfen worden sein? Hast du etwa zu viel Schiss davor, dein Neffe könnte Leichen eingebuddelt haben, die ins gerichtsmedizinische Institut eingeliefert hätten werden sollen, um der Sache nachzugehen?«

Während Thekla sprach, war Hilde sichtlich in sich zusammengesunken. Plötzlich tat sie Thekla leid. Behutsam legte sie ihre Hand auf Hildes Arm. »Wir machen einen Kondolenzbesuch – wir alle drei. Wir sehen uns den toten Dichter an, betrachten die Trauergäste kritisch und fragen die Witwe, was er in letzter Zeit für Medikamente einnehmen musste.«

Hilde straffte sich etwas. »Von der Witwe werden wir nicht einmal erfahren, ob der Dichter in letzter Zeit vornehmlich Wein oder Kräutertee getrunken hat. Gerlinde Lanz …« Sie tippte sich an die Stirn.

Thekla nickte wissend, dann stand sie auf und wandte sich zum Ausgang. Auf dem Weg dorthin warf sie Elisabeth ein »Tschüss« zu; dabei registrierte sie wieder einmal belustigt, wie sich Hilde und Wally, die sich ebenfalls erhoben hatten, mit »Auf Wiedersehen« und mit »Pfüat Gott« verabschiedeten.

Im selben Augenblick, in dem Thekla die Eingangstür erreichte, spürte sie eine Bewegung schräg hinter sich. Noch bevor sie sich umsehen konnte, kam eine Hand zum Vorschein, legte sich um den Knauf und zog daran, sodass sich die Tür bis zum Anschlag öffnete. Gleichzeitig hörte sie Hildes Stimme: »Besten Dank, Herr Pfeffer.«

»Auf bald, Frau Westhöll«, antwortete der Mann, der das Portal so formvollendet aufhielt, als wäre er im Krönner als Lakai angestellt.

»Oh, vielen lieben Dank«, quiekte Wally.

Thekla trat schmunzelnd auf die Straße. Dieser Sarghändler wusste sich Liebkind zu machen.

Nachdem Wally im Kielwasser von Hilde herausgekommen war, bemerkte Thekla, dass eine weitere Person im Begriff stand, durch die noch immer offen stehende Tür zu treten, und nahm an, dass es sich um den jungen Mann handelte, der sich als so überaus höflich erwiesen hatte. Als sie aber einen eher desinteressierten Blick über Wallys Schulter warf, errötete sie tief.

Thekla musste dreimal schlucken, bevor sie ein gepresstes »Hallo« über die Lippen brachte.

»Guten Tag, Frau Stein«, sagte der gut aussehende ältere Herr, der vor ihr stehen geblieben war.

»Mit wem haben wir denn das Vergnügen?«, fragte Hilde schroff.

»Willst du uns nicht bekannt machen, Thekla?«

Weil Thekla die Antwort schuldig blieb, antwortete der Herr: »Heinrich Held. Ich habe mich vor ein paar Monaten in Moosbach angesiedelt, wo mich eine hartnäckige Halsentzündung zum Dauerkunden der Stein'schen Apotheke gemacht hat.«

Thekla spürte ihre Wangen brennen. Ein Dienstag war es gewesen – der letzte Dienstag im Mai –, als Held zum ersten Mal in die

Apotheke gekommen war und um ein Mittel gegen Halsschmerzen gebeten hatte. Thekla hatte ihm Anginosan verkauft, und sie hatten sich ein wenig unterhalten – über die Stadt Straubing und den Landkreis, über die Infrastruktur, über die Einheimischen. Während sie redeten, hatte Thekla gespürt, wie sich ein Kribbeln von ihrem Magen bis in die Fingerspitzen ausbreitete, wie ihr warm und wärmer wurde, wie ihr Atem rascher ging und ihr Herz schneller schlug.

Nachdem Held gegangen war, hatte sie sich in der Teeküche auf einen Hocker gesetzt und sich gefragt, ob sie irre geworden war oder ob die Symptome einen Herzinfarkt ankündigten.

Thekla Stein, hatte sie sich nach reiflicher Überlegung gesagt, du bist kerngesund. Aber offenbar hast du die falschen Hormone mit in die Menopause genommen, denn wie sonst hätte es geschehen können, dass du dich Hals über Kopf in einen wildfremden, wenn auch zugegebenermaßen überaus sympathischen Mann verliebst, und das mit nachweislich über sechzig!

Na und, hatte sie sich mit einem Mal gegen Normen und Gesetzmäßigkeiten aufgelehnt. Er sieht ungemein gut aus und hat die vertrauenswürdigsten blaugrauen Augen, die dir je untergekommen sind. Er hat Klasse und Niveau, scheint sehr von dir angetan zu sein, ist offenbar Single wie du und bestimmt schon im Rentenalter.

Jenes Aufbegehren hatte jedoch nicht lange vorgehalten, und kleinlaut hatte Thekla sich beschworen, kein Risiko einzugehen. *Eine* verkorkste Ehe ist genug, dachte sie. Geh lieber auf Abstand zu diesem Kerl, zieh dich zurück. Du solltest deine Ungebundenheit wirklich mehr zu schätzen wissen.

»Äh, ehm, tschüss«, stammelte Thekla, als sie mitbekam, dass sich Held bereits verabschiedet und ein paar Schritte in Richtung Steinergasse gemacht hatte.

Während die drei Frauen gemeinsam zum Großparkplatz am Hagen gingen, wo die Autos geparkt waren, warf ihr Hilde immer wieder forschende Blicke zu.

»So kenne ich dich gar nicht – so konfus«, sagte sie nach einiger Zeit.

Thekla antwortete nicht.

»So ein fescher Kerl«, plapperte Wally. »Und der kommt ständig zu dir in die Apotheke? Schaut er dich da auch immer so – so schmachtend an wie vorhin?«

Thekla schwieg grimmig. Einen Moment später hörte sie Hilde scharf die Luft einziehen.

»Du hast dich in ihn verknallt! Stimmt's?«

Wieder blieb Thekla eine Antwort schuldig.

»Schockschwerenot. Du hast dich verknallt und willst es nicht wahrhaben«, beharrte Hilde.

»Falsch«, erwiderte Thekla. »Die Diagnose ist gestellt, die Therapie ist eingeleitet.«

Hilde lachte laut, und die Art, wie sie das tat, ließ keinen Zweifel, dass sie Thekla auslachte.

»Ich glaube, er mag dich wirklich«, begann Wally nun wieder zu plappern. »Und du magst ihn auch sehr.« Sie kicherte. »Du bist rot geworden wie ein Teenager, als er dich so angesehen hat.«

Thekla biss die Zähne zusammen.

»Heinrich Held«, sagte Hilde plötzlich in einem Ton, als wäre er kein Unbekannter für sie.

»Du kennst ihn?«, fragte Thekla alarmiert. »Aber vorhin hast du doch so getan, als müsse er dir vorgestellt werden.«

Hilde grinste anzüglich, antwortete dann jedoch ernst: »Ich kannte ihn bis eben nicht persönlich, habe aber schon ein paarmal von ihm reden hören. Rudolf hat neulich erwähnt, dass Held vor seiner Pensionierung angeblich einen ungewöhnlichen Posten innehatte. Das Wort ›Überwachung‹ ist gefallen.«

»Was für ein Unsinn«, entgegnete Thekla. »Wenn das der Fall wäre, würde er sich wohl kaum in einem Kaff wie Moosbach ansiedeln.«

Wally machte Krötenglupschaugen. »Vielleicht steht den Moosbachern ein terroristischer Angriff bevor? Die Taliban, die Islamisten, die Hooligans –«

»Die Marsmännchen wahrscheinlich«, unterbrach sie Hilde, ließ die Autoverriegelung aufschnappen, öffnete die Beifahrertür und schob Wally in den Wagen.

Derselbe Tag

Am frühen Abend im Haus des Dichters Lanz

Thekla fragte sich, wie nichtssagende Verse zu derartigem Wohlstand führen konnten.

Das Anwesen, auf dem der Dichter mit seiner Frau gelebt hatte, befand sich am Ortsrand von Granzbach mitten in der Scheitelkrümmung der sogenannten Granzbacher Schleife, die der Moosbach beschrieb, bevor er nach Scheuerbach, wo der Christophorus über ihn wachte, und von da aus weiter zu dem nach ihm benannten Ort floss.

Ganz nach Landhausart war das Mauerwerk des Wohnhauses oberhalb des Erdgeschosses komplett mit Holzpaneelen verkleidet. Auf dem die gesamte Südseite entlanglaufenden Balkon wuchsen fette Geranien aus geschnitzten Blumenkästen. Den Dachgiebel zierte ein verschnörkeltes Türmchen.

Weil die Haustür einladend offen stand, hatten Thekla, Hilde und Wally nicht gezögert, einzutreten, waren aber gleich darauf in einer mit Möbeln und Nippes überladenen Diele mitten in einem Haufen weiterer Besucher stecken geblieben.

Thekla grüßte hierhin und dorthin und bemühte sich, dabei nicht allzu missfällig auf die Unmengen von Kristallvasen, Porzellanfiguren und Ölbilder in Goldrahmen zu starren.

»Weniger wäre mehr«, flüsterte sie Hilde zu, die sich wieder bedeutungsvoll an die Stirn tippte.

Gerlinde Lanz war bekannt dafür, dass ihre Zuneigung, ihr Interesse, ja ihre Liebe dem Luxus galten, dem Pomp, der Pracht.

Träge schob sich der Besucherstrom an einem zur Seite gerafften samtenen Vorhang vorbei und durch einen marmornen Rundbogen in das angrenzende Zimmer. Dort umkreiste das Gros der Gäste einen ovalen Tisch im Barockstil, auf dem dicht an dicht Porzellanplatten standen, die teils mit belegten Brötchen, teils mit Petits Fours bestückt waren.

Thekla musterte das Geschirr mit den Goldverzierungen, registrierte die Damasttischdecken mit Spitzenbordüren, betrachtete bombastische Vasen, in denen weiße Lilien steckten, und erblickte silbergerahmte Fotografien, an denen glänzende schwarze Trauerflore befestigt waren.

»Wo ist *er* denn?«, hörte sie Wally plötzlich wispern. »Wo ist denn der tote Dichter?«

»Zwischen den Häppchen offenbar nicht«, antwortete Hilde so laut, dass ein, zwei Gäste von ihren Tellern aufsahen. Gleichzeitig fühlte sich Thekla am Ärmel gezupft und in den anderen Teil des L-förmigen Raumes gezogen. Um die Ecke musste der Sarg mit dem toten Dichter stehen, denn je näher sie kamen, desto mehr verdichteten sich die Blumenarrangements.

Thekla kniff für einen Moment die Augen zu und fragte sich, weshalb sie sich das angetan hatte. Thanatologisch zurechtgemacht oder nicht, Tote machten sie verdrießlich, mürrisch und unleidlich. Sie wäre am liebsten umgekehrt und hätte das Haus verlassen, ohne dem verstorbenen Dichter begegnet zu sein, den man offenbar ausgestellt hatte wie eine Zirkusattraktion.

Wally schien hin- und hergerissen zwischen Neugier und Gruseln, denn Thekla hörte sie neben sich keuchen. Widerstrebend ließ sie sich von Hilde weiterziehen und sah sich – nachdem sie einen kostbar wirkenden Orientteppich überquert hatten – dem reichlich mit Blumen geschmückten Sarg gegenüber.

Aufatmend stellte sie fest, dass er geschlossen war.

Schräg hinter dem Sarg hatte man eine Reihe gepolsterter Stühle aufgestellt, von denen drei besetzt waren. Thekla erkannte Hildes Neffen und dessen Ehefrau Lore. Zwischen den beiden saß eine stark geschminkte Frau, der sie ihres Wissens noch nie über den Weg gelaufen war – falls aber doch, hatte ihr Gedächtnis nichts darüber gespeichert. Alle drei erhoben sich, als Thekla, Hilde und Wally auf sie zutraten.

Hilde reichte der Frau die Hand. »Mein allerherzlichstes Beileid …«

Das also ist Gerlinde Lanz, dachte Thekla und kondolierte ebenfalls.

Die Witwe des Dichters passte zur protzigen Einrichtung des Hauses. Sie trug mehr Goldschmuck, als der Moosbacher Juwelier in seiner Auslage hatte, steckte in einem Blazer aus Brokatstoff und hatte sich einen schwarzen Spitzenschleier übers Haar drapiert.

»Oh«, sagte Wally unterdessen in einem Tonfall, der halb Enttäuschung, halb Erleichterung ausdrückte. »Unser verehrter Dichter … Er ist wohl …« Sie wusste nicht weiter.

Rudolf Westhöll kam ihr zu Hilfe. »Von vierzehn bis sechzehn Uhr war Hermann Lanz offen aufgebahrt. Dann wurde der Sarg geschlossen. Unser Dichter bereitet sich auf den ewigen Frieden vor. Sobald sich alle Trauergäste gestärkt haben, wird er feierlich auf den Gottesacker überführt werden.«

Ins Leichenschauhaus, genau genommen, dachte Thekla prosaisch. Sie fand, dass es Rudolf Westhöll wieder einmal übertrieb. Weshalb musste er eigentlich immer derart pathetisch werden?

Sie wandte sich ab und dankte dem Himmel, dass sie fürs Defilee am offenen Sarg zu spät gekommen waren.

Die Witwe hatte sich die Schläfen mit einem Batisttaschentuch betupft und tief geseufzt. Nun nahm sie wieder Platz, wobei ihr Lore stützend die Hand unter den Ellbogen legte.

»Im Namen von Frau Lanz danke ich den Damen für den Kondolenzbesuch«, sagte Rudolf und ließ es sich nicht nehmen, sie zum gedeckten Tisch zu komplimentieren.

Auf dem Weg dorthin blieb Hilde stehen und begann mit ihrem Neffen einen Disput über die Anschaffung eines Kühlkatafalks für das Bestattungsinstitut Westhöll, während Wally die Petits Fours anvisierte und mit unangemessener Eile darauf zustrebte.

So kam es, dass Thekla einen Augenblick lang nicht recht wusste, wohin mit sich. Nach kurzem Zögern steuerte sie eine barocke Anrichte an, auf der Gläser und Saftkrüge standen.

Viertel vor sechs, stellte sie mit einem Blick auf ihre Armbanduhr fest. Sie fragte sich, wie lange es wohl noch dauern würde, bis sich alle genügend gestärkt fühlten, um im Konvoi mit dem Leichenwagen zum Friedhof zu fahren, wo der Pfarrer eine Andacht für den Verstorbenen abhalten würde.

Erneut überkam sie das Verlangen, schleunigst von hier fortzukommen. Was hinderte sie daran, sich stillschweigend zu verdrücken, den Dichter dem Jenseits zu überlassen, die Witwe zu vergessen und, vor allem, Hildes Bericht von ominösen Totenflecken aus dem Gedächtnis zu streichen?

Unwillig starrte sie eine gerahmte Stickerei oberhalb der Anrichte an, die eine Schäferin inmitten einer Herde von Lämmern darstellte. Wieso hatte sie bloß geglaubt, Detektiv spielen zu müssen? Was zum Kuckuck hatte sie hier zu suchen?

»Wie romantisch«, hörte sie plötzlich eine spöttische Stimme neben sich. Thekla löste den Blick vom Busen der Schäferin, unter dem ein offenbar neugeborenes Lämmchen ruhte, und wandte sich dem Sprecher zu. Mit Erleichterung identifizierte sie ihn als Dr. Friesing, den jungen Arzt, der vor ein paar Monaten in Moosbach eine Praxis eröffnet hatte.

Theklas Stimmung hellte sich deutlich auf. Sie lächelte und grüßte freundlich.

Seit Friesing im Landkreis praktizierte, hatte sie sich schon mehrmals mit ihm unterhalten und ihn von Anfang an gemocht. Zudem hielt sie ihn für äußerst kompetent.

Schade, dachte sie, dass ihm die Moosbacher so wenig Vertrauen schenken. Ob das wohl daran liegt, dass er mit seinem glatten Gesicht und den immer etwas verstrubbelten Haaren wie ein Schuljunge wirkt? Oder daran, dass sich die Leute auf dem Land mit Vorliebe an alte Zöpfe klammern – an die Sonntagsmesse, an warme Mittagsmahlzeiten, an eingetopfte Blühpflanzen am Wohnzimmerfenster und an überholte Autoritäten wie Dr. Stenglich.

Thekla hatte sich schon oft erbittert gefragt, auf welchem Stand der Medizin Stenglich eigentlich herumdokterte. Sie hegte schon lange den Argwohn, dass er langsam, aber sicher auf ein mittelalterliches Niveau zurückfiel.

Der Gedanke an längst überholte Heilverfahren war es wohl, der sie Dr. Friesing fragen ließ: »Sind Sie zum Kondolieren gekommen oder um jemanden zur Ader zu lassen?«

Auf Friesings Gesicht breitete sich ein Grinsen aus, das er gleich darauf (offenbar war ihm eingefallen, wo er war und weshalb) zu unterdrücken versuchte.

Jetzt sieht er aus wie ein Konfirmand, dachte Thekla. Mit dem dunklen Sakko, dem weißen Hemd und dem Bemühen um einen feierlich-ernsten Gesichtsausdruck würde er auf ein Konfirmationsfoto passen.

»Ich bin auf Anweisung von Frau Sauer hier«, sagte Friesing. Thekla sah ihn verständnislos an.

Da fügte er mit noch breiter werdendem Grinsen hinzu: »Frau Sauer arbeitet bei mir als Sprechstundenhilfe und hat sich in den Kopf gesetzt, mein Wartezimmer endlich mit Patienten zu füllen. Sie macht überall Reklame für mich, verlangt aber im Gegenzug von mir, dass ich mich in Moosbach, Scheuerbach und Granzbach bei sämtlichen Events sehen lasse. Frau Sauer hat quasi ein Edikt verhängt: ›Kein gesellschaftliches Ereignis ohne Dr. Friesing, damit er allseits wahrgenommen und irgendwann auch akzeptiert wird‹.«

Und da heißt es immer, auf dem Land herrscht eklatanter Ärztemangel, ging es Thekla durch den Kopf.

Als hätte Friesing ihre Gedanken erraten, fuhr er fort: »Es ist ja nicht so, dass es in der Region nicht genügend Arbeit für zwei Ärzte gäbe oder dass man mir von Anfang an mit Misstrauen gegenübergetreten wäre. Aber ich habe mir offenbar in der ersten Woche nach Praxiseröffnung ein paar echte Feinde gemacht.«

»Feinde?« Thekla war überrascht. »Ist Ihnen ein gravierender Fehler unterlaufen?«

»Kann man wohl so sagen«, antwortete Friesing sarkastisch. Er schaute sich kurz um und senkte die Stimme, obwohl niemand nahe genug stand, der hätte zuhören können.

»Erinnern Sie sich an den Mordfall Ulrike Meiler, Frau Stein?«

»Natürlich«, erwiderte Thekla. »Im Frühjahr ist ja in sämtlichen Zeitungen darüber berichtet worden, dass Meiler seine Frau ermordet hat, indem er sie als elektrischen Widerstand in einen Stromkreis einbaute.«

Friesing nickte. »Dr. Stenglich bestätigte im Totenschein einen kardiogenen Schock, wogegen nichts zu sagen ist, falls man den Standpunkt vertritt: Wäre Frau Meilers Herz nicht stehen geblieben, wäre sie ja wohl nicht gestorben.«

Thekla runzelte die Stirn. »Ich entsinne mich, dass erst ganz kurz vor Ulrike Meilers Einäscherung …« Sie dachte einen Moment nach, dann war die Erinnerung da.

Im April waren die drei Städtchen, die das ganze Jahr über verschlafen auf einem abgeflachten Bergrücken östlich der Donau hockten, von zwei saftigen Skandalen gebeutelt worden, die insoweit miteinander in Zusammenhang standen, als der erste den zweiten überhaupt erst möglich gemacht hatte.

»Der neue Krematoriumschef war dahintergekommen, dass der Moosbacher Bestatter routinemäßig seinen Müll mitsamt seinen Klienten verbrennen ließ«, sagte Friesing, offenbar in der Absicht, ihrem Gedächtnis auf die Sprünge zu helfen. »Solange es üblich gewesen war, Särge vor der Einäscherung nicht mehr zu öffnen, hatte der Bestatter auf diese Weise seinen gesamten Abfall kostengünstig entsorgt, denn alles, was er angeliefert hat, glitt unbesehen in die Verbrennungsanlage.«

»Der neue Chef machte dem Treiben ein Ende«, ließ sich Thekla vernehmen, um Friesing zu zeigen, dass sie im Bilde war.

»Ja«, sagte Friesing. »Weil er von Anfang an klarstellte, dass unter seinem Regime jeder Sarg geöffnet und kontrolliert werden müsse. Logischerweise dauerte es nicht lang, bis die erste Fuhre Müll neben einer Leiche entdeckt wurde.«

Thekla erinnerte sich gut an die Schlagzeile im Tagblatt: »Der neue Krematoriumschef schaut genauer hin.«

Der Verfasser jener Schlagzeile und des dazugehörigen Artikels ahnte wohl gar nicht, wie recht er damit hatte, dachte sie.

An dem Tag, als Ulrike Meilers Sarg geöffnet wurde, schaute der Krematoriumschef offenbar ganz genau hin.

»Die Leiche ist ihm irgendwie komisch vorgekommen, so verkrampft, so verzerrt«, fuhr Friesing fort. »Deshalb hat er sie untersucht und an beiden Daumen seltsame Male entdeckt. Daraufhin hat er mich gerufen.«

»Und wie haben Sie dann herausbekommen, woran Frau Meiler wirklich starb?«, fragte Thekla interessiert.

»Typische Strommarken sollte man als Arzt eigentlich erkennen«, erwiderte Friesing. »Kleine Einsenkungen der Haut mit einem blassen porzellanähnlichen Wall. Das sind die Kontaktpunkte. Bei Ulrike Meiler befanden sie sich an beiden Daumen und an beiden großen Zehen. Jemand hatte die Frau betäubt und dann die nicht isolierten Enden mehrerer Stromkabel mit Klebeband an ihren Daumen und großen Zehen befestigt. Daraufhin hat er die passenden Stecker eingesteckt.«

Thekla sah ihn wissend an. »Für einen Elektriker dürfte das nicht schwierig sein.«

»Das dachte die Polizei auch«, sagte Friesing. »Meiler war innerhalb von wenigen Tagen überführt. Man fand die Kabel, die er für den Mord verwendet hatte, sogar noch in seinem Keller.«

»Frau Meilers Mörder konnte also dingfest gemacht werden«, resümierte Thekla, »weil der neue Doktor von seinem Fach eine ganze Menge versteht.«

Friesing zog eine Grimasse. »Aber statt sich zu bedanken, haben etliche Moosbacher, Scheuerbacher und Granzbacher mit Fingern auf den neuen Doktor gezeigt und ihn verteufelt.«

»Ja, so sind sie«, sagte Thekla trocken.

Friesing hatte fast verschämt den Kopf gesenkt. »Ich hatte den angesehenen Besitzer des Elektrogeschäfts Meiler, Gemeinderat in Granzbach, Mitglied der vereinigten Trachtenvereine von Moos-, Scheuer- und Granzbach und Vorstand des FC Weiß-Grün, ins Kittchen gebracht, und ich habe den allseits beliebten Dr. Stenglich bloßgestellt.«

Thekla hob die Hand, machte eine Faust und reckte den Daumen abwärts.

»So lautete wohl das Urteil über mich«, stimmte ihr Friesing zu und starrte wieder auf das Stickbild.

Der Bursche ist auf Draht, dachte Thekla. Wenn jemand über die seltsamen Flecken, die Hildes Neffe entdeckt haben will, etwas Vernünftiges sagen kann, dann er.

Kurzerhand beschloss sie, Friesing einfach zu fragen.

»Woran würden Sie wohl denken, Doktor«, begann sie etwas zögernd, »wenn Sie an einer Leiche Flecken sehen würden?«

Weil Friesing sie daraufhin mit einer Mischung aus Belustigung und Erstaunen in den Augen ansah, fuhr sie hastig fort: »Offenkundiges schließen wir aus: Totenflecken, allergiebedingte großflächige Ausschläge, Wundliegen ...«

»Verstehe«, sagte Friesing. Dann versenkte er den Blick in den der Schäferin.

Thekla fragte sich, welche Bilder in seinem Kopf wohl kamen und gingen.

»Kirchhof-Rosen«, erklärte Friesing nach einigen Augenblicken. »Es könnte sich um Kirchhof-Rosen handeln. Sie treten bei manchen Sterbenden durch das Nachlassen der Herz-Kreislauf-Tätigkeit auf.

Friesing scheint in seinen Vorlesungen und bei den Praktika tatsächlich gut aufgepasst zu haben, sagte sich Thekla und hakte sogleich nach. »Wenn also ein Verstorbener an den Knie-Innenseiten Flecken hat, dann sind das vermutlich Kirchhof-Rosen.« Friesing runzelte die Stirn. »Ausschließlich an den Knie-Innenseiten?«

Als Thekla nickte, schüttelte er den Kopf.

»Was könnte es dann sein?«, fragte Thekla unnachgiebig. Friesing fuhr sich mit beiden Händen durch die Haare, sodass er noch verwuschelter aussah als gewöhnlich. »Flecken an den Knie-Innenseiten …«, wiederholte er versonnen. Und auf Theklas kurzes Nicken hin: »Flecken oder Blasen?«

Thekla wollte schon die Schultern zucken, da fiel ihr ein, wie sich Hilde ausgedrückt hatte: »Flecken, die sich von der Haut abheben.«

Friesing schwieg nun ziemlich lange, und als er endlich wieder den Mund aufmachte, rechnete Thekla fast damit, dass er sie mit einem: »Druckstellen vielleicht«, abspeisen würde.

Er sagte jedoch: »Bei dem, was Sie da beschreiben, Frau Stein, könnte es sich um Holzer-Blasen handeln. Mit Betonung auf ›könnte‹! Um keinen Unsinn in die Welt zu setzen, würde ich lieber die einschlägige Literatur zurate ziehen. Um sicher zu gehen, müsste ich die Flecken natürlich inspizieren. Sie zeigen übrigens eine Barbituratintoxikation an.«

Thekla erschrak. »Sie meinen, ein Toter kann solche Flecken nur dann haben, wenn er an einem überdosierten Betäubungsmittel gestorben ist?«

»Exakt«, antwortete Friesing. »Das lässt sich aber ganz einfach überprüfen, weil in so einem Fall im Blut Barbitursäurederivate nachzuweisen sind. Allerdings nicht lange, ein paar Tage vielleicht.« Er schaute Thekla forschend an. »Wo glauben Sie denn, das Symptom gesehen zu haben?«

Thekla wusste nicht, was sie darauf antworten sollte. Durfte sie an den Doktor weitergeben, was Hilde am Nachmittag im Café Krönner erzählt hatte? Eigentlich war er an seine ärztliche Schweigepflicht gebunden, aber galt die nicht nur seinen Patienten gegenüber?

Sie räusperte sich, warf unbehagliche Blicke in Richtung des Sarges, in dem der Dichter lag, und trug ein Gefecht mit sich aus. Was würde Friesing tun, wenn sie ihm von Rudolf Westhölls Beobachtung berichtete? Musste er nicht dafür sorgen, dass der tote Dichter statt auf den Friedhof ins gerichtsmedizinische Institut gebracht wurde? Und was dann? Was, wenn sich die Flecken als harmlos erwiesen, wenn sie nicht die mindeste Bedeutung hatten? Dann wäre unsinnigerweise ein Sturm entfacht worden, von dem sich das Bestattungsinstitut Westhöll womöglich nicht mehr erholen würde. Und sie trüge die Schuld daran. Aber was, wenn es sich nun doch um echte Holzer-Blasen handelte, verursacht durch ...

Thekla wurde die Entscheidung, ob sie den Doktor aufklären oder sich in Ausflüchte retten sollte, unverhofft abgenommen. Rings um sie herum begann ein heftiges Stühlerücken, ein lautes Geschirrklappern, ein Scharren und Schrammen. Sie sah auf und stellte fest, dass die Trauergäste offenbar dabei waren, sich zu einem Spalier zu formieren. Rudolf Westhöll machte sich gerade daran, den Sarg, der sich auf einer Rollbahre befand, vor der im Entstehen begriffenen Gasse aus schwarz gekleideten Gestalten in Position zu bringen.

Thekla und Dr. Friesing reihten sich eiligst ein.

»Ich lese nach und gebe Ihnen Bescheid«, flüsterte ihr Friesing noch zu, bevor er Haltung annahm und den Kopf zum Ehrengruß neigte.

Klassische Musik, die Thekla keinem ihr bekannten Komponisten zuzuordnen vermochte, begann zu spielen, woraufhin Rudolf Westhöll den Sarg gemessenen Schrittes in Bewegung setzte. Majestätisch glitt er an gesenkten Köpfen und gefalteten Händen entlang.

Als sich die beiden Menschenketten zu Paaren formten, um einen Trauerzug zu bilden, der den Sarg zum Leichenwagen begleiten sollte, fand sich Thekla neben dem jungen Mann wieder, der am Nachmittag beim Verlassen des Café Krönner die Tür für sie aufgehalten hatte. Vergeblich mühte sie sich ab, auf seinen Namen zu kommen.

Verflixt, dachte sie, das ist doch erst zwei Stunden her. Wie verkalkt bin ich denn schon?

Pfeffer, Oskar Pfeffer, meldete sich ihre Erinnerung plötzlich. Thekla atmete auf.

Aus purer Erleichterung nickte sie dem Herrn verbindlich zu. Er nickte mit einem liebenswürdigen Lächeln zurück.

Der Leichenwagen wartete mitten auf der Zufahrt zum Haus auf seinen Passagier. Die Trauergäste bildeten einen Halbkreis um das Heck, hielten sozusagen Wacht, während es den Dichter verschluckte. Wenig später rollte der auf Hochglanz polierte schwarze Wagen die Zufahrt hinunter, und die Trauergäste beeilten sich, zu ihren Autos zu kommen, um ihm zu folgen.

Pfeffer war stehen geblieben. Mit einer Neuauflage des liebenswürdigen Lächelns von vorhin wandte er sich an Thekla. »Darf ich Sie in meinem Wagen mit zum Friedhof nehmen? Das würde Ihnen das übliche Gerangel um einen Parkplatz dort ersparen.«

Höflich, aber energisch lehnte Thekla das Angebot ab. Sie hatte entschieden, dass es genug sei für heute. Abgesehen von Hilde und Wally würde es niemandem auffallen, wenn sie bei der Andacht am Leichenschauhaus fehlte. Und falls ihr die beiden noch über den Weg liefen, konnte sie ihnen ja kundtun, dass sie sich davonmachen wollte. Sie oder Martin würden aus gesellschaftlichen Rücksichten ohnehin an der Beerdigung teilnehmen müssen, die in ein oder zwei Tagen anstand.

»Sie können es wirklich riskieren, mitzufahren«, sagte Pfeffer. »So eine Schrottlaube ist mein Auto nun auch wieder nicht, dass man sich ihm nicht anvertrauen könnte.«

»Ich würde es bedenkenlos tun«, erwiderte Thekla, »aber …«, sie entschloss sich, schlicht und einfach die Wahrheit zu sagen, »… ich will nach Hause fahren. So gut kannte ich Hermann Lanz wirklich nicht, dass ich mich verpflichtet fühlen sollte, ihn sogar bis ins Leichenschauhaus zu begleiten.«

»Mir hat der Dichter so gute Geschäfte beschert«, sagte Oskar Pfeffer darauf, »dass ich geradezu gezwungen bin, dabei zu sein, wenn sein kostbarer Sarg dort aufgestellt wird.«

»Der Sarg des Dichters sieht tatsächlich teuer aus«, gestand Thekla zu.

Pfeffer ließ ein leises Schnauben hören. »Das ist der Cocoon, ein Designerstück aus poliertem Kirschbaumholz. Haben Sie sich die Innenausstattung angesehen? Teerosengelbe Seidenkissen, das Beste vom Besten. Und die Beschläge, silberge...«

Thekla hörte nicht mehr hin. Sie war auf einen Mercedes älteren Modells aufmerksam geworden, der aus der Garage neben dem Wohnhaus rangierte. Dort, wo zuvor der Leichenwagen gestanden hatte, hielt er an, und Thekla beobachtete, wie Rudolf Westhölls Frau Lore der Witwe des Dichters in den Fond half.

»... edle Särge äußerst selten ...«, bekam sie dabei halbwegs mit, was Pfeffer sagte.

Nicht nur dieser Pfeffer scheint vom Tod des Dichters zu profitieren, dachte sie. Oder was gäbe es sonst für einen Grund dafür, dass sich das Ehepaar Westhöll gemeinsam herbemüht hatte? Verwandt waren sie ja nicht mit den Lanzens. Oder doch? Nein, das hätte Hilde erwähnt.

»... wunderschöne Urnen«, schwärmte Pfeffer gerade, »hand-bemalt mit Motiven aus Stadt und Land, für alle diejenigen, die eine Einäscherung der Erdbestattung vorziehen.«

»Das Geschäft mit dem Tod scheint ja zu florieren«, teilte ihm Thekla das Ergebnis ihrer Gedankengänge mit.

Pfeffer sah sie ernst an. »Warum für jeden Wahnwitz Geld ausgeben und ausgerechnet an denen sparen, die einem lieb und teuer waren, solange sie lebten? Ist es nicht ein gutes Gefühl, Mutter oder Vater in Samt und Seide gehüllt zu wissen, wenn sie ihre letzte Reise antreten? Natürlich kann man auch für sich selbst Vorsorge treffen und ganz genau bestimmen, wie man nach dem Hinscheiden gebettet sein will.«

Thekla schmunzelte. Dieser Bestattungsartikelvertreter war offenbar ein Naturtalent. Es fehlte nicht viel, und sie hätte sich den Katalog mit den handbemalten Urnen von ihm zeigen lassen.

Stattdessen sagte sie: »Erstaunlich, was man sich an Extravagan-zen leisten kann, wenn man sein ganzes Leben lang nichts anderes getan hat, als Verse zusammenzureimen.«

Pfeffer hob geradezu entrüstet die Brauen. »So dürfen Sie das nicht ausdrücken, Frau Stein. Hermann Lanz war ein begnadeter Poet. Beweist der heutige Tag nicht deutlich genug, wie viele Verehrer er hatte?«

Während sie sich fragte, woher Pfeffer ihren Namen kannte, betrachtete Thekla noch einmal die Hausfassade und die Blumenbeete, die der Zufahrt entlang angelegt waren, als ihr plötzlich Hilde und Wally ins Blickfeld gerieten, die neben einer rosenumrankten Aphrodite standen, als müssten sie die Statue bewachen. Pfeffer schien die beiden ebenfalls entdeckt zu haben. »Ihre beiden Freundinnen haben wohl auch nicht vor, den Dichter zu begleiten.« Er fasste Hilde näher ins Auge und runzelte die Stirn. »Frau Westhöll wirkt irgendwie angegriffen. Ist sie etwa krank? Oder gibt es Probleme im Bestattungsinstitut?« Deutlich verlegen fügte er hinzu: »Als Sie sich heute Nachmittag im Krönner unterhalten haben, war nicht zu übersehen, wie aufgeregt sie war.«

Weil Thekla nicht gleich antwortete, fuhr er mit zerknirschter Miene fort: »Entschuldigen Sie, ich wollte nicht neugierig sein, aber mein Geschäft macht mich quasi abhängig von den Bestattungsinstituten. Da will man natürlich wissen, was sich tut. Es ist ja schon länger die Rede davon, dass Rudolf ...« Er wusste nicht weiter.

Thekla wollte nicht unhöflich sein. »Hilde und ihr Neffe haben vielleicht unterschiedliche Auffassungen darüber, wie viel Zartgefühl den Verstorbenen und deren Hinterbliebenen gegenüber angebracht ist, aber ansonsten arbeiten sie vertrauensvoll zusammen.«

»Verstehe«, erwiderte Pfeffer. »Rudolf betrachtet seine Tante nach wie vor als seine beste Ratgeberin.« Nachdenklich blickte er die Zufahrt hinunter, wo sich die Autos der Trauergäste bis zur Hauptstraße stauten.

Auf einmal zuckte er zusammen und verabschiedete sich hastig mit den Worten: »Es sind ja schon alle unterwegs zum Friedhof. Da muss ich mich wohl sputen. Auf Wiedersehen, und verzeihen Sie mir die plötzliche Eile.«

Thekla machte eine bedauernde Geste. »Meine Schuld, wenn Sie zu spät kommen. Ich hätte Sie nicht aufhalten dürfen.«

Im nächsten Moment war Pfeffer verschwunden.

Auf dem gepflasterten Vorplatz war es still und leer geworden. Nur ein leises Plätschern ließ sich noch vernehmen. Thekla versuchte, die Herkunft des Geräusches ausfindig zu machen, und entdeckte inmitten eines Blumenbeetes einen gut tischhohen

Rosenquarz, aus dem Wasser in ein muschelförmiges Becken sprudelte, in dem sich Putten räkelten.

»Herzallerliebst, nicht wahr?« Hildes Stimme troff vor Hohn.

Thekla drehte sich zu ihr um. Hildes Blick ruhte mit einem Ausdruck schieren Ekels auf dem Zierbrunnen, während Wally geradezu ehrfürchtig wirkte.

»Was für ein wunderschöner –«

Thekla unterbrach sie ungerührt. »Ihr habt euch also auch ausgeklinkt.«

Wally zuckte zusammen. »Ich …«, begann sie zögernd, »ich muss doch zu Hause sein, bevor …«

Mit einem Nicken ersparte ihr Thekla weitere Erklärungen. Sie wusste ganz genau, dass Wally das Abendbrot auf den Tisch zu bringen hatte, sobald ihr Mann den Feierabend einläutete, indem er die Eingänge zur Tischlerei versperrte.

Das ist halt der Preis, dachte Thekla, den Wally zahlen muss für … ja, wofür denn eigentlich? Dass sie sich von ihrer ganzen Familie als Fußabtreter behandeln lassen darf?

»Und ich finde«, sagte Hilde, »dass das Bestattungsinstitut Westhöll eindeutig überrepräsentiert wäre, wenn auch ich noch am Leichenschauhaus auftauchen würde.«

»Lore bemüht sich ja sehr um die Witwe«, sprach Thekla aus, was ihr zuvor schon durch den Kopf gegangen war.

Hilde klatschte die Hände zusammen, verschränkte sie und hielt sie Thekla beschwörend entgegen. »Für das, was die Lanz bei Westhöll bestellt hat, müsste ihr Lore jeden Tag den Hintern wischen.«

»Kostspielig?«, fragte Thekla, obwohl sie die Antwort bereits kannte.

»Pompös! Rudolf kann sich vor Begeisterung kaum fassen«, erwiderte Hilde. »Massenweise Lilien, Kondolenzbuch, professioneller Trauerredner, weiße Handschuhe für die Sargträger, Waldhornquartett …«

Wally zupfte an Hildes Ärmel. »Ich muss jetzt ganz dringend heim.«

»Schon gut«, beruhigte Hilde sie. »In fünf Minuten bist du zu Hause.«

41

Die beiden wandten sich zum Gehen. Nach ein paar Schritten drehte sich Hilde jedoch noch mal zu Thekla um und sagte rasch: »Denk dran, deinen Bruder nach diesen seltsamen Flecken zu fragen.«

Thekla öffnete bereits den Mund, um von ihrem Gespräch mit Friesing zu berichten, überlegte es sich jedoch anders. War es nicht besser zu warten, bis Friesing sich vergewissert hatte? Wozu Hilde, ganz zu schweigen von Wally, verfrüht mit dem … Sie schluckte, wagte das Wort »Giftmord« nicht einmal zu denken … mit der »Fehldosierung« zu konfrontieren?

Hilde hatte indessen weitergesprochen: »Vorhin beim Aufmarsch bin ich mit Stenglich zusammengetroffen und habe ein wenig auf den Busch geklopft. Er hat mir unbedacht verraten, dass Lanz ständig Medikamente einnehmen musste, weil er unter zu hohem Blutdruck litt. Frag Martin, ob die einschlägigen Mittel Flecken an den Knie-Innenseiten machen.« Damit eilte sie davon.

Thekla war stehen geblieben und starrte auf die fetten Geranien, die wie ein dicker Vorhang vom Balkon herunterhingen.

Klarheit, dachte sie, könnten wir nur dann bekommen, wenn wir ins Leichenschauhaus einbrechen, den Sarg des Dichters öffnen, der Leiche Blut entnehmen und es auf Barbitursäuroderivate untersuchen lassen würden.

Vom Balkon schwebte ein rotes Blütenblatt herunter. Thekla fing es auf und rieb mit Daumen und Zeigefinger über die samtige Oberfläche.

Einbruch, Sachbeschädigung, Leichenfledderei, ging es ihr durch den Sinn. Nein, dazu würde sich nicht einmal Hilde hinreißen lassen. Und sie selbst wäre die Allerletzte, die Hilde dazu anstiftete, um dann gezwungenermaßen mitzumachen.

Sie warf das Blütenblatt weg und schüttelte sich wie ein nasser Hund, als sie sich vorstellte, nachts auf dem Friedhof herumzuschleichen, die Tür des Leichenschauhauses einzuschlagen und den toten Dichter zur Ader zu lassen.

»Stell dir das mal vor, Martin«, sagte sie laut, ohne zu bemerken, dass sie wieder in die Marotte verfiel, mit ihrem gar nicht anwesenden Bruder zu sprechen. Eine Angewohnheit, die sie ständig in die Bredouille brachte, denn Thekla wusste so gut wie nie, was sie mit Martin tatsächlich besprochen hatte und was nicht. Das hatte schon ein paarmal zu sehr unangenehmen Pannen geführt. Bestellungen waren nicht abgeliefert, Telefonate nicht beantwortet worden. Als Thekla irgendwann einsah, dass sich die Steins solche Schnitzer nicht leisten konnten, war es längst zu spät gewesen, ihre Untugend wieder abzulegen. Deshalb hatte sie sich angewöhnt, wichtige Informationen auf Notizzettel zu schreiben, die sie im Flur an eine Pinnwand heftete.

Thekla konnte sich denken, was Martin dazu zu sagen haben würde. »Einbruch? Leichenfledderei? Schwesterherz, du fängst ja bereits an zu hyperventilieren, wenn eine Spinne über deinen Arm krabbelt. Du hättest die Hohlnadel für die Blutentnahme noch nicht einmal gezückt und würdest schon ohnmächtig über dem Sarg hängen.«

Seufzend musste Thekla zustimmen. »Ja, vermutlich würde es so kommen.«

Hyperventilieren, hatte man ihr ärztlicherseits einmal erklärt, basiert auf psychischen Ursachen und tritt vor allem in Verbindung mit intensiven Gefühlen von Angst, Wut und Ärger auf. Der Betroffene atmet mit den Brustmuskeln anstatt mit dem Zwerchfell. Er atmet dabei schneller und tiefer, als für die Versorgung mit Sauerstoff und den Abbau des Kohlendioxids nötig ist. Das falsche Atmen bewirkt, dass zu viel Sauerstoff ein und zu viel Kohlendioxid ausgeatmet wird. Das führt zu einer Übersäuerung des Blutes. Die Folgen sind Schwindel- und Schwächegefühle, die bis zur Bewusstlosigkeit führen können. Der ärztliche Rat lautete, sich im Notfall eine Tüte über den Kopf zu stülpen, sodass statt Sauerstoff Kohlendioxid eingeatmet werden würde, wodurch sich die Konzentration der Blutgase wieder ins Gleichgewicht bringen ließe. Thekla hatte nie gewagt, besagte Methode auszuprobieren.

»Aber selbst wenn ich Einbruch und Leichenfledderei erfolgreich hinter mich brächte«, sagte sie zu ihrem nicht anwesenden Bruder, während sie einem gläsernen Faun, der die Haustür bewachte, über den glatten Schädel strich, »was dann?«

Der Faun grinste faunisch.

Martins Antwort hätte vermutlich »Fiasko?« gelautet.

»Eben«, erklärte Thekla. »Falls die in Rede stehenden Flecken wirklich Holzer-Blasen sind, starb der Dichter an der Überdosis eines Barbiturats, wofür wir nach der Blutuntersuchung die Bestätigung bekämen. Weil aber Hildes Neffe das Phänomen bei Lanz offenbar nicht zum ersten Mal vor Augen hatte«, erläuterte sie, wobei sie dem Faun provozierend ins Gesicht starrte, »müssen wir ein Versehen ausschließen.«

Der Faun grinste geradezu diabolisch.

»Mein lieber Martin, die Sache ist teuflisch«, sagte Thekla. »Wenn sich im Blut des Dichters eine ausreichende Menge an Rückständen nachweisen ließe, hätten wir uns nicht nur wegen Einbruchs, Sachbeschädigung und Leichenfledderei strafbar gemacht, sondern womöglich auch wegen Verschleierung eines Verbrechens. Hätte man nicht schon beim ersten geringsten Verdacht die Polizei informieren müssen?«

Martin würde ihr wohl vorbehaltlos zustimmen.

»Wie man es auch dreht und wendet, es ist vertrackt. Gibt es noch eine Chance, ungeschoren davonzukommen?«

Martin würde wohl verneinen.

»Bleibt nur die Flucht nach vorn«, resümierte Thekla. »Auf welche Weise auch immer, die Fleckengeschichte muss geklärt werden. Was, wenn Rudolf bald wieder Holzer-Blasen an einer Leiche entdeckt? Dann …«

Sie wagte nicht weiterzusprechen. Stattdessen warf sie einen letzten vernichtenden Blick auf den grinsenden Faun, drehte sich um und lief zu ihrem Wagen. Bevor sie ihn startete, riss sie einen Zettel von dem Spiralblock auf dem Armaturenbrett und kritzelte das Wort »Holzer-Blasen« darauf. Zu Hause würde sie ihn an die Pinnwand heften.

»Wohin mit dem Krempel?«, fragte Hilde gereizt und gab selbst
die Antwort. »Ins Lager hinüber, zuhinterst die Kisten mit den
Sägespänen.«
Doch Lore Westhöll schüttelte vehement den Kopf. »Sie kommen in den Urnenständer im Ausstellungsraum, und was nicht
mehr hineinpasst, kommt in die Vitrine. Du weißt ganz genau,
wie beliebt diese handbemalten Urnen sind. Wenn *wir* sie nicht
feilbieten, macht die Konkurrenz das Geschäft.«

Unwillig öffnete Hilde einen Karton, wickelte eines der Aschegefäße aus seiner Ummantelung und betrachtete es angewidert.
Geradezu erbost stach sie die Spitze ihres Zeigefingers in einen
himmelblauen See, in dem sich ein roter Kirchturm spiegelte.

Sie wollte gerade ihre Meinung über das Talent des Malers
zum Besten geben, da kam ihr Lore zuvor. »Oskar sagt, die Urne
mit dem Granzbacher Kirchlein verkauft sich spitzenmäßig, weil
alles so detailgenau dargestellt ist. Sogar ein Engel schwebt über
der Kirchturmspitze, und der heilige Antonius steht vor dem Ein-
gangsportal.«

Hilde fasste das Kirchlein am grellgrünen Ufer des himmelblauen Sees ins Auge. »So, so, der heilige Antonius«, sagte sie spitz.
»Ich hätte das Gebilde für einen verkrüppelten Baum gehalten
und den schwebenden Engel für eine Fledermaus. Was für eine
primitive Kleckserei.«

»Geschmackssache, Tante Hilde, künstlerische Werke sind halt
Geschmackssache. Außerdem haben wir keine Wahl. Die Urnen
vom Siegfried sind die einzigen handbemalten auf dem Markt.«

»Wer will schon gegen so etwas anstinken«, brummte Hilde.
»Allerdings frage ich mich, weshalb er in einer Klapperkiste von
Lieferwagen herumfährt, löchrige Jeans trägt und so ungepflegt
wirkt, als würde er in einer Felsenhöhle am alten Steinbruch hau-
sen, wenn sich seine Machwerke derart gut verkaufen.«

Missmutig begann sie, ein Gefäß nach dem anderen auszupa-
cken. Als sie ein braunes Urnen-Unikat, verziert mit Traktor samt

Mähwerk, in den Händen hielt, fragte sie sich, ob dieses Ding nicht eher auf die Landwirtschaftsausstellung gehörte oder in eine dieser Dokusoaps.

»Heute sucht Bauer noch Frau«, murmelte sie. »Morgen schon Urne.«

Nachdem sie alle Aschegefäße ausgewickelt und verstaut hatte, trug sie die leeren Kartons durch die hintere Tür in den Hof hinaus. Rudolfs Gehilfe würde den ganzen Papiermüll später zum Container bringen.

Auf dem Weg zurück hörte sie, wie Lore in ihrem Büro telefonierte. Hilde spitzte die Ohren und brauchte nicht lange, um in Erfahrung zu bringen, dass der ehemalige Filialleiter der Granzbacher Sparkasse verstorben war.

Parkinson, nickte sie vor sich hin. Der Mann litt ja schon seit Jahren an Parkinson.

Das ist der vierte Todesfall in dieser Woche, ging es ihr durch den Kopf. Erstaunlich viel für ein Nest wie Granzbach. Versonnen trat sie wieder in den Ausstellungsraum. Früher, als Gregor und ich das Bestattungsinstitut noch leiteten, hatten wir manchmal nur vier pro Monat, dachte sie.

Fraglos war Granzbach – ebenso wie Moosbach und Scheuerbach – in den letzten zwanzig Jahren enorm gewachsen. Die drei Orte lagen verkehrstechnisch recht günstig zwischen Donau, Autobahn und Schienenstrang, weshalb sich im Umkreis etliche Firmen angesiedelt hatten. Da sich die Grundstückspreise danach noch immer in einem bezahlbaren Rahmen bewegten, waren auch viele Privathäuser gebaut worden.

Aber es sind doch ausschließlich junge Familien hergezogen, überlegte Hilde, wie kann die Todesrate da derartig zunehmen?

In Gedanken ließ sie die Verstorbenen, mit deren Beerdigung das Bestattungsinstitut Westhöll in den letzten Wochen beauftragt worden war, Revue passieren: ein Unfallopfer, dreißig Jahre alt, ein Fall von plötzlichem Kindstod, ein Selbstmörder Mitte zwanzig, sechs Pflegefälle, die im Alter zwischen achtzig und neunzig nach längerem Siechtum gestorben waren – drei davon hatten laut Rudolf jene seltsamen Flecken an den Knie-Innenseiten.

Gegen den Unfalltod, den Kindstod und den Selbstmord ist

nichts zu sagen, dachte Hilde. Aber gleich sechs von den Alten? Das liegt weit über dem Durchschnitt, zumal man ja bedenken muss, dass kaum Familien samt Großmutter und Großvater zugezogen sind. Und nur bei den Alten sind diese Flecken aufgetaucht. Sie versuchte, das Wort auszublenden, das in ihrem Kopf wie eine Neonreklame zu blinken begonnen hatte: Sterbehilfe.

»Verflucht und zugenäht«, rief sie, »wir müssen herauskriegen, wodurch sie verursacht werden.«

Müsste Thekla nicht inzwischen mit ihrem Bruder gesprochen haben? Hilde beschloss, sie auf der Stelle anzurufen, und eilte in ihr Büro. Dort zögerte sie einen Moment. Wann hatte sie je mit Thekla telefoniert? Seit Jahrzehnten trafen sie sich mittwochs im Krönner zum Kaffeekränzchen, pflegten ansonsten jedoch keinen Kontakt zueinander. Wozu auch? Was man sich zu erzählen hatte, konnte bis zum jeweils kommenden Mittwoch warten. Diesmal allerdings nicht. Im Moment herrschte Ausnahmezustand – so wie damals, als Wally die Fahrten nach Straubing verwehrt werden sollten.

Wie zu erwarten, geriet Hilde an den Anrufbeantworter, als sie die Privatnummer der Steins wählte. Wütend knallte sie den Hörer auf die Gabel und suchte sich den Telefonanschluss der Apotheke heraus.

Martin Stein meldete sich und teilte Hilde mit, dass Thekla schon seit Stunden beim Zahnarzt sitze. Zwei ihrer Backenzähne müssten neu überkront werden.

»Hat Sie mit Ihnen über die Flecken gesprochen?«, fragte Hilde.

»Welche Flecken?«

Hilde würgte zähneknirschend einen Abschiedsgruß heraus und legte auf.

Wieder zurück im Ausstellungsraum schloss sie die Glastüren der Vitrine so rabiat, dass es gefährlich schepperte. Das brachte sie zur Räson.

Vielleicht hat Stenglich ja doch recht, sagte sie sich, wenn er von Allergien spricht. Ist nicht laufend die Rede von gefährlichen Umweltgiften? Wer weiß, was unsere Industriebetriebe alles in den Moosbach kippen, im Boden versickern lassen und in die Atmosphäre blasen. Sind wir nicht dauernd Unmengen von Giftstoffen ausgesetzt, die uns krank machen, allergische Reaktionen verursachen und zu einem vorzeitigen Tod führen?

Sie griff nach dem Lieferschein für die Urnen, um ihn mit in die Registratur zu nehmen, wo er abgeheftet werden musste. Als sie auf dem Weg dorthin am rückwärtigen Fenster vorbeikam, fiel ihr Blick in den Hof und blieb an dem erst vor wenigen Wochen neu angeschafften Grabbagger hängen. ROBO 350 AS, blitzte es in Hildes Gedanken auf. Eine Welle von Besitzerstolz überschwemmte sie. Es war kein Fehler gewesen, Rudolf das Geschäft zu übergeben. Er wusste es zu perfektionieren.

Neben dem schlanken Bagger stand der ebenfalls neu angeschaffte Lastkraftwagen, der die Aufgabe hatte, ROBO an seinen jeweiligen Einsatzort zu transportieren.

Neun Tonnen, zweihundertzehn PS, Länge acht Meter fünfzig, Breite zwei Meter vierzig. Extragroße Fahrerkabine mit Platz für zwei Mann. Standheizung. Hilde kannte sämtliche Details des Lasters, weil Rudolfs Gehilfe sie fortwährend herbetete wie ein Mantra.

Sie schaute dem Gehilfen zu, wie er seine beiden Lieblinge mit einem Mikrofasertuch umkreiste, hier ein Stäubchen wegpolierte, dort an einem Fleckchen wienerte. Offenbar hatte er die Fahrzeuge zuvor mit dem Hochdruckgerät gereinigt, denn sie glänzten mindestens so blank wie an dem Tag, an dem sie angeliefert worden waren.

Ein kleines, ein wenig boshaftes Lächeln kräuselte Hildes Lippen. Freundchen, dachte sie, gleich wird dein Vergnügen mit dem Blechspielzeug vorbei sein. Gleich wird man dich zu dem toten Sesselfurzer von Sparkassenleiter beordern. Den kannst du dann mit einer Ladung Bio Air aufmöbeln.

Hilde mochte den Gehilfen ihres Neffen nicht besonders. (Die Frage, ob sie überhaupt jemanden mochte, mag unbeantwortet bleiben.) Was sie an Egon Pfeffer in erster Linie ärgerte, war, dass es offenbar nichts gab, womit er sich nicht auszukennen glaubte. In ihren Augen kam das purer Selbstüberschätzung gleich. Dummerweise schien Rudolf von Pfeffers Klugscheißerei beeindruckt und ließ ihn für Hildes Geschmack im Bestattungsinstitut viel zu anmaßend auftreten. Und Egon Pfeffer nützte das weidlich aus.

Dieser Zustand war inzwischen so weit gediehen, dass sich Pfeffer für unersetzlich hielt, während er für Hilde allenfalls noch ein mitleidiges Lächeln übrig hatte. Denn gewiss hatte er gemerkt, dass Rudolf manchmal nahe daran war, ihr in den Räumen des Bestattungsinstituts Hausverbot zu erteilen. Sie hatte ja kein verbrieftes Recht, sich dort aufzuhalten. Und so sehr Rudolf anfangs auf ihren Rat und ihre Unterstützung angewiesen war, so gut kam er inzwischen ohne sie zurecht – meistens jedenfalls. Aber wie hätte denn Hilde einfach loslassen können? Das Bestattungsinstitut Westhöll war das einzige Kind, das sie und ihr Mann in die Welt gesetzt hatten. So ein Kind überließ man doch nicht mir nichts dir nichts einem andern. Man wollte doch miterleben, wie es sich weiterentwickelte, und man wollte auf seine Entwicklung gerne fernerhin Einfluss nehmen, auch wenn es inzwischen auf eigenen Füßen stand.

Soeben hatte Pfeffer seine Polierarbeiten an der Karosserie des Lastwagens beendet. Wichtigtuerisch schritt er jetzt auf das Nebengebäude zu und öffnete die Türflügel zum Lagerraum.

Lieferung gefällig, dachte Hilde.

Bereits im nächsten Augenblick bog ein geschlossener Transporter in den Hof ein, dem Oskar Pfeffer entstieg.

Als Oskar anfing, das Bestattungsinstitut zu beliefern, hatte Hilde den Gehilfen einmal gefragt, ob er mit ihm verwandt sei oder ob die Namensgleichheit auf Zufall beruhte.

Die Antwort war recht bruchstückhaft und ziemlich brummig ausgefallen. »Eine Tante von mir hat ihn ledig gehabt. Schwere Zeit gewesen, damals. Wirklich nicht leicht. Alles andere als ein Zuckerlecken. Musste sterben, als der Bub noch keine drei war.«

Hilde hatte sich erkundigt, von wem der Oskar nach dem Tod der Mutter aufgezogen worden war, und Pfeffer hatte ihr lakonisch mitgeteilt: »Vom Vater und der Stiefmutter.«

Oskar war also väterlicherseits angenommen, aber offensichtlich nicht adoptiert worden.

Anfangs hatte Hilde gemeint, Egon Pfeffer habe seinen Cousin in der Bestattungsbranche untergebracht. Aber je öfter sie die beiden zusammen sah, desto mehr gelangte sie zu der Ansicht, dass Egon mit gerunzelter Stirn auf Oskars Handel mit Pietätsartikeln blickte. Wie auch immer, Oskar war mit dem Bestattungsinstitut Westhöll dick ins Geschäft gekommen. Und dieser Totenausstaffierer hatte es tatsächlich verstanden, sich bei Lore Liebkind zu machen.

Für Hildes Geschmack steckten Lore Westhöll und Oskar Pfeffer ihre Köpfe viel zu oft zusammen – und viel zu nah.

Sie wandte sich vom Fenster ab und machte sich eilig auf den Weg in die Registratur, weil sie keinen Wert darauf legte, mit Oskar Pfeffer zusammenzutreffen, der sicherlich gleich hereinkommen würde.

Soll er doch sein Geschwafel über die neuesten Erzeugnisse der Pietätsartikel-Branche vor Lore auskippen, dachte sie, bei ihr wird er auf jeden Fall ein offenes Ohr finden, so gut, wie die beiden miteinander können.

In Wahrheit vermied Hilde die Begegnung mit Oskar Pfeffer, weil sie sich in der Zwickmühle befand. Einerseits begrüßte sie es sehr, dass Lore sich neuerdings verstärkt um den Einkauf kümmerte: Hilde hatte längst erkannt, dass Rudolfs Frau ein gutes Gespür für den Geschmack der Kundschaft besaß, was ihr selbst zeitlebens gefehlt hatte. Deshalb hatte sie Lore ja auch angeleitet, sie ermutigt und war durchaus stolz auf ihre gelehrige Schülerin gewesen.

Andererseits fiel es ihr eben schwer, das Heft aus der Hand zu geben und in den Augen von Leuten wie Oskar Pfeffer mehr und mehr an Bedeutung zu verlieren. Noch gab er sich auch ihr gegenüber zuvorkommend, noch gab er sich galant. Aber roch seine Galanterie nicht schon deutlich nach Ironie?

Das tat sie, meinte Hilde und entwickelte eine zunehmende Abneigung gegen Oskar Pfeffer, deren Ursache in Wahrheit bei ihr selbst zu suchen war. In Fachkreisen würde man von Projektion sprechen, um Hildes Verhalten zu erklären. In Oskar Pfeffer hatte sie eine Person gefunden, der sie den Fehler ankreiden konnte, den sie selbst bei der Übergabe des Bestattungsinstituts gemacht hatte, indem sie sich keine Rechte und Ansprüche am Geschäft vorbehielt. Rudolfs Bedingung hatte zwar gelautet »ganz oder gar nicht«, aber mit etwas mehr Hartnäckigkeit ihrerseits wäre er vielleicht weichzuklopfen gewesen.

Hilde drückte die Tür der Registratur hinter sich ins Schloss. Nach Übergabe des Geschäfts an ihren Neffen hatte sie ihm und Lore die beiden Büroräume überlassen und für sich selbst eine Ecke am Fenster in der Registratur als Arbeitsplatz eingerichtet. Dort setzte sie sich nun an den Schreibtisch und griff nach dem Ordner für Lieferscheine.

Im selben Moment hörte sie Oskar Pfeffer durch den hinteren Eingang hereinkommen, vernahm seine schnellen Schritte im Flur und das helle Klopfen seiner Fingerknöchel an Lores Bürotür. Zielstrebig, kommentierte Hilde sein Auftreten innerlich und verzog spöttisch den Mund.

Sie heftete den Lieferschein ab, schloss den Ordner und nahm ein Päckchen loser Zettel vom Vortag zur Hand. Obenauf befand sich die Auflistung der einzelnen Posten für den Blumenschmuck am Sarg des toten Dichters.

»Stattlicher Betrag«, murmelte Hilde, nachdem sie die Endsumme im Kopf überschlagen hatte. »Und das nur fürs Grünzeug.«

Alles in allem würde eine schöne Stange Geld zusammenkommen, sobald alle Rechnungen gestellt waren. Erneut drängte sich ihr der Gedanke an die Flecken auf, die Rudolf nach dem Tod des Dichters erwähnt hatte.

Lanz war gesundheitlich angeschlagen gewesen – keine Frage, dachte sie und legte den Papierpacken nachdenklich wieder auf den Schreibtisch zurück. Sein Körper könnte durch die Notwendigkeit, jahrzehntelang Alkohol und Nikotin abbauen zu müssen, an die Grenzen seiner Belastbarkeit gelangt sein. Gegen zusätzliche Belastungen, wie chemische Verschmutzungen der Atemluft oder Pestizidrückstände im Trinkwasser, hätte er sich womöglich nicht mehr wehren können.

Unvermittelt fragte sie sich, ob sich jene Flecken auch am Leichnam des ehemaligen Sparkassenleiters feststellen lassen würden. Sollte sie Egon Pfeffer bitten, darauf zu achten, während er die Leiche auf dem Sterbebett versorgte?

Nach kurzem Überlegen entschied sich Hilde dagegen. Rudolf würde ihr ein derartiges Eingreifen bestimmt übel nehmen. Er ließ ja keinen Zweifel daran, dass er ihre Mitarbeit in seinem Bestattungsunternehmen mit äußerst gemischten Gefühlen betrachtete.

Insofern erstaunlich, dachte sie, dass er mir von seiner Beobachtung erzählt hat. Oder doch auch wieder nicht, revidierte sie sich. Er weiß ja, zu wie vielen Toten ich im Laufe der Jahre gerufen worden bin. Womöglich hat er sich von mir eine Antwort erwartet, die sein Dilemma beenden würde. Aber so eine Antwort habe ich nicht. Die kann er nur von einem Arzt bekommen, der die Totenschau ernst nimmt. Aber Rudolf schreckt ja davor zurück, einen solchen hinzuzuziehen – verständlicherweise. Was für ein Skandal, wenn er Stenglichs Befund nachprüfen lassen würde, wodurch die Hinterbliebenen zwangsläufig unter Mordverdacht gerieten. Was für ein nicht wiedergutzumachender Schaden, wenn sich letztendlich herausstellte, dass die Flecken harmlos sind. Westhöll wäre am Ende.

Aber jedes Mal wenn Rudolf wieder solche Flecken sieht, überlegte sie, gerät er tiefer in die Klemme. Wo und wann er ihnen wohl nächstens begegnen wird?

Wenn der Zufall es so wollte, konnte es bis dahin lange dauern, denn ihr Neffe versorgte längst nicht alle Toten, die das Unternehmen Westhöll bestattete, persönlich. Einen erklecklichen Teil hatte Pfeffer zu übernehmen, wie beispielsweise den Sparkassenleiter heute, weil Rudolf mit einem Leichentransport ins Chiemgau unterwegs war.

Wie viele unserer Kunden versorgt Pfeffer eigentlich im Schnitt?, fragte sich Hilde. Die Hälfte? Ein Drittel? Das würde bedeuten, dass die Flecken an doppelt so vielen Verstorbenen vorhanden gewesen sein könnten, als Rudolf ahnt.

Plötzlich fuhr ihr ein neuer Gedanke durch den Sinn: Was, wenn die Flecken schon zu Lebzeiten sichtbar waren? Sich in mehr oder weniger ausgeprägter Form bereits vor dem Tod ankündigten? Wenn ja, dann hatte sie eine Chance, sich selbst ein Bild zu machen. Einen Krankenbesuch würde ihr niemand verwehren, in das Haus eines Verstorbenen zu marschieren, dort ins Sterbezimmer vorzudringen und die nackten Beine des Toten zu examinieren, schon.

Auf einmal war Hilde ganz aufgeregt. Sie würde Ermittlungen anstellen. Unverzüglich. Sie würde einige der hinfälligen Granzbacher Senioren aufsuchen und sich deren Knie-Innenseiten ansehen.

Aber damit nicht genug. Sie würde sich auch die genauen Bezeichnungen aller Medikamente vermerken, die sie im Krankenzimmer finden konnte. Warum den Knoten nicht von hinten aufdröseln?, dachte sie. Wofür sitzt Thekla an der Quelle? Sie kann die Nebenwirkungen jeder einzelnen Pille ausfindig machen, und im Handumdrehen wissen wir, ob der Kranke mit einer Arznei behandelt wird, die solche Flecken verursachen könnte. Unangenehm, so ein Krankenbesuch bei jemandem, der definitiv nicht mehr lange zu leben hat, ging es Hilde durch den Kopf, aber was sein muss, muss sein. Wer sich nicht vorwärts bewegt, bleibt stecken.

Als sie jedoch zu überlegen begann, wem sie (unter Vorspiegelung von Mitgefühl und Anteilnahme) ihre Aufwartung machen sollte, fiel ihr niemand ein. Also nahm sie das örtliche Telefonbuch aus der Schublade, um ihrem Gedächtnis auf die Sprünge zu helfen, und knallte es so kräftig auf den Schreibtisch, dass die Stifte tanzten.

Hilde hatte die Namensrubriken bis »K« bereits durchgesehen, hatte sich »Brandmeier« herausgeschrieben und danach »Froidl«; zwei Herren über neunzig, die beide, wie sie wusste, schon lange bettlägerig waren, die sie jedoch nicht gut genug kannte, um ihnen kurzerhand einen Krankenbesuch abzustatten. Deshalb suchte sie weiter. Bis sie bei »K« auf »Kaltenbach« stieß.

»Treffer«, murmelte sie.

Anna Kaltenbach war die Mutter des amtierenden Bürgermeisters. Sie hatte jahrzehntelang als Lehrerin an der Granzbacher Grundschule gearbeitet (hatte dort Anfang der Sechziger auch Hilde unterrichtet, bevor die zu den Ursulinen kam) und in den Siebzigern den Granzbacher Kirchenchor geleitet, in dem Hilde seit ihrem achtzehnten Lebensjahr mitsang.

Hilde erinnerte sich an das Geflüster, das vergangenen Sonntag während des Gottesdienstes durchs Chorgestühl gehuscht war: »Die alte Kaltenbach, die macht's nicht mehr lang.« – »Die macht's überhaupt nicht mehr lang.« – »... für ihre Beerdigung hat sie sich die ›Missa mundi‹ gewünscht.« – »Missa mundi?« – »... lateinische Choralmesse.« – »... viel zu schwierig für uns ...«

Hilde pfiff ihre Gedanken an den Schreibtisch zurück. Was immer der Kirchenchor bei der Beerdigung zum Besten geben würde, Anna Kaltenbach lag offenbar in den letzten Zügen, und Hilde stand ihr nahe genug, um ihr am Sterbebett Zuspruch leisten zu dürfen. Und das würde sie auf der Stelle tun, bevor es womöglich zu spät dafür war.

Während Hilde mit Anna Kaltenbachs Schwiegertochter telefonierte, kam Lore in die Registratur.

Sie legte ein paar Akten ab, ordnete die Lamellenvorhänge vor den Regalen, zupfte hier, glättete dort. Daran merkte Hilde, dass sie gekommen war, um etwas mit ihr zu bereden, und beendete – sobald ihre Auffassung von Höflichkeit es zuließ – das Telefongespräch.

»Rudolf wird in spätestens einer Stunde zurück sein«, sagte Lore. »Er hat gerade angerufen und gesagt, dass er eben an der Ausfahrt Landshut vorbeigefahren ist. Ich würde gern –«

Hilde unterbrach sie. »Geh nur.« Sie zwinkerte ihr zu. »Ich verrate ihm kein Wort davon, dass du gleich nach seinem Anruf losgezogen bist.« Sie biss sich auf die Unterlippe, um nicht zu grinsen. Wenn ihr Neffe wüsste, wie oft sie hier allein die Stellung hielt!

»Danke«, sagte Lore und schlüpfte hinaus. Sie trug bereits Radlerhosen und eine Windjacke.

Rudolf konnte seiner Frau die Radtouren, die sie beinahe täglich unternahm, schwerlich verbieten. Er versuchte jedoch mit allen Mitteln, sie einzuschränken. »Bleib nicht zu lange fort! Fahr nicht zu weit«, lauteten seine ständigen Ermahnungen, die einzig und allein zur Folge hatten, dass Lore sich hier ein Stündchen stahl und dort eine Besorgung vorschob, die sie nie machte. Wenn Rudolf zurückkam, würde Hilde so tun, als wäre Lore eben erst losgeradelt.

Durchs Fenster beobachtete sie, wie Lore draußen im Hof ihren Helm aufsetzte, sich aufs Rad schwang – und zögerte. Nanu, staunte Hilde, normalerweise legt sie doch los wie Lance Armstrong. Lore schien zu überlegen, was sie tun sollte.

»Fahr schon, Mädel«, brummte Hilde. »Die Zeit läuft.«

Aber Lore rutschte im Sattel herum, fummelte am Lenker, hob

und senkte die Schultern. Endlich, als Hilde ihr schon ein »Stimmt was nicht?« zurufen wollte, trat sie in die Pedale.

Beruhigt wandte sich Hilde wieder den Schriftstücken auf ihrem Schreibtisch zu. Den Besuch bei Frau Kaltenbach würde sie zwar um ein Stündchen verschieben müssen, aber das ließ sich hinnehmen. Sie gönnte Lore die Unternehmung, und sie gönnte es Rudolf, überlistet zu werden, obwohl sie im Grunde seiner Meinung war. Radsport ist ja gut und schön, dachte sie, aber Lore übertreibt es. Sie übertreibt es maßlos. Für die Strecke, die sie in den kurzen Abendstunden herunterspult, braucht ein rüstiger Sonntagsradler den ganzen Tag.

Hilde besaß selbst ein Trekkingrad, und an sonnigen, nicht zu heißen Nachmittagen fuhr sie gern ein paar Kilometer den Donauradweg hinauf oder hinunter. Meistens radelte sie ihn stromaufwärts nach Moosbach, wo sie dann in der Stein'schen Apotheke ihre Kalziumbrausetabletten kaufte und ein Schwätzchen mit Thekla hielt.

Lore fuhr – das konnte man aus der Richtung, die sie vom Bestattungsinstitut aus einschlug, folgern – immer flussabwärts. Hilde hatte sie eines Tages gefragt, warum. Lore hatte ihr daraufhin auf der Karte die Strecke gezeigt, die sie bei ihrer Radtour bewältigte. Die Route verlief an der Donau entlang bis Deggendorf und von da weiter auf der Hengersberger Straße Richtung Seebach bis zur Abzweigung nach Eichberg, die linkerhand hinter einer Kurve kam. Dort bog Lore in das Sträßchen ein, das steil zum Ort hinaufführt, radelte an den wenigen Häusern vorbei und erreichte nach einiger Zeit eine Kuppe, auf der ein noch schmäleres Sträßchen nach links abzweigte, dem sie bergwärts bis zum Gut Aiderbichl folgte.

Es kam nicht oft vor, aber Hilde war die Spucke weggeblieben. Was für eine Mammuttour.

Hilde erhob sich und eilte in Lores Büro, weil sie dort das Telefon klingeln hörte. Keine fünf Minuten später hatte sie einen Kunden vergrault, der beim Bestattungsinstitut Westhöll eine Vorsorgeregelung für seinen eigenen Todesfall treffen wollte. Was musste er aber auch so dumme Fragen stellen. »Wie handhaben Sie es bei einem

Vorsorgevertrag mit der Bezahlung?«Ja wie schon? Sicherheitsleistung natürlich. »Ein Vorsorgevertrag ist kein Weihnachtswunsch.« Nachdem der Herr ziemlich verschnupft aufgelegt hatte, kehrte Hilde in ihre Fensterecke in der Registratur zurück und sah wenig später Rudolf mit dem Leichenwagen in den Hof einbiegen. Er stellte den nagelneuen Mercedes der S-Klasse vor dem Waschhaus ab, weil er seine jüngste Anschaffung nach der langen Fahrt offenbar sofort wieder auf Hochglanz bringen wollte.

Hilde starrte eine Weile auf den schwarzen Lack des kostspieligen Gefährts und hatte plötzlich wieder den Text in der Werbebroschüre vor Augen: »Komplett abgedichteter Transportraum, Roll-in-Beladesystem für zwei Särge, elegante Linienführung vom Kühler bis zum Heck, aparte Zierleisten, Dachrandverglasung. Ausführung in Stahlblech und Kevlar …«

Rudolf schien einen Moment lang unentschlossen, dann ließ er den Wagen stehen und kam auf das Hauptgebäude zu.

Gut, dachte Hilde, um die Autowäsche soll sich Pfeffer kümmern, sobald er zurück ist. Rudolf hat Wichtigeres zu tun – die Anrufe seiner Klientel entgegenzunehmen beispielsweise.

Sie nahm ihre Handtasche, begab sich hinaus, sagte kurz angebunden: »Lore ist gerade eben weggefahren, und ich gehe jetzt auch«, ließ Rudolf sichtlich verdattert stehen und machte sich auf den Weg zum Haus des Bürgermeisters.

»Die Hilde«, quiekte Anna Kaltenbach in ihrem Bett. »Und immer noch dürr wie ein Zaunpfahl. Da wird das ja nie was mit dem Stimmvolumen, Kind.«

»Wie geht es Ihnen, Frau Kaltenbach?«, fragte Hilde, ohne etwas auf deren Begrüßung zu erwidern.

»Lang dauert's nicht mehr, meint Dr. Stenglich, dann hab ich's überstanden«, antwortete die ehemalige Lehrerin. »Das Herz, die Lunge, du weißt schon …« Sie lächelte matt. »Das ist aber schön, dass du extra hergekommen bist. Viel Gesellschaft hat man nämlich nicht mehr, wenn man bloß noch eine Last ist für die anderen.«

Hilde tätschelte ihr die Hand. »Ihre Schwiegertochter sagt, dass jeden Tag Besuch für Sie kommt.«

»Hildchen«, entgegnete Anna Kaltenbach, »du hast wohl in

meinem Unterricht nicht genug aufgepasst. Faktoren muss man immer in Bezug zueinander setzen. Was meinst du, wie lang ein Besucher sitzen bleibt, da an meinem Bett?« Sie wedelte kraftlos mit der Hand. »Ein halbes Stündchen höchstens. Und wie viele Stunden hat ein Tag? Richtig, vierundzwanzig. Den Prozentsatz kannst du ja als Hausaufgabe ausrechnen.« Sie schloss die Augen und atmete schwer.

Hilde wollte ihr eine Weile Ruhe gönnen und schwieg, doch Anna Kaltenbach sprach bereits weiter: »Der Einzige, der es ganze Nachmittage bei mir ausgehalten hat, ist mir diese Woche weggestorben.«

Hilde brauchte einige Zeit, bis sie dahinterkam, wen Anna Kaltenbach meinte. »Der Dichter?«

»Ja, der Hermann«, sagte die alte Frau nickend, »der kleine Lanz, der sich in der zweiten Klasse so schwer tat mit dem Lesen und Schreiben, dass ich mich damals gefragt habe, ob er nicht ein Fall für die Sonderschule wäre. Wer hätte gedacht, dass er eines Tages Gedichte verfassen würde? Wer hätte gedacht, dass er mir sie stundenlang vorlesen würde?«

»Seine Gedichte?«, fragte Hilde ungläubig.

»Seine Gedichte«, bestätigte Anna Kaltenbach.

Hilde fiel ein, wie Thekla bei jeder Gelegenheit die Lanz'schen Machwerke mit Inbrunst verriss, und das veranlasste sie, sich zu erkundigen: »Sie scheinen seine Verse ja sehr gemocht zu haben, Frau Kaltenbach.«

Um den Mund der alten Lehrerin zuckte wieder ein Lächeln. »Wie heißt es so schön: ›Einem geschenkten Gaul schaut man nicht ins Maul.‹ Der Hermann hat vorgelesen, und ich habe dankbar seiner Stimme gelauscht.«

»Haben Sie seine Dichtungen nie kritisiert?«, fragte Hilde.

»Nur in Gedanken«, antwortete Anna Kaltenbach. »Glaubst du etwa, der Hermann wäre noch mal aufgekreuzt, wenn ich ihm klargelegt hätte, was für einen Unsinn er verzapft?« Sie schaute gequält an die Decke. »Am schlimmsten waren seine Mundartgedichte. ›D' Natur, die schreit, hört ihr's, liebe Leit? 's wird allerhöchste Zeit ...‹ – Jesus, was für eine Reimerei.«

»Seine Gedichte sind sehr beliebt«, wandte Hilde ein.

»Was ist nicht alles beliebt bei den Leuten«, konterte Anna Kaltenbach. »Hansi Hinterseer, Karl Moik, fetter Schweinebraten, übersüße Schmalzkring–« Sie konnte nicht mehr weitersprechen, rang um Luft.

Hilde saß stumm an ihrem Bett.

Etliche Minuten verstrichen, bis die ehemalige Lehrerin wieder ein wenig ruhiger atmete. Als sich ihre Brust nicht mehr so krampfartig hob und senkte, öffnete Hilde ihre Handtasche und nahm ein kleines Döschen heraus. »Ich habe Ihnen Ringelblumensalbe mitgebracht, Frau Kaltenbach. Wenn Sie möchten, creme ich Ihnen die Beine damit ein. Ringelblume wirkt gegen Schwellungen und Entzündungen, kühlt und beruhigt.«

Die alte Frau sah sie erfreut an. »Das ist aber lieb von dir, Hildchen. Wenn ich dieser Tage dem Herrgott begegne, lege ich ein gutes Wort für dich ein.« Sie blinzelte. »Zänkisches Mundwerk hin oder her – ja, ja, ich habe deine Widerborstigkeit nicht vergessen –, was du heute für mich tust, muss er dir hoch anrechnen.«

Hilde spürte, wie ihr die Röte in die Wangen stieg. Was Anna Kaltenbach wohl sagen würde, wenn sie wüsste, dass es ihr nur darum ging, ihre nackten Beine in die Finger zu bekommen, um sie zu inspizieren? Hastig verteidigte sie sich vor sich selbst mit der beliebten Floskel »Der Zweck heiligt die Mittel«, schlug die Bettdecke zurück, begann, das rechte Bein Anna Kaltenbachs einzucremen, und musterte dabei jeden Zentimeter Haut. Flecken gab es genug. Kleine Ekzeme, teils frisch, teils vernarbt mit Krusten und Schuppen, Rötungen, bläuliche Verfärbungen, Druckstellen, Unmengen von braunen Altersflecken und ganze Ströme von Besenreisern, die sich von der Leiste bis zum Knöchel zogen. Am jungfräulichsten schien die Haut an der Knie-Innenseite zu sein, heller, weniger faltig, irgendwie dünner – und sie wies nicht das kleinste Fleckchen auf.

Ganz genauso verhielt es sich beim linken Bein. Kein Bläschen, kein Fleckchen, nahezu straffe Haut an der Knie-Innenseite.

»Da kommt man sich ja schier zum Besten gehalten vor«, murmelte Hilde.

»Was meinst du, Hildchen?«, fragte Anna Kaltenbach müde.

Hilde breitete die Bettdecke sorgsam über ihre Beine. »Morgen komme ich wieder und creme Sie ein. Die Salbe lasse ich gleich da.« Sie stellte das Döschen auf den Nachttisch, wo sich etliche Packungen mit Arzneimitteln befanden. »Müssen Sie denn gar so viele Medikamente einnehmen, Frau Kaltenbach?«, erkundigte sie sich.

»Stenglich spart nicht mit Schmerzmitteln und Schlafpulvern«, lautete die Antwort. »Und dafür bin ich ihm wirklich dankbar.« Hilde merkte, dass die alte Frau inzwischen sehr erschöpft war und wohl gleich einschlafen würde. »Kann ich noch etwas für Sie tun, bevor ich gehe?«, fragte sie.

Anna Kaltenbach schlug die Augen auf, die ihr bereits zugefallen waren. »Ein Schlückchen zu trinken wäre fein.«

Hilde nahm die kleine, altmodisch wirkende Limonadenflasche, die sie schon zuvor auf dem Nachttisch bemerkt hatte, fand ein Glas und schenkte ein. Skeptisch betrachtete sie die gelbliche Flüssigkeit, die das Glas füllte.

Frau Kaltenbach hatte ihren argwöhnischen Blick offenbar bemerkt, denn sie sagte: »Birnensaft. Köstlich, Hildchen. Aber damit ist es jetzt auch zu Ende.«

Hilde half ihr, sich aufzurichten, und hielt ihr das Glas an den Mund.

Anna Kaltenbach trank es bis auf den letzten Tropfen aus, dann leckte sie sich die Lippen. »Hermanns Birnensaft ist um Klassen besser als seine Verse. Die Flasche da hat er mir noch kurz vor seinem Tod gebracht. Und ich habe sie mir bis heute aufgespart. Aber was hätte es für einen Sinn, noch länger zu warten.« Sie sank aufs Kissen zurück und war auf der Stelle eingeschlafen.

Nachdem Hilde das leere Glas abgestellt hatte, begann sie methodisch, die Namen der Arzneien auf dem Nachttisch in ihrem Notizbuch aufzulisten.

Bevor sie sich auf den Nachhauseweg machte, sah sie auch noch in den Fächern des Nachttischs und in den Schubladen einer Kommode nach, weil sie es für möglich hielt, dass sich dort weitere Medikamente befanden, was aber nicht der Fall war. Während sie all das erledigte, vernahm sie die ruhigen Atemzüge ihrer ehemaligen Lehrerin und nickte mehrmals zufrieden vor sich hin. Anna Kaltenbach schien wohlig und behaglich zu schlummern.

Wie hätte Hilde ahnen können, dass sie nicht wieder aufwachen würde.

Rudolfs Gehilfe Egon Pfeffer brachte die Nachricht von Frau Kaltenbachs Ableben am nächsten Morgen vom Granzbacher Friedhof, wo er das Grab für den ehemaligen Sparkassenleiter ausgehoben hatte, mit ins Bestattungsinstitut.

So gut wie immer war es Pfeffer, der als Erster über die aktuellsten Ereignisse in der Gemeinde Bescheid wusste.

»Das liegt daran, dass ich Jahr und Tag auf Friedhöfen zugange bin«, pflegte er zu sagen, wenn jemand seiner Verwunderung darüber Ausdruck gab. »Dort, beim Pflanzen und Jäten und Gießen, werden von bejahrten Töchtern und rüstigen Witwen die brandneuesten Neuigkeiten umgeschlagen – und was die Lebendigen nicht wissen, das schwitzen die Toten aus.«

Wenn sie Pfeffer so reden hörte, musste Hilde insgeheim manchmal zugeben, dass er recht gewitzt und pfiffig war und die Dinge oft auf den Punkt brachte. Aber leiden konnte sie ihn trotzdem nicht.

Laut seinem Bericht war Dr. Stenglich am frühen Morgen im Haus des Bürgermeisters gewesen und hatte den Totenschein ausgestellt. Demnach war Anna Kaltenbach irgendwann während der Nacht verstorben.

Wann genau, das weiß vermutlich niemand, dachte Hilde. Stenglich selbst wohl am allerwenigsten. Es spielte ja auch keine Rolle. Entscheidend war, dass Anna Kaltenbach am Vorabend ihres Todes keine ungewöhnlichen Flecken aufgewiesen hatte – an den Knie-Innenseiten schon gar nicht –, dass Hilde bald erfahren würde, ob sich post mortem welche gebildet hatten, und dass sie eine Liste der Medikamente besaß, die Anna Kaltenbach verordnet worden waren.

Trifft sich doch ganz ausgezeichnet, sagte sie sich, dass Pfeffer heute noch zwei Gräber in Scheuerbach auszuheben hat. Das führt nämlich dazu, dass Rudolf – sobald der Bürgermeister bei uns anruft – persönlich zu den Kaltenbachs fahren muss, um Anna zu versorgen. Dann werden wir ja sehen, was er zu berichten hat.

Hilde fieberte dem Klingeln des Telefons entgegen. Weshalb

zögerten die Kaltenbachs, das Bestattungsinstitut zu informieren? Der Totenschein war doch laut Pfeffer längst ausgestellt. Worauf warteten sie also noch?

Mit jeder Minute, die verging, steigerte sich Hildes Unmut. Der Granzbacher Bürgermeister würde doch wohl nicht so geizig sein, seiner Mutter eine professionelle thanatologische Behandlung zu verweigern, und die Tote selbst versorgen? Andererseits: War er nicht immer schon ein Geizhals gewesen? Hatte er sich nicht schon in der Volksschule das Geld für einen neuen Bleistift gespart und lieber die Stummel verwendet, die seine Mitschüler nicht mehr benutzen wollten?

»Himmelkreuzdonnerwetter, melde dich endlich«, rief Hilde laut, als könne ein saftiger Fluch den Bürgermeister auf Trab bringen.

Ruhelos lief sie von der Registratur in den Ausstellungsraum und wieder zurück, sammelte hier eine Akte auf, zupfte dort eine Dekoration zurecht, anstatt sich zu fragen, was sie sich eigentlich erhoffte.

Wies Anna Kaltenbachs Leiche keine Flecken auf, dann war man nicht klüger als zuvor. Falls aber doch, war man auch kein bisschen klüger, weil Rudolf vermutlich erneut davon absehen würde, einen weiteren Arzt hinzuzuziehen. Diesen Friesing beispielsweise. Friesing ans Totenbett zu bestellen, bedeutete, dass der Bestatter begründete Zweifel an der Todesursache anzumelden hatte – und das bei der Mutter des Bürgermeisters? Niemals!

Nach fruchtlosem Hin- und Herlaufen suchte Hilde dann doch ihre Büroecke auf und sortierte an dem Packen Papier herum, der tags zuvor liegen geblieben war. Die Tür zur Registratur hatte sie offen gelassen, um mitzubekommen, was sich tat.

Im Büro gegenüber schien Lore mit Oskar Pfeffer zu telefonieren. Aus Rudolfs Büro drang kein einziger Laut.

Er muss aber da sein, dachte Hilde.

Vor einer halben Stunde, als sie im Hof draußen gestanden war und Pfeffer ihr erzählt hatte, was er auf dem Friedhof erfahren hatte, war durch eines der Fenster deutlich sichtbar gewesen, dass Rudolf an seinem Schreibtisch saß. Er hätte den Anruf also entgegennehmen müssen. Oder hatte er inzwischen den Raum verlassen?

Hilde beschloss, vorsichtshalber nachzusehen, und eilte wieder in den Flur, als sie in Rudolfs Büro das Telefon klingeln hörte. »Wurde aber auch Zeit«, brummte sie und blieb lauschend stehen, um mitzubekommen, ob er vorhatte, umgehend zu den Kaltenbachs aufzubrechen.

Sie war sich so sicher, der Bürgermeister käme endlich seiner Verpflichtung nach, dass es eine Zeit lang dauerte, bis sie merkte, dass Rudolf mit dem Pfarrer telefonierte.

»Kreuzkruzitürken, worauf warten die Kaltenbachs denn? Dass Anna von einem Geschwader Fliegen belagert wird?«

Kopfschüttelnd steuerte sie über den Flur wieder zur Registratur zurück.

Als sie gerade eintreten wollte, fiel ihr auf, dass es vis-à-vis still geworden war. Lore hatte also ihr Gespräch mit Oskar Pfeffer beendet. Kurz entschlossen drehte sich Hilde um und marschierte ins angrenzende Büro.

»Wieso ist Rudolf nicht längst auf dem Weg zu den Kaltenbachs?«, fragte sie scharf.

Lore schaute verwirrt von der Tastatur ihres Rechners auf.

»Anna Kaltenbach ist doch heute Nacht verstorben«, half ihr Hilde auf die Sprünge.

Lore schien noch immer nicht zu begreifen.

Da sagte Hilde mokant: »Anna Kaltenbach ist seit heute Nacht eine Leiche, und was haben wir hier? Ein Beerdigungsinstitut, oder etwa nicht?«

Lore lächelte flüchtig. »Leider nicht das einzige im Landkreis. Die Kaltenbachs, heißt es, sind mit dem Moosbacher Bestatter im Geschäft.«

Hilde schnappte nach Luft. »Wie kommt ein Granzbacher Bürgermeister dazu, Aufträge in anderen Gemeinden zu vergeben?«

»Ich hatte vorhin Oskar in der Leitung«, erklärte Lore. »Wenn man, wie er, tagtäglich bei den Bestattern aus- und eingeht, kriegt man ja einiges mit. Oskar hat mir erzählt, dass die Tochter von unserem Bürgermeister mit dem Sohn vom Moosbacher Bestattungsunternehmer ... Na ja, du weißt doch, wie so was läuft.«

Hilde wusste es sogar ganz genau. Aber änderte dieses Wissen auch nur das Geringste daran, dass ihr letztlich die wichtigste

Information verloren ging, nachdem sie alles so schön eingefädelt hatte?

Ihre gestrige Aktion war also völlig umsonst gewesen. Sie wollte gerade entrüstet das Zimmer verlassen, da fiel ihr auf, dass Lore wieder ebenso nervös auf ihrem Bürostuhl herumrutschte wie tags zuvor auf dem Sattel ihres Rades.

»Stimmt was nicht?«, fragte Hilde.

Lore sah auf, und Hilde glaubte, Sorge in ihrer Miene zu lesen. Sie beugte sich über den Tisch. »Sag, was ist denn?«

Lore schüttelte den Kopf. »Nichts, nein, wirklich nichts.«

Hilde glaubte ihr kein Wort, aber was sollte sie tun? Lore die Daumenschrauben ansetzen? Sie gab ein Schnauben von sich und wandte sich zum Gehen. Als sie schon fast aus der Tür war, hörte sie Lore sagen: »Wusstest du, dass Oskar die Bachwalder Halle als Sarglager gemietet hat?«

Hilde machte sich nicht die Mühe, den Schritt zu verhalten. Sie hatte es nicht gewusst, kannte nicht einmal den Namen »Bachwalder Halle«. Aber eines war wohl klar: Irgendwo musste Oskar Pfeffer seine Ware ja einlagern.

Sie querte gerade den Flur, da vernahm sie von draußen ein lautes Rumpeln und Scheppern. Aufgeschreckt eilte sie zum Fenster und blickte in den Hof, wo soeben der Urnenmaler mit seinem Gefährt vorfuhr.

»Schon wieder dieser Schmierfink«, murmelte sie giftig. »Der hat mir heute gerade noch gefehlt. Urnenunikate!« Sie musterte seinen Pritschenwagen. »Das Fahrzeug scheint mir ein Unikat vom Schrottplatz zu sein. Erstaunlich, dass man damit überhaupt noch herumkurven kann.« Sie lächelte spöttisch. »Könnte gut sein, Freundchen, dass es bald aus ist mit dem Hausieren, wenn dein Karren streikt – was über kurz oder lang der Fall sein wird.«

Donnerstagabend und Freitag, der 17. Juni

Im Wohnhaus der Tischlerei Maibier

»Das muss doch hinzukriegen sein. Womit arbeiten denn die Konditoren bei Krönner? Doch auch bloß mit ganz gewöhnlichen Backzutaten«, sagte Wally energisch zu sich selbst.

Sie würde es versuchen, und zwar noch heute Abend. Alles war dafür vorbereitet. Aber bevor sie loslegte, wollte sie noch kurz bei Hilde antelefonieren und sich erkundigen, ob es etwas Neues über jene Flecken gäbe, über die sie sich am Mittwoch im Krönner so aufgeregt hatte. Doch kaum hatte Hilde abgehoben, bereute Wally den Anruf.

Hilde schien ihr noch schlechter gelaunt als an dem Tag, an dem sie beim Notar gewesen war und Rudolf das Bestattungsinstitut mit allem Drum und Dran überschrieben hatte.

»Eben habe ich wieder versucht, Thekla zu erreichen«, polterte Hilde. »Aber die Dame ist ja immer anderweitig beschäftigt. Nachmittags war sie beim Zahnarzt, und jetzt schläft sie.«

»Sie schläft schon?«, erwiderte Wally verwundert. »Aber es ist ja noch nicht einmal acht.«

Aus dem Telefonhörer kam ein Stöhnen. »Sie hat es wieder einmal geschafft zu hyperventilieren. Nachmittags beim Zahnarzt, sagt Martin. Als sie die Betäubungsspritze gesehen hat, fing es wohl an.«

»Aber sie weiß doch, dass sie die Augen zumachen muss, sobald der Zahnarzt mit der Behandlung beginnt«, sagte Wally.

Hilde überging den Einwurf. »Nachdem sie sich beruhigt hatte, konnte er weitermachen – bis ein Abdruck genommen werden musste.«

»Das ist aber auch wirklich unangenehm«, vermeldete Wally. »Man glaubt zu ersticken ...«

»Panikattacke«, stimmte ihr Hilde zu. »Und dann eben: hyperventilieren, bis es dem Zahnarzt wohl zu bunt wurde und er ihr Valium verpasst hat. Vor morgen Mittag wird mit Thekla nicht viel anzufangen sein, meint Martin.«

»Hast du denn Martin nach der Herkunft der Flecken gefragt?«, erkundigte sich Wally. »Thekla sollte ihn doch bitten, etwas darüber herauszufinden.«

»Was sie offenbar nicht getan hat«, beschwerte sich Hilde. »Und ich wollte am Telefon nicht näher darauf eingehen, zumal er auch den Eindruck machte, in Eile zu sein.«

»Kein Wunder«, erwiderte Wally, »so ganz auf sich allein gestellt. Aber auf ein paar Stunden kommt es ja wohl nicht an. Morgen Mittag kannst du Thekla dann fragen.«

Aus dem Hörer kam ein Geräusch wie von einem gereizten Dobermann. »Schon vergessen? Morgen in aller Herrgottsfrüh geht es los: Linz, Wien, Bratislava.«

»Aber ja.« Wally fiel wieder ein, dass Hilde mit dem Senioren-aktiv-Club, dessen Mitglied sie seit Neuestem war, morgen eine fünftägige Reise antrat.

»Du kommst am Dienstag erst zurück?«, vergewisserte sie sich.

»Spät abends«, bestätigte ihr Hilde.

Vielleicht ist das ganz gut so, dachte Wally. Es verschafft Thekla Zeit, sich zu erholen und sich mit ihrem Bruder zu besprechen. Hilde ist einfach zu ungeduldig.

Die hatte sich inzwischen bereits verabschiedet und aufgelegt.

Auch recht, dachte Wally, drückte die Küchentür fest ins Schloss und drehte das Radio laut auf. Howard Carpendales »Manchmal möchte ich schon mit dir …« troff aus dem Lautsprecher. Wally summte mit.

Sie liebte Howard Carpendale. Seine Stimme erinnerte sie an die Zeit vor vierzig Jahren, als sie noch schlank, attraktiv und begehrenswert gewesen war – ausgesprochen begehrenswert sogar, denn die Glupschaugen waren damals noch kindlich unschuldige Kulleraugen gewesen und verschafften ihrer Miene eine liebens-werte Arglosigkeit. Sie hatte damals eine ganze Menge Verehrer gehabt. Besonders in dem denkwürdigen Jahr, in dem sie bei den Agnes-Bernauer-Festspielen mitwirken durfte und eine so reizende Magd abgegeben hatte, dass sämtliche Zuschauer von ihr hingerissen gewesen waren.

In jenem Sommer war sie abends öfter aus gewesen als in den letzten zwei Jahrzehnten zusammengenommen. Franz Obermeier hatte ihr Rosen geschenkt, Georg Brandl ein Kettchen mit herzförmigem Anhänger. Hannes Hintergruber hatte ihr eine Reise ins Burgenland versprochen, und Sepp Maibier hatte gesagt: »Wenn du mich heiratst, baue ich neben dem Sägemehlgebläse ein Haus für uns.«

Das Sägemehlgebläse war inzwischen mehrmals modernisiert worden, arbeitete mittlerweile fast unhörbar und hatte etliche hochempfindliche Feinstaubfilter. Im Haus aber waren im Laufe der Zeit die Wände vergilbt, die Fußböden zeigten sich abgetreten – und Wally brachte doppelt so viel Gewicht auf die Waage wie damals, als sie das frisch verlegte Parkett zum ersten Mal gewischt hatte, wonach ihr Ehemann sie fragte, ob sie zu blöd sei, einen Putzlappen auszuwringen: »Feucht habe ich gesagt, nicht tropfnass.«

»Bayern eins am Abend. Die beste Musik für Bayern, und weiter geht es mit Peter Maffay ...«

Schlagermusik, Wallys ganzes Entzücken. Carpendale, Nena, aber auch Frank Sinatra, Rainhard Fendrich und – Elvis ... Am liebsten lauschte ihnen Wally in der Küche, denn da blieb sie meist ungestört.

Und während sie deutsche Schlager mitsang, probierte sie Backrezepte aus – Kuchen, Torten, Plätzchen, Hefeteilchen. Sie selbst war die begeistertste Konsumentin ihrer Produkte, aber auch ihr Mann und ihre Söhne langten kräftig hin.

Die Produkte aus ihrer Backstube waren das Einzige, wofür Wally von ihrer Familie manchmal gelobt wurde. Kein Wunder also, dass sie ihren ganzen Ehrgeiz darauf verwandte. Die Plätzchen mussten noch niedlicher werden, die Kuchen saftiger, die Torten exotischer.

In jenem intensiven Streben nach Anerkennung lag wohl auch der Grund dafür, dass Wally es sich neuerdings in den Kopf gesetzt hatte, eine Agnes-Bernauer-Torte zu fabrizieren. Eine, wie sie in der Krönner'schen Konditorei hergestellt und im Krönner'schen Café als einzigartig verkauft wurde.

Der dafür winkende Beifall schien ihr die Mühe wert.

Sepp Maibier und die Söhne würden ihr zu Füßen liegen. Die Krönners würden von den Socken sein. Mochten sie auch die Zutatenliste für ihre Spezialität in Fort Knox bewachen lassen, Wally hatte ja Augen im Kopf und Geschmacksnerven auf der Zunge. Auch für die Krönners fielen keine göttlichen Ingredienzien vom Himmel. Ja, alle würden staunen. Auch Thekla – ach, Thekla vielleicht am meisten.

Walli rührte ein halbes Pfund Butter schaumig, wobei sie sich freudiger Erwartung hingab.

Wenn meine Agnes-Bernauer-Torte so gut gelingt – und warum sollte sie das nicht –, dass nicht einmal Thekla sie von der echten unterscheiden kann, sinnierte sie, dann werden ihr die Augen mal aufgehen. Dann wird sie mir endlich Respekt entgegenbringen müssen und nicht mehr so tun können, als hätte ich nicht das kleinste bisschen Grütze im Kopf. Und selbst Hilde wird – obwohl sie sich aus Konditorwaren nichts macht – zutiefst beeindruckt sein. So beeindruckt sogar, dass sie wochenlang von nichts anderem sprechen wird, als dass Wally Maibier die Krönners herausgefordert und sie geschlagen habe.

»Zerbröseltes Mandelbaiser und Mokkabuttercreme abwechselnd aufeinandergeschichtet und gut aneinander festgedrückt«, sagte sie laut. »Das ist die ganze Zauberei. Das muss die ganze Zauberei sein. Habe ich die Krönner'sche Spezialität nicht schon oft genug mit der Zunge zerdrückt und dabei ihre sämtlichen Bestandteile geprüft?«

Wally hatte das Mandelbaiser bereits gebacken und zum Erkalten ans Fenster gestellt. Sie hatte einen Pudding aus Milch, Mondamin, Zucker und einer Tasse Espresso gekocht und wollte soeben kontrollieren, ob er schon so weit abgekühlt war, dass sie ihn portionsweise in die geschlagene Butter rühren konnte, als die Küchentür aufflog und mit Schwung gegen den Kühlschrank knallte.

»Bist du taub? Die Alte schreit sich in ihrem Zimmer die Seele aus dem Leib.« Wallys Mann querte mit zwei Schritten den Raum und riss das Radiokabel aus der Steckdose. »Schau gefälligst nach, was sie will. Die paar Stunden, in denen keine Pflegekraft im Haus ist, wirst du dich ja wohl noch selbst um deine Mutter kümmern können.«

Wally ließ den Löffel im Pudding stecken, rannte aus der Küche und den Flur hinunter.

Aus dem Zimmer ihrer Mutter drang kein Laut. Leise öffnete Wally die Tür und trat ein.

»Hast du gerufen, Mama?«, flüsterte sie und fuhr im nächsten Augenblick erschrocken zusammen, weil ihr Mann hinter ihr polterte: »Die Alte hat geschrien wie am Spieß.«

Wally beugte sich über das Bett, nahm die Hand ihrer Mutter in die ihre und fragte sanft: »Hast du Schmerzen?«

»Durst«, erwiderte die Greisin mit krächzender Stimme.

Wally wollte gerade nach der Wasserkaraffe auf dem Nachttisch greifen, da bekam sie eine kleine, etwas altertümliche Limonadenflasche in die Hand gedrückt.

»Nimm das da«, sagte ihr Mann. »Schmeckt bedeutend besser als abgestandenes Wasser, du solltest es selbst mal probieren.«

Wally sah die Flasche unschlüssig an. Als aber ihr Mann drängte: »Nun mach schon«, beeilte sie sich, ein Glas mit der gelblichen Flüssigkeit aus der Flasche zu füllen. Dann ließ sie ihre Mutter davon trinken.

»Mehr«, verlangte die.

»Schmeckt es denn gar so gut?«, fragte Wally lächelnd.

»Süß, zuckersüß«, antwortete ihre Mutter schwach, aber unmissverständlich schwärmerisch.

Wally schenkte erneut aus der Flasche ein, und ihre Mutter trank gierig.

Hinter sich hörte Wally ihren Mann knurren. »Jetzt muss ich mich auch noch um die Bedürfnisse der Alten kümmern, weil meine Frau absolut zu allem zu blöd ist. Absolut zu allem.« Damit eilte er mit hallenden Schritten davon.

Im Laufe der nächsten Viertelstunde trank Wallys Mutter den gesamten Inhalt der Flasche. Als sie zufrieden in die Kissen zurücksank, streichelte Wally ihre Hände, bis sie spürte, dass sie eingeschlafen war.

Dann kehrte sie in die Küche zurück.

Dort saß ihr ältester Sohn am Tisch und kratzte gerade den letzten Rest des Puddings aus der Schüssel.

Er grinste sie an. »Nicht übel, die Pampe. Vor allem, wenn man sich was von dem bröseligen Zeug hineinmischt, das dort drüben auf dem Fensterbrett stand.« Er warf den Löffel neben die leere

Schüssel auf die Tischplatte, stand auf und ging ohne ein weiteres Wort hinaus.

Wally ließ sich auf den Stuhl fallen, den ihr Sohn zurückgeschoben hatte. Verzagt fragte sie sich, was sie jetzt noch zustande bringen sollte. Die Butter für die Creme war schon aufgeschlagen, aber es war kein Pudding mehr da. Selbst wenn sie gleich jetzt neuen kochen würde, wäre er frühestens um Mitternacht kühl genug, um weiterverarbeitet werden zu können. Außerdem fehlte gut ein Drittel des Mandelbaisers.

Das, dachte Wally, könnte ich allerdings damit ausgleichen, dass ich weniger Creme verwende. Dann wird die Torte halt ein bisschen kleiner.

Sie wollte sich gerade an die Arbeit machen, da fiel ihr wieder ein, dass sie ohne den Pudding ja nicht einmal einen Bruchteil der Creme anrühren konnte.

Resigniert stellte sie die aufgeschlagene Butter in den Kühlschrank. Das Mandelbaiser brach sie in Stücke und füllte sie in eine Blechdose, die sie im Vorratsschrank aufbewahrte. Dann begann sie, die Küche aufzuräumen.

Bevor sie zu Bett ging, öffnete sie noch mal die Tür zum Zimmer ihrer Mutter und lauschte hinein.

Mucksmäuschenstill war es da drinnen. Kein Röcheln, kein Keuchen, gar nichts.

Hätte Wally gründlich nachgedacht, dann wäre ihr vielleicht bewusst geworden, was das gänzliche Fehlen von Atemzügen zu bedeuten hatte.

»Mama, was ist denn mit dir?«, rief Wally, als sie am nächsten Morgen deren Zimmer betrat. Sie hastete zum Bett, beugte sich über ihre Mutter, registrierte die hängende Kinnlade, die eingefallenen Wangen, die offensichtliche Starre der Glieder, die Kälte sowie den Geruch, der aufstieg, und stieß dann einen lang gezogenen Schrei aus.

»Hat mir lang genug auf der Tasche gelegen, die Alte«, raunzte Wallys Mann und fügte eine Sekunde später hinzu: »Ich ruf den Stenglich an, damit er herkommt und den Totenschein ausstellt.«

Wally wischte die unablässig fließenden Tränen weg. »Du musst auch beim Bestattungsinstitut Westhöll anrufen, Sepp, oder lass es mich tun – bitte. Der Rudolf soll die Mama schön herrichten, und dann suchen wir einen feinen Sarg für sie aus.«

»Schön herrichten«, äffte ihr Mann sie nach. »Ich bezahle ganz bestimmt keinen dafür, dass er die Alte wäscht und anzieht, den Westhöll schon gar nicht. Früher haben die Familien ihre Toten immer selbst versorgt. Meinem Großvater habe ich auf dem Totenbett die Haare gekämmt, da war ich zehn. Und meinen Vater ...« Er winkte unwillig ab, als lohne es nicht, Wally davon zu erzählen. »Und für die Bestattung nehmen wir den Moosbacher, damit du's weißt.«

Nach einer kurzen Pause, während der er offenbar über das weitere Vorgehen nachgedacht hatte, begann er, Anordnungen zu treffen: »Du holst jetzt das Kleid her, das schon lange für den Sterbefall vorgesehen ist, Schuhe, Strümpfe, Unterwäsche – und einen Rosenkranz. Sobald der Doktor fertig ist, legen wir los. Stell dich jetzt bloß nicht an.« Er schoss einen herrischen Blick auf sie ab und fügte hinzu: »Und wage nicht, uns den Westhöll oder gar seine Tante, diese alte Scharteke, ins Haus zu holen.«

Stenglich kam unverzüglich, und ebenso unverzüglich verabschiedete er sich wieder, nachdem er, ohne lange zu fackeln, den Totenschein ausgestellt hatte.

»Eine Schüssel warmes Wasser mit reichlich Duschgel«, verlangte Wallis Mann.

Obwohl er mit der Toten nicht gerade zimperlich umging (»Hab dich nicht, sie spürt ja nichts mehr«), musste Wally zugeben, dass es recht fachkundig wirkte, was er machte. Ängstlich darauf bedacht, ihn nicht zu reizen, befolgte sie hastig und so sorgfältig, wie sie es vermochte, seine knappen Befehle.

»Und jetzt rollst du die Strümpfe hoch – bis kurz übers Knie bloß, das reicht ja.«

Erst als Wally ihrer toten Mutter den zweiten Strumpf anzog, entdeckte sie den Fleck. Er sah aus wie ein Grüppchen Brandblasen und befand sich auf der Innenseite des Knies.

Sie zog ihren Mann am Ärmel. »Schau!«

»Was?«, fragte er ungehalten.

Sie deutete anklagend auf den Fleck.

Ihr Mann warf einen Blick darauf, schaute sie an, tippte sich an die Stirn und knöpfte der Toten das Kleid zu.

Wally tat, als würde sie den Strumpf noch einmal glätten, den sie ihrer Mutter übers linke Bein gestreift hatte, und musterte das Knie. Auf der Innenseite, genau an derselben Stelle wie beim rechten, befand sich ein gleichartiger Fleck.

Hat etwa meine Mama auch die verdächtigen Male, von denen Hilde gesprochen hat?, fragte sie sich und machte sich klar, dass nur Rudolf Westhöll eine Antwort darauf geben konnte.

Erneut zupfte sie ihren Mann am Ärmel. »Sepp.«

Er warf ihr einen unwilligen Blick zu.

»Sepp, der Granzbacher Bestatter, der Westhöll, ist viel vertrauenswürdiger als der Moosbacher. Du weißt doch, dass der seinen Müll immer −«

»Na und«, unterbrach sie ihr Mann. »Hat keinem geschadet.« Er sah sie geringschätzig an. »Du kapierst es einfach nicht. Den Auftrag bekommt derjenige, der mit mir im Geschäft ist, und das ist der Moosbacher. Der Moosbacher hat eine Vitrine für seinen Ausstellungsraum bei uns anfertigen lassen. Der Westhöll bestellt sich seine Schaukästen bei Kraus in Granzbach.«

Wally seufzte. Ihr Mann würde nicht nachgeben − nicht für alles Bitten der Welt. Er hatte seine Grundsätze.

»Fertig für den Bestatter«, verkündete Sepp Maibier im nächsten Moment. »Ich sag dem Moosbacher Bescheid, dass er sie abholen kann.«

Als Wally laut aufschluchzte, ließ er sie stehen und ging zur Tür. Dort drehte er sich allerdings noch mal um.

»Räum gefälligst auf, bevor jemand hereinkommt und den Saustall sieht.«

Tränenblind griff Wally nach benutzten Kleenextüchern und schmutzigen Wäschestücken und begann, alles in einen Plastiksack zu stopfen.

Nachdem sie das Zimmer in Ordnung gebracht, es gründlich durchgelüftet und den Müllsack in der Garage deponiert hatte, setzte sie sich auf einen Stuhl, mit dem sie ganz nah ans Bett ihrer Mutter rückte.

Sachte nahm sie deren Hand. »Was soll ich bloß tun?«, sagte sie leise. »Ich kann den Rudolf Westhöll nicht einfach herbestellen. Das würde der Sepp sich nicht bieten lassen.«

Nach einigem Überlegen kam sie zu dem Schluss, dass wenigstens Hilde einen Blick auf die Beine der toten Mutter werfen sollte. Klammheimlich natürlich, hinter Maibiers Rücken sozusagen. Wenn sie auf der Stelle losfährt, dachte Wally, kann sie vor dem Moosbacher Bestatter da sein und sich die seltsamen Male anschauen, denn der Bestatter wird sich wohl kaum schon auf den Weg gemacht haben.

Eilig stand sie auf, um in den Flur hinauszugehen, wo sich der Telefonapparat befand, ließ sich jedoch im nächsten Moment wieder auf den Sitz fallen und schüttelte mutlos den Kopf.

Hilde war ja fortgefahren. Auf Urlaub mit den Senioren. Nach – na irgendwohin halt.

Wally lehnte sich zurück, schloss die Augen und flüsterte: »Himmelmutter, ich weiß einfach nicht, was ich tun soll. Sag du es mir.«

Mit einem Stich in den Magen fiel ihr ein, dass sie Getränke und Häppchen für die Trauergäste vorbereiten musste.

Sie raffte sich auf, ging zur Tür und legte die Hand auf die Klinke. So blieb sie stehen und fing wieder zu weinen an. Der Moosbacher würde die Mutter mitnehmen. Auf Nimmerwiedersehen würde er sie fortbringen – mitsamt den Flecken, den verdächtigen Flecken, für die Hilde sich so brennend interessierte.

Leise, als würde sie einen furchtbaren Frevel begehen, schlich sich Wally zurück ans Sterbebett. Sie schlug ihrer Mutter den Rock hoch, rollte ihr die Strümpfe ein Stück herunter, drehte die Knie vorsichtig ein wenig nach außen und studierte die rötlichen, wie Blasen wirkenden Verfärbungen.

Ich muss mir ganz genau einprägen, wie sie aussehen, befahl sie sich, damit ich sie Hilde so gut wie möglich beschreiben kann. Vielleicht sollte ich sie auf ein Blatt Papier aufzeichnen. Ein Bild …

Ein Bild, natürlich, ein Bild. Sie schlug sich an die Stirn. Ihr Mann besaß eine digitale Fotokamera, und sie wusste damit umzugehen. Einigermaßen jedenfalls. Und sie wusste auch, wo er die Kamera aufbewahrte.

Wally hastete aus dem Zimmer und war schon eine halbe Minute später mit dem Fotoapparat zurück. Sie drückte den winzigen Knopf, der mit »on« gekennzeichnet war, und lächelte triumphierend, als das Objektiv mit einem diskreten Summen herausfuhr. Gewissenhaft darauf bedacht, beide Knie der Toten auf dem Display zu haben, betätigte Wally mehrmals den Auslöser.

»Ja, bist du jetzt komplett verrückt geworden?« Sepp Maibier riss ihr den Fotoapparat weg. »Richt die Alte wieder ordentlich her und deck den Tisch im Wohnzimmer. Die Buben und die Schwiegertöchter kommen gleich her, die Nachbarn sind auch schon auf dem Weg, und der Bestatter wird nicht mehr lang auf sich warten lassen.«

Mittwoch, der 22. Juni

Nachmittags im Café Krönner

Der Fenstertisch, an dem die drei Damen üblicherweise saßen – und den Elisabeth um drei Uhr für sie zu reservieren pflegte –, war noch leer, als Thekla am Mittwochnachmittag das Krönner betrat. Sie nahm Platz und schaute sich um. Wie immer zeigte sich das Café gut besetzt. Thekla ließ die Blicke gleichgültig über die Klientel schweifen. Hausfrauen, Rentner, ein paar Touristen. Elisabeth war hinter der Theke damit beschäftigt, Milch für Cappuccino aufzuschäumen. Theklas Aufmerksamkeit wandte sich erwartungsvoll der Eingangstür zu – Hilde würde staunen, was sie zu bieten hatte.

Am Freitagmittag hatte Thekla auf dem Anrufbeantworter eine Nachricht von Dr. Friesing vorgefunden. Er habe Informationen für Thekla Stein, sagte er, und falls sie daran interessiert sei, wäre es am zweckmäßigsten, sie käme heute nach der Sprechstunde – gegen sechs etwa – in der Praxis vorbei.

Thekla hatte sich pünktlich dort eingefunden, und Friesing hatte ihr auf dem Bildschirm seines PC Abbildungen von Holzer-Blasen gezeigt, hatte sie auf die charakteristischen Merkmale dieser Erscheinung hingewiesen und noch einmal ausgeführt, dass das Symptom in der Regel bei einer Barbituratüberdosierung auftrat. Thekla hatte sich höflich bedankt und schließlich einen Computerausdruck in Empfang genommen, der die Flecken an den Knie-Innenseiten eines Toten sehr ausgeprägt zeigte.

Friesing hatte während des gesamten Gesprächs davon abgesehen, Fragen zu stellen, weswegen Thekla annahm, dass er sich genug zusammenreimen konnte, um einen Gewissenskonflikt zu fürchten, falls er mehr über ihre Beweggründe erfuhr.

Auf dem Heimweg hatte sich Thekla bereits Hildes Reaktion auf die Neuigkeit ausgemalt, die sie ihr sogleich telefonisch mitteilen wollte, als ihr einfiel, dass Hilde mit den Deggendorfer Senioren in die österreichische Hauptstadt unterwegs war. Sie spielte kurz mit dem Gedanken, Wally anzurufen, verwarf ihn aber gleich wieder, weil sie sich denken konnte, wie Hilde reagieren würde, wenn man sie außen vor ließ.

Zu Hause hatte Martin bereits den Tisch fürs gemeinsame Abendessen gedeckt, den Rotwein eingeschenkt und den von Thekla vorbereiteten Salat aus dem Kühlschrank genommen. Sie musste nur noch das Backrohr abstellen und die Lasagne auftischen, die sie während ihres Besuchs bei Friesing warm gehalten hatte.

»An der Pinnwand hängt ein Zettel, auf dem ›Holz Blasen‹ steht«, hatte Martin gesagt und ihr über den Rand seiner Brille hinweg einen besorgten Blick zugeworfen. »Haben wir ein Problem mit der Außenverkleidung?«

Thekla hatte den Kopf geschüttelt. »Das soll ›Holzer-Blasen‹ heißen. Schon mal davon gehört?«

Nun war es an Martin gewesen zu verneinen – wie Thekla es sich gedacht hatte.

»Hallo«, sagte Thekla, als Hilde und Wally an den Tisch traten, wofür sie von Hilde einen strafenden Blick erntete, den sie jedoch nicht beachtete, weil sich ihr Augenmerk bereits Wally zugewandt hatte.

Die Arme sieht ja bedauernswert aus, dachte sie und entschied, nicht mit der Tür ins Haus zu fallen, was die Neuigkeit hinsichtlich jener Flecken betraf, die als Holzer-Blasen identifiziert worden waren. Im Moment schien es ihr vorrangig, Wally Trost zuzusprechen.

Thekla hatte am Samstag erfahren, dass Wallys Mutter verstorben war, und hatte am Montag an der Beerdigung teilgenommen, wo sie Wally jedoch nur von ferne sah. Beileidsbezeigungen am Grab waren heutzutage nicht mehr üblich.

»Wie immer, Frau Stein?«, fragte Elisabeth.

»Wie immer«, antwortete Thekla.

»Milchkaffee, Agnes-Bernauer-Torte«, vergewisserte sich Elisabeth.

»Milchkaffee, Agnes-Bernauer-Torte«, bestätigte Thekla.

Hilde bestellte »Toast Rimini«.

»Und Sie, Frau Maibier?«, fragte Elisabeth.

Wally rutschte auf ihrem Stuhl herum und antwortete nicht.
»Eine Zitronenschnitte vielleicht?«, schlug Elisabeth vor. »Oder lieber Maulwurftorte mit flockiger Bananencreme gefüllt?«
Wally nickte zerstreut.
Elisabeth schaute hilfesuchend von Hilde zu Thekla.
»Am besten«, sagte Thekla, »bringen Sie Wally etwas mit viel Schokolade und Kakao drin.«
»Sachertorte?«, bot Elisabeth an.
»Sachertorte«, bestätigte Thekla an Wallys Stelle und lächelte Elisabeth zu.
Die eilte geschäftig davon.
Thekla wandte sich an Wally. »Wie lange war deine Mutter bettlägerig? Drei Jahre? Vier? Hast du nicht selbst neulich gesagt, dass man nicht so lange Zeit so daliegen müssen sollte?«
Wally antwortete nicht, ihr Mund öffnete sich zwar, klappte aber stumm wieder zu.
»Wem es bestimmt ist, der hat abzutreten«, sagte Hilde hölzern. »Der Tod lässt nicht mit sich feilschen. Nicht über das Wie, nicht über das Wann.«
Einer ihrer Standardsätze, vermutete Thekla. Nicht gerade dazu angetan, trauernde Angehörige zu trösten. Hilde wirkte ohnehin etwas mürrisch. Thekla nahm an, dass es an ihr fraß, wie das Bestattungsinstitut Westhöll übergangen worden war. Der Moosbacher hatte Rudolf ein wirklich gutes Geschäft vor der Nase weggeschnappt, denn Maibier hatte sich nicht lumpen lassen. Der Trauerzug war lang gewesen, weil Wallys Ehemann, Inhaber der Tischlerei Maibier, Geschäftsbeziehungen im ganzen Landkreis und weit darüber hinaus unterhielt. Der Sarg hatte teuer ausgesehen, der Blumenschmuck war üppig gewesen, und sogar ein Streichquartett war aufgeboten worden.
Hilde wird es Wally doch nicht ankreiden wollen, dass der Moosbacher zum Zug kam?, dachte Thekla. Sie weiß ja ganz genau, dass Wally in der Familie Maibier nichts zu sagen hat. Womöglich hat Wally Rudolf als Bestatter sogar vorgeschlagen und ihn genau damit aus dem Rennen geschickt. Maibier war tatsächlich zuzutrauen, dass er das Gegenteil von dem machte, was Wally gewollt hätte, um sie noch mehr zu tyrannisieren und zu

demütigen. Wie auch immer, Hilde trug eine gekränkte Miene zur Schau.

»Die Mama hat diese Besonderheit gehabt«, stieß Wally plötzlich aus und starrte dabei unverwandt auf das Stück Sachertorte, das Elisabeth soeben an den Tisch brachte.

Thekla bemerkte, wie Hilde scharf die Luft einsog.

»Ich hab sie sogar fotografiert«, sagte Wally.

Die Ärmste muss unter Schock stehen, dachte Thekla erschrocken. Wir sollten sie zum Arzt bringen oder besser gleich ins Krankenhaus.

Sie wollte ihre Ansicht soeben kundtun, da hörte sie Hilde fauchen: »Jetzt reiß dich gefälligst zusammen, Wally, und hör sofort damit auf, Unsinn zu faseln. Deine Mutter ist samt ihren Besonderheiten tot und begraben. Irgendwann läuft halt für jeden von uns die Zeit ab – für dich, für mich, für Thekla. Heute allerdings sitzen wir im Café Krönner wie jeden Mittwoch. Daran hat sich nichts geändert, und ansonsten ist leider auch so ziemlich alles beim Alten geblieben.«

»Aber«, entgegnete Wally verdutzt, »du hast uns doch vergangene Woche selbst davon erzählt. Dein Neffe, hast du gesagt, macht sich eine Menge Gedanken darüber. Interessieren dich die Male jetzt auf einmal nicht mehr?«

In Thekla keimte eine schockierende Ahnung, wovon Wally sprach. Die wurde zur Gewissheit, als sie fortfuhr: »Der tote Dichter, weißt du noch, Hilde –« Wally unterbrach sich, weil Hilde ihre rechte Hand gepackt hatte, die bereits die Kuchengabel hielt.

»Willst du uns etwa erzählen, dass deine Mutter seltsame Flecken an den Knie-Innenseiten gehabt hat?«

Wally nickte. »Ich habe mir die Verfärbungen am linken Knie von der Mama genau angesehen – und die am rechten auch.«

Thekla beobachtete, wie Hilde schluckte und dabei ein Gesicht machte, als mühe sie sich ab, alles, was Wally soeben von sich gegeben hatte, durch ihre Hirnwindungen zu manövrieren.

Wally befreite ihre Hand aus Hildes Griff, stach ein Stück von der Sacher ab, stopfte es sich in den Mund, legte die Kuchengabel weg und begann daraufhin, in ihrer Handtasche zu kramen.

Wenig später beugten sich drei Köpfe mit ganz unterschiedlichen Haartrachten über das Display einer kleinen Fotokamera. »Seht ihr«, kam es unter Wallys hellblondierter Dauerwelle hervor. »Hier ist so ein Mal, und da ist so ein Mal. Sind sie nicht genau so, wie du gesagt hast, Hilde?«

Der braune Pagenkopf mit den zahllosen weißen Strähnen veränderte ruckweise den Abstand zum Display, kam ganz nahe und entfernte sich wieder, als wollte Hilde sichergehen, dass weder eine größere noch eine kleinere Distanz das Bild zum Verschwinden bringen würde.

Thekla fuhr sich mit den Fingern durch die kurz geschnittenen grauen Haare und richtete sich auf. »Mit ziemlicher Sicherheit handelt es sich um Holzer-Blasen.«

Der Pagenkopf fuhr hoch. »Deinem Bruder ist das Symptom bekannt?«

Statt einer Antwort begann Thekla in ihrem Einkaufskorb herumzusuchen, den sie auf dem Boden abgestellt hatte. Nach wenigen Augenblicken legte sie ein paar zusammengeheftete Blätter auf den Tisch.

»Ihr solltet euch das mal ansehen.«

Teller und Tassen wurden beiseitegeschoben, und die drei unterschiedlichen Haarschöpfe beugten sich über das Deckblatt.

»Kein Unterschied zu erkennen«, sagte Hilde, nachdem ihr Blick mehrmals zwischen dem Computerausdruck und dem Display von Wallys Kamera hin- und hergewandert war.

Thekla und Wally stimmten ihr zu.

»Holzer-Blasen«, las Hilde laut von der nächsten Seite ab, dann ging ihre Stimme in ein unverständliches Murmeln über, nur von Zeit zu Zeit sprach sie ein, zwei Worte gut hörbar aus: »... Nekrose der ekkrinen Schweißgänge ... Rechtsmedizin ... Abzugrenzen von Brandblasen ...« Sie knickte die ersten beiden Blätter komplett um den Falz, sodass sie unter dem schmalen Bündel zu liegen kamen, und las weiter. »Knie-Innenseiten ... am deutlichsten ... oft auch Knöchel ...«

Der Pagenkopf schoss hoch und wandte sich heftig der hellblonden Dauerwelle zu. »Hast du die Flecken auch auf den Knöcheln deiner Mutter gefunden?«

Wally zuckte zusammen und machte ein schuldbewusstes Gesicht. »Was für Knöchel?«

Einen Moment lang schien Hilde irritiert, dann sagte sie scharf: »Die Fußknöchel werden wohl gemeint sein, was sonst.« Plötzlich fasste sie Thekla ins Auge. »Wo hast du die Beschreibung überhaupt her?«

Thekla ließ sich Zeit mit der Antwort. Sie zog ihren Kuchenteller zu sich heran, stach ein Stückchen von ihrer Agnes-Bernauer-Torte ab und kaute es langsam, bevor sie sagte: »Ich habe Dr. Friesing zurate gezogen. Er hat mir die Abbildung gegeben und den Begriff dazu. Danach war es nicht weiter schwer, mehr über die Flecken herauszufinden. Google hatte etliche Treffer. Was mir davon wesentlich erschien, habe ich ausgedruckt.«

»Internet«, stellte Hilde fest. »Ja, natürlich, Internet.« Erneut nahm sie Wally ins Visier. »Und?«

»Ich …«, begann Wally, brach ab, fing neu an. »Mir sind nur die Male an den Knien aufgefallen.«

Hilde zog die Stirn in Falten, und Thekla merkte, wie sich Wally verkrampfte. Offenbar rechnete sie mit einem ordentlichen Rüffel.

Den hat sie nicht verdient, dachte Thekla. Wo sie sich doch so tapfer geschlagen hat. Fotos zu machen! Alle Achtung, Wally.

Sie suchte noch nach den passenden Worten, um Wally beizuspringen, da sagte Hilde – und ihre Stimme klang um einige Nuancen weicher als zuvor –: »Natürlich, warum hättest du auch noch woanders nachsehen sollen, Wally. Es ist ja immer nur von den Knie-Innenseiten die Rede gewesen.« Sie senkte den Pagenkopf erneut über den Computerausdruck. »Holzer-Blasen!« Sie blätterte wieder um. »Ursache … entwickeln sich bei Barbituratintoxikation … Obduktion … Barbitursäurederivate im Blut …«

Hilde sah auf und starrte Thekla betroffen an. »Barbiturate, das sind doch Beruhigungsmittel?« Sie achtete kaum auf Theklas Nicken. »Verstehe ich richtig, dass …«

Thekla erlaubte sich ein winziges befriedigtes Schmunzeln über Hildes Bestürzung, die sie offenbar nach Worten suchen ließ. Zum zweiten Mal innerhalb einer Woche hatte es Hilde die Sprache verschlagen – unfassbar.

Weil Hilde nach gut einer Minute immer noch nicht weitersprach, sagte Thekla:»Holzer-Blasen sind typisch für eine Barbiturat-Überdosis.« Daraufhin war es wieder still am Tisch. Wally hatte die Ellbogen aufgestützt und nippte von Zeit zu Zeit versonnen an ihrer Tasse, um die sie beide Hände gewölbt hatte.

Thekla fragte sich, ob sie begriff, wovon die Rede war.

Plötzlich stöhnte Hilde auf.»Überdosis! Schlafmittelvergiftung.« Das brachte Wally in Bewegung.»Die Mama ist ganz bestimmt nicht vergiftet worden. Wie denn? Von wem denn?«

»Sie hat doch sicherlich Schlaftabletten eingenommen«, erwiderte Hilde.»Stenglich wird sie ihr verschrieben haben.« Sie wartete, bis Wally genickt hatte, dann fügte sie hinzu:»Gestern hat sie eine zu viel davon bekommen.«

Thekla schluckte überstürzt einen Mundvoll Mandelmasse hinunter, weil sie einiges richtigstellen musste. Aber Hilde ließ sie nicht zu Wort kommen. Sie hob die Hand, als wolle sie ein Taxi anhalten, woraufhin Thekla beschloss, sie vorerst einfach weitermachen zu lassen.

»Wir haben es also mit überdosierten Schlafmitteln zu tun«, sagte Hilde.»Stellt sich die Frage, ob das Grund genug ist, Mordtaten zu unterstellen.« Nachdenklich fuhr sie fort:»Ein paar Tabletten zu viel. Das kann ja passieren. Die Kranken haben Schmerzen, fühlen sich schlecht, wollen nichts als schlafen. Das Mittel dazu liegt auf dem Nachttisch bereit. Der Sohn lässt die Mutter eine Tablette schlucken, die Tochter gibt ihr fünf Minuten später wieder eine. Sie selbst greift danach …« Hilde sah Thekla zustimmungheischend an.

Doch die schüttelte den Kopf.»Du bist auf dem falschen Dampfer, Hilde. Barbiturate wie Dormopan oder Resedorm waren zwar jahrzehntelang *die* Schlafmittel schlechthin, aber heutzutage sind sie das nicht mehr. Man hat sie weitgehend vom Markt genommen. Statt Barbituraten enthalten Schlaf- und Beruhigungsmittel heutzutage Benzodiazepine, bei denen anscheinend die Vergiftungsgefahr weniger groß ist, die nicht gleich süchtig machen, die weniger auf die Reaktionszeit des Patienten einwirken und so weiter.«

Hilde blickte von Thekla zum Computerausdruck und wieder

zurück. »Willst du damit sagen, dass Schlaftabletten und Beruhigungspillen auch bei Überdosierung keine Holzer-Blasen machen können, weil sie neuerdings einen ganz anderen Wirkstoff haben?«

»›Neuerdings‹ musst du streichen«, erwiderte Thekla. »Man hat die Barbiturate schon in den Achtzigern durch Benzodiazepine ersetzt.«

Hilde machte den Eindruck, als kämpfe sie darum, auf einen verlorenen Pfad zurückzufinden, der sich jedoch in Luft aufgelöst hatte. »In Schlafmitteln stecken also keine Barbiturate mehr?«, vergewisserte sie sich.

»Da stecken jetzt die Benzodiazepine drin«, bestätigte Thekla.

Hildes Blick wurde grimmig. »Und was zum Teufel muss man einnehmen, um Barbiturate in die Blutbahn zu kriegen?«

»Letzte Seite«, antwortete Thekla trocken.

Hilde zerfledderte das Papierbündel, bis sie die letzte Seite gefunden hatte, die wegen des Umschlagens der vorderen Blätter irgendwo in der Mitte gelandet war. Dann fing sie abermals damit an, abwechselnd leise und lauter werdend zu lesen: »Neuroleptica … Epilepsie … Luminal mit dem Wirkstoff Phenobarbital … bei Erregungszuständen verordnet.«

Thekla widmete sich ihrer Torte. Erst als Hilde in Schweigen verfiel, wandte sie sich ihr wieder zu.

Hilde hatte ihren knochigen Zeigefinger auf eine Textstelle gelegt und starrte blicklos darauf hinunter. Plötzlich ging ein Ruck durch ihren Körper, ihr Kopf drehte sich in Wallys Richtung, ihr Finger begann, auf das Blatt zu pochen.

»Epilepsie. Man gibt sie vereinzelt bei Epilepsie. Hatte deine Mutter epileptische Anfälle, Wally?«

Wally schaute derart verständnislos drein, dass Hilde sich offenbar genötigt sah, ihre Frage so zu formulieren, als spräche sie mit einem Kind: »Hatte deine Mutter Krampfanfälle, Wally? Hat sie manchmal gezuckt oder stark gezittert? Ist sie danach ganz steif geworden und hatte Schaum vor dem Mund?«

Wally machte entsetzte Krötenaugen. »Nein! Wie kommst du nur auf so was? Die ganzen Jahre über ist die Mama friedlich dagelegen. Krämpfe hat sie niemals gehabt – nie.«

»Danke, Elisabeth«, sagte Thekla. »Ja, Sie können die Teller und Tassen schon mitnehmen, aber bringen Sie mir bitte ein Glas Mineralwasser.«

Während Elisabeth das Geschirr abzuräumen begann, pochte Hildes Zeigefinger wieder auf das Wort »Epilepsie«, das auf dem Computerausdruck kursiv geschrieben war.

Thekla bemerkte, wie Elisabeths Blick daran hängen blieb und dabei ganz abwesend wirkte.

»Kennen Sie etwa jemanden, der daran leidet?« Die Frage kam völlig unbedacht aus Theklas Mund.

Elisabeth nickte. »Ein früherer Nachbar von mir hat als kleines Kind ganz üble Anfälle gehabt. Er ist deswegen oft im Krankenhaus gewesen. Bis er dann irgendwann die richtigen Medikamente verordnet bekam. Von da an war alles gut. Aber er musste halt seine Arznei regelmäßig einnehmen.«

Thekla hörte nicht mehr richtig zu. Ihre Aufmerksamkeit war von einem Geschehen in der Steinergasse abgelenkt worden, die direkt neben dem Fenster vorbeiführte, an dem sie saß.

Dort draußen an der Ecke stand Heinrich Held. Er machte den Eindruck, als warte er auf jemanden. Ungeduldig sah er sich um, schaute zwischendurch auf seine Armbanduhr, warf ein-, zweimal einen Blick auf die Fensterfront des Krönner.

Wartet er etwa auf mich?, fragte sich Thekla und fühlte Erregung in sich aufsteigen.

Plötzlich stellte Held sich mit dem Gesicht zur Hausmauer und schien sich in einen Aushang zu vertiefen, der sich dort in einem kleinen Schaukasten befand.

Hofft er, dadurch weniger aufzufallen?, fragte sich Thekla. Weiß er denn nicht, dass ich ihn direkt im Blick habe?

Langsam dämmerte ihr, dass Held nicht von ihr, sondern von jemand anderem unbemerkt bleiben wollte.

Aber von wem?

Thekla spähte die Steinergasse suchend hinauf und hinunter, ließ den Blick über die Eingänge der Geschäfte wandern und über die Passanten, die vor den Auslagen stehen geblieben waren. Neben einem Ständer mit Handtaschen entdeckte sie die Witwe des Dichters. Gerlinde Lanz wirkte unschlüssig, als könne sie sich nicht recht entscheiden, wohin sie sich wenden sollte. Schließlich ging sie in Richtung Stadtgraben davon. Heinrich Held folgte ihr. Thekla sah ihm nach, bis er um eine Ecke verschwand. Als Held fort war, fand ihr Blick wieder zum Kaffeetisch im Krönner zurück, und sie hörte Hilde an Elisabeth gewandt sagen:»Steht euer Haus nicht neben dem der Meilers?«

Elisabeth antwortete bereits im Gehen begriffen:»Ja, aber bei Meilers wohnt jetzt niemand mehr.«

Hildes Stimme hielt sie zurück.»Ich weiß. Sie ist tot, und er sitzt dafür im Knast. Haben sie keine Kinder?«

Elisabeth stellte das Geschirr auf den Tisch zurück.»Sie hatten eines, aber das ist mit zwei Jahren im Moosbach ertrunken, er führte damals Hochwasser. Kurz danach ist Meilers Halbbruder ausgezogen, der bis dahin noch im Haus gewohnt hatte. Ab da waren die beiden allein.« Sie verflocht die Finger ineinander.»Ich werde niemals begreifen, wie es dazu kommen konnte, dass Alf seine Frau ermordet hat – nie. Jeder konnte sehen, wie gut sich die beiden verstanden haben, und keiner hätte dem Alf so eine Tat zugetraut. Er wirkte immer so weichherzig.«

»Die wenigsten tragen ihre kriminelle Veranlagung wie eine Flagge vor sich her«, antwortete Hilde unbeeindruckt.

»Das mag ja sein«, entgegnete Elisabeth.»Aber der Alf Meiler ist überall als anständig und rechtschaffen angesehen gewesen. Mit jedem ist er gut ausgekommen, sogar mit meinem Vater, der ein notorischer Stänkerer war.«

Sie legte die Fingerkuppen der linken Hand an die Stirn, als könne sie die Bilder aus der Vergangenheit so wach werden lassen. Nach einer kurzen Pause fuhr sie fort:»Als Kind bin ich oft über den Zaun zu den beiden Buben aufs Nachbargrundstück geklettert. Alf hat mich beim Spielen immer mitmachen lassen, auch dann, wenn sein Bruder dagegen war, und er hat dafür gesorgt, dass es keinen Streit und keine Balgereien gab. Mein Vater, der jeden anderen als ›Lump‹ oder ›Tunichtgut‹ bezeichnete, hatte für Alf Ausdrücke wie ›gesittet‹, ›rechtschaffen‹.«

Elisabeth wollte wieder nach den Tellern und Tassen greifen, überlegte es sich jedoch offenbar anders und sprach weiter:»Ich war noch keine sechzehn, als ich von zu Hause weg bin, weil es nach dem Tod meiner Mutter mit meinem Vater nicht mehr auszuhalten war. Erst lang nachdem er gestorben war, bin ich nach Granzbach zurückgekehrt. Mein Mann und ich haben das Elternhaus renoviert und sind eingezogen. Alf hatte inzwischen einen Laden für Elektroartikel eröffnet, den die Ulrike führte. Der Halbbruder kam eigentlich ziemlich regelmäßig zu Besuch, aber er gab mir nie Gelegenheit, ein paar Worte mit ihm zu wechseln. Obwohl er immer recht höflich grüßte, vermittelte er den Eindruck, dass er keinen Wert auf näheren Kontakt lege.«

Elisabeth nahm das Geschirr nun resolut auf. »Furchtbar. Wie konnte es mit Alf und seiner Frau nur so ein schreckliches Ende nehmen? Mein Mann und ich fragen uns das schier jeden Tag.« Und bevor sie sich endgültig zum Gehen wandte, fügte sie mit einem wehmütigen Lächeln hinzu: »Die beiden haben Jahr für Jahr den besten und süßesten Birnensaft gemacht, den die Welt je ...«

Sie unterbrach sich, weil Wally mit geradezu verklärter Miene murmelte: »›Süß, zuckersüß‹, das sind Mamas letzte Worte gewesen, nachdem sie den gelben Saft aus der Limonadenflasche gekostet hatte.«

Hildes Einwurf klang wie ein Schrei. »Limonadenflasche? Birnensaft?«

Elisabeth nickte ein wenig verwirrt. »Im Meilergarten stehen etliche Birnbäume, die im September zentnerweise Birnen tragen – saftig und süß.« Damit eilte sie davon.

»Birnensaft«, wiederholte Hilde. »Birnensaft, Birnensaft ...« Es war, als könne sie kein anderes Wort mehr herausbringen.

Langsam fand Thekla Hildes Verhalten besorgniserregend.

Sogar Wally schien alarmiert. Sie legte beschwichtigend eine Hand auf Hildes Arm. »Was ist? Was hast du denn? Sag doch bitte.«

Aber Hilde wiederholte bloß »Birnensaft«.

Da kniff Thekla sie unsanft in den Bizeps, was zur Folge hatte, dass Hilde von einem Beben erschüttert wurde, nach dessen Abebben ein beißender Wortschwall aus ihr herausbrach: »Wenn unser dämlicher, selbstgefälliger, hirnloser, dummdreister Granzbacher Bürgermeister nach dem Tod seiner Mutter meinen Neffen mit dem Bestattungs-Drum-und-Dran beauftragt hätte, anstatt den

Moosbachern Aufträge zuzuschustern, die den Granzbachern zustehen, dann hätten wir jetzt vermutlich einen Beweis.«

»Einen Beweis wofür?«, sagte Thekla. Daraufhin setzte sich Hilde zurecht, holte Luft und begann, ihren Besuch bei Frau Kaltenbach recht anschaulich zu schildern. Anschließend teilte sie Thekla und Wally mit, was ihrer Meinung nach bedeutsam, ja geradezu ins Auge springend war.

Thekla unterbrach sie kein einziges Mal. Auch Wally hörte schweigend zu. Und selbst nachdem Hilde aufgehört hatte zu reden, blieben die beiden still.

Thekla schwieg, weil das Gehörte konfus in ihrem Kopf herumgeisterte. Letztendlich sagte sie sich, dass Hildes Schlüsse absurd waren.

»Hilde«, begann sie, »ich fürchte, du hast dich da in etwas verrannt. Was bleibt denn übrig, wenn man deine Geschichte auf die blanken Tatsachen reduziert? Erstens: Die Mutter des Bürgermeisters hat Birnensaft getrunken, der in einer Limonadenflasche abgefüllt war. Zweitens: Sie ist – wie ihrem Zustand nach längst zu erwarten war – gestorben. Das ist alles.«

Weil Thekla merkte, dass Hilde drauf und dran war, ihr scharf zu widersprechen, machte sie eine Bewegung, als wolle sie einen Schlag abwehren, und fügte streng hinzu: »Und sag jetzt bloß nicht, ›Weil der Birnensaft womöglich von Alf Meiler stammte, der bekanntlich ein Mörder ist‹.«

»Das wollte ich überhaupt nicht sagen«, verteidigte sich Hilde. »Hermann Lanz hatte ja den Birnensaft mitgebracht. Aber … ich …« Sie kam ins Stottern, wusste nicht mehr weiter. Unwillig rieb sie ihre Schläfen, rang sichtlich um Konzentration. Schließlich fand sie zu ihrer Argumentation zurück. »Wenn an Anna Kaltenbachs Leiche Holzer-Blasen zu sehen gewesen wären, dann wäre es in meinen Augen schon berechtigt, die drei Vorkommnisse miteinander in Beziehung zu setzen: Meilers Birnensaft getrunken – verstorben – Holzer-Blasen gebildet. Und bei Wallys Mutter war es ja auch so. Sie hat süßen Saft – zugegeben, wir wissen nicht, ob es Birnensaft war – aus einer Limonadenflasche getrunken, ist verstorben, und sie hatte definitiv Holzer-Blasen.« Hilde deutete anklagend auf Wallys Kamera die noch immer auf dem Tisch lag.

»Hilde«, sagte Thekla darauf in lehrerhaftem Ton, »selbst wenn man da eine gewisse Kausalität hineininterpretieren wollte: Frau Kaltenbach ist vergangenen Samstag beerdigt worden, Wallys Mutter am Montag.«

»Als ob ich das nicht wüsste«, erwiderte Hilde grimmig. »Und es macht mich schier rasend, dass nicht Rudolf derjenige war, der ihre Leichen versorgt hat.«

Darauf, fand Thekla, gab es nichts zu sagen. Denn, falls Rudolf wieder gekniffen hätte, wäre die Situation dieselbe.

In die entstandene Stille hinein fragte Wally an Hilde gewandt: »Wie genau hat denn das Fläschchen ausgeschaut, aus dem du der Frau Kaltenbach den Saft eingeschenkt hast?«

Als sowohl Thekla wie auch Hilde sie ansahen, als hätte sie gemuht oder miaut, fügte Wally hinzu: »Ist das so eine Limoflasche gewesen wie die, in denen früher immer Sinalco und Pepsi und so was abgefüllt war, und hatte der Saft darin eine fast honiggelbe Farbe?«

Thekla bemerkte, wie ein Ausdruck von Befriedigung in Hildes Augen trat. Gleich darauf begann der Pagenkopf heftig zu nicken.

Sie musste sich eingestehen, dass sich Hildes Verdachtsgründe zu verdichten begannen.

Hilde verkündete bereits mit triumphierender Stimme: »Identische Siebziger-Jahre-Limoflaschen, identischer Inhalt, identische Wirkung: Noch in derselben Nacht tritt der Tod ein, und bei Wallys Mutter erscheinen Holzer-Blasen. Was willst du denn noch, Thekla?«

Zögerlich meldete sich Wally zu Wort: »Ich kann aber nicht sagen, ob Birnensaft in dem Fläschchen gewesen ist, aus dem ich meiner Mama am Freitagabend eingeschenkt habe.«

»Aber das Zeug in der Flasche war gelblich, fast ein wenig dickflüssig, und hat nicht gesprudelt?«, vergewisserte sich Hilde.

Wally bejahte. »Mama hat gesagt, es schmecke so herrlich süß. Sie konnte gar nicht genug davon kriegen.«

»Zuckrige Süße, ein vorzüglicher Geschmacksübertüncher für die Zwecke eines Giftmischers«, verkündete Hilde.

»Wo kam denn das Fläschchen her?«, fragte Thekla. »Wer hat es zu deiner Mutter ins Krankenzimmer gebracht?«

»Der Sepp«, antwortete Wally so verständnislos, als hätte Thekla sie gefragt, wer der Vater ihrer Söhne sei. Als Thekla daraufhin eine Augenbraue hochzog, fügte sie hinzu: »Der Sepp hat mir das Fläschchen in die Hand gedrückt und gesagt: ›Gib ihr das zu trinken, es schmeckt ihr bestimmt besser als das abgestandene Wasser.‹«

Wiederum war es einige Zeit still am Tisch. In Wallys Augen waren Tränen aufgestiegen. Über Hildes Nasenwurzel hatten sich zwei steile Falten gebildet, die verrieten, wie intensiv sie nachdachte. Auch Thekla bemühte sich, ihre Gedanken zu ordnen und die neuen Erkenntnisse einzubeziehen. Doch sie kam zu keinem anderen Ergebnis als zuvor.

Was bleibt übrig, wenn man sämtliche Spekulationen weglässt?, fragte sie sich erneut. Zum einen: Die alte Anna Kaltenbach bekommt von Lanz ein Fläschchen Birnensaft geschenkt – und zwar nicht das erste Mal, wie sie Hilde wissen lässt. Sie spart es sich eine Zeit lang auf, dann, kurz vor ihrem ohnehin zu erwartenden Tod, trinkt sie es aus. Zum andern: Sepp Maibier bringt seiner Schwiegermutter ein Fläschchen, das dem von Lanz ähnelt, wobei es wohl Tausende solcher Flaschen gibt. Ob sich Birnensaft darin befindet, ist nicht sicher. Auch Wallys Mutter stirbt nach langer Krankheit. Ihre Leiche weist allerdings ominöse Flecken auf. Ob es sich um Holzer-Blasen handelt, deren Ursache eine Barbituratintoxikation wäre, kann mit völliger Gewissheit nur eine Obduktion klären, die schon deshalb nicht in Frage kommt, weil Wallys Mutter bereits begraben ist.

»Wally, du musst schleunigst herausbekommen, wo dein Mann den Saft herhatte«, sagte Hilde.

Wallys Tränen begannen zu fließen. »Wie denn? Glaubst du etwa, das sagt er mir, wenn ich ihn danach frage?«

Thekla wollte sich gerade erkundigen, weshalb Maibier ein Geheimnis daraus machen sollte, als ihr einfiel, wie er sich seiner Frau gegenüber verhielt.

»Dann frage ich ihn«, kündigte Hilde an. »Und zwar auf der Stelle.«

Derselbe Tag

Gegen Abend in Moosbach

Ob Hilde aus Wallys Ehemann etwas über das verdächtige Fläschchen herausbekommen hat?, fragte sich Thekla auf dem Weg nach Hause.

Wally, Hilde und sie hatten – nachdem sie ihre Rechnung beglichen und Elisabeth ihnen einen schönen Tag gewünscht hatte – das Café Krönner gemeinsam verlassen.

Draußen hatte Hilde Wally untergehakt. »Wir zwei fahren jetzt geradewegs zur Tischlerei, und dort knöpfe ich mir den Herrn Maibier vor.«

Wally hatte ein Gesicht gemacht, als würde sie zur Schlachtbank geführt werden, was Hilde jedoch kaltließ. Gleichmütig hatte sie sich in Richtung Stadtpfarrkirche St. Jakob gewandt, an deren gotischen Mauern vorbei sie, Wally und Thekla stets den Weg zum Großparkplatz am Hagen nahmen.

»Kommst du nicht mit zum Parkplatz?«, hatte sie noch gefragt, weil Thekla am Theresienplatz unter dem Stadtturm stehen geblieben war.

Thekla hatte verneint und auf die Auslagen eines Geschäfts gedeutet, das sich im Untergeschoss des Turms befand. »Ich habe Martin versprochen, Salami magnifico von Feinkost-Dreier mitzubringen. Und in der Käsealm will ich noch Gorgonzola und Bel Paese kaufen.«

»Du machst es dir ja wieder mal einfach mit dem Abendessen«, hatte Hilde geantwortet und war mit Wally am Arm davongerauscht.

Thekla stellte ihren Wagen in der Garage ab, schloss die Verbindungstür auf und brachte die Einkäufe ins Haus. Die antike Standuhr im Wohnzimmer schlug zweimal.

»Halb sechs«, murmelte sie. »Martin wird ganz schön schwitzen.«

Rasch entschloss sie sich, in die Apotheke hinüberzulaufen, um ihm beizuspringen, denn abends vor Geschäftsschluss war der Andrang meist beträchtlich.

»Vermutlich wirst du mir die Füße küssen, wenn ich an meinem freien Tag noch ein Stündchen aushelfe«, sagte sie und visualisierte, wie er ihr daraufhin über den Rand seiner Brille hinweg einen irritierten Blick zuwarf.« Eilig verließ sie die Wohnung.

Die Stein-Apotheke lag auf der anderen Straßenseite, direkt vis-à-vis des Wohnhauses. Als Thekla die Fahrbahn queren wollte, zwang sie ein Lieferwagen, der links die Anhöhe herunterkam, zum Stehenbleiben. Er fuhr an ihr vorbei, setzte aber dann den Blinker und hielt auf dem Randstreifen vor dem Schaufenster der Apotheke.

Während sie über die nun freie Straße lief, warf sie einen flüchtigen Blick auf den jungen Mann, der aus dem Lieferwagen stieg, stutzte und schaute dann genauer hin. Als er ihr zuwinkte, erkannte sie ihn und ging auf ihn zu.

»Wollen Sie mir Ihre Urnenkollektion vorführen, oder brauchen Sie eine Arznei?«

Oskar Pfeffer lachte. Er hielt einen zusammengefalteten Zettel in der Hand.

Ein Rezept wohl, dachte Thekla.

»Das neueste Modell unseres beliebten Urnenmalers – er nennt es ›Sonnenuntergang am Wörthersee‹«, sagte Pfeffer indessen, »kann ich Ihnen nur wärmstens empfehlen. Die stimmungsvolle Landschaft auf der aus edlem Porzellan gefertigten Urne ist in leuchtenden und warmen Farben gehalten. Ein Bild, in dem man sich sofort heimisch fühlt. Das Aschegefäß selbst ist ganz mit weißer Seide ausgefüttert. Darin kann das, was auf Erden zurückbleiben muss, wie auf Wolken ruhen.«

Der Junge weiß genau, wie er es anpacken muss, dachte Thekla beeindruckt. Der hat einwandfrei kapiert, dass man Pietätsartikel nicht anbieten kann wie Kohlköpfe – wenn er für meinen Geschmack auch etwas zu dick aufträgt.

Oskar Pfeffer war verstummt und hatte sie ein paar Augenblicke prüfend angesehen. Jetzt sagte er: »Sollte ich mich getäuscht haben? Scheuen Sie das Feuer? Würden Sie eine Erdbestattung vorziehen? In diesem Fall könnte ich Ihnen meinen neuesten Katalog aus Italien zeigen – Särge zum Verlieben.«

Thekla schmunzelte. »Ehrlich gesagt, dachte ich, es hätte noch keine Eile …«

Pfeffer hob die Hand, wie um sie vor einer Gefahr zu warnen. »Vorsorge kann man nicht früh genug treffen, liebe Frau Stein. Ein Vorsorgevertrag gewährleistet nämlich, dass sich alles nach den Wünschen desjenigen gestaltet, auf den es doch eigentlich ankommt.«

Während er sprach, waren sie gemeinsam auf die Eingangstür der Apotheke zugegangen. Pfeffer öffnete sie, ließ Thekla eintreten und folgte ihr.

Als Thekla sah, dass Martin mit einer Kundin beschäftigt war, die ihm einen auseinandergefalteten Beipackzettel vor die Nase hielt, wobei sie vehement den Kopf schüttelte, eilte sie hinter den Tresen und fragte Pfeffer, womit sie ihm helfen könne.

»Hustensaft«, antwortete er, »und Lutschtabletten. Ich spüre schon den ganzen Tag so ein Kratzen im Hals.«

Thekla streckte die Hand aus. »Dann wollen wir mal sehen, was Ihnen der Arzt dagegen verschrieben hat.«

Pfeffer wirkte erstaunt. »Ich bin bei keinem Doktor gewesen.«

»Halten Sie nicht ein Rezept in der Hand?«, fragte Thekla.

Pfeffer warf einen Blick auf den gefalteten Zettel, grinste verlegen und ließ ihn in die Hosentasche gleiten. »Die Telefonnummer von dem neuen Bestattungsunternehmer in Deggendorf ...«

Nachdem Pfeffer bezahlt hatte, was Thekla ihm empfohlen und für ihn herausgesucht hatte, fragte er: »War das nicht die Frau Maibier, die letztens bei Krönner mit Ihnen am Tisch saß?«

Thekla bejahte. »Wir haben auch heute wieder dort zusammengesessen. Aber Wally war sehr betrübt ...«

Bevor sie weitersprechen konnte, nickte Pfeffer und sagte: »Verständlich, ihre Mutter ist ja erst vor ein paar Tagen gestorben.«

Auf Theklas erstaunten Blick hin fügte er hinzu: »Herr Maibier hat für seine Schwiegermutter einen sehr exquisiten Sarg bestellt.«

»Und zwar bei Ihnen«, stellte Thekla mit einem wissenden Lächeln fest, aber Pfeffer schüttelte den Kopf.

»Nicht direkt. Beim Moosbacher Bestattungsunternehmer, genau gesagt.«

»Den Sie – wie alle anderen Bestattungsunternehmen im Landkreis – umfassend beliefern«, ergänzte Thekla.

»Im Prinzip läuft das so«, stimmte Pfeffer zu, »aber es kommt auch vor, dass ein Bestatter die Herstellerfirmen selbst kontaktiert, um günstigere Bedingungen auszuhandeln. In diesem Fall stellt sich dann allerdings oft die Frage des Transports ...« Er schien überlegen zu müssen, was er noch hatte sagen wollen. Im nächsten Moment fiel es ihm offenbar ein. »Andererseits mache ich manchmal Geschäfte, ohne den Bestatter als Zwischenhändler einzuschalten. In solchen Fällen handelt es sich aber meist um den Verkauf von kleinen Pietätsartikeln – um Beiwerk sozusagen.« »Oder um spezielle Urnen«, meinte Thekla augenzwinkernd. »Ja«, bestätigte Pfeffer. »Um Urnenunikate, handbemalt von einem strebsamen jungen Künstler.« Er wollte sich gerade zum Gehen wenden, da sagte Thekla noch: »Sie sollten viel trinken, Herr Pfeffer. Wasser, Kräutertee, das schwemmt die Bakterien aus. Und zwischendurch gute Fruchtsäfte, die ...« Sie verstummte unbehaglich, weil ihr jener Birnensaft in den Sinn kam, den Hilde für tödlich hielt.

Pfeffer war stehen geblieben und wartete offenbar darauf, dass sie weiterredete.

»Vitamine enthalten«, wollte Thekla den Satz beenden und Pfeffer noch gute Besserung wünschen. Stattdessen stieß sie hervor: »Haben Sie schon einmal Meilers Birnensaft probiert?«

Oskar Pfeffer starrte sie verdattert an. »Meilers Birnensaft?«

»Ich habe davon reden hören, dass der Saft aus eigener Herstellung stammen und außergewöhnlich gut schmecken soll«, beeilte sich Thekla zu erklären. »Ich würde ihn wirklich gerne selbst einmal kosten. Sie wissen wohl nicht, wo es ihn zu kaufen gibt?«

Pfeffer zuckte die Schultern. »Meilers Birnensaft ist mir noch nirgends untergekommen.« Damit verabschiedete er sich und verließ die Apotheke.

Thekla schaute ihm müßig nach, denn im Moment befand sich nur ein einziger Kunde im Geschäft, den Martin bereits bediente. Erstaunt bemerkte sie, dass er Pfeffer kameradschaftlich nachwinkte. Der ging auf seinen Lieferwagen zu, und dort stand – das Gefährt taxierend, als erwäge er, es zu kaufen – Heinrich Held.

Thekla stieg das Blut in die Wangen. Heinrich (insgeheim nannte sie ihn seit einiger Zeit so) würde sicherlich gleich hereinkommen, um sich eine weitere Packung Anginosan zu holen, denn was sonst hätte ihn in diese Straße führen sollen? Hastig wandte sie sich um, öffnete eine Schublade und begann, die Cremetuben darin zu sortieren.

Die Eingangstür machte »Bing, Bing«.

Verbissen sortierte Thekla weiter. Erst nach einem dritten, geradezu verzweifelten Räuspern ihres Bruders drehte sie sich um. Dazu war es höchste Zeit, weil mit dem »Bing, Bing« offenbar gleich drei Kunden hereingekommen waren. Heinrich Held befand sich allerdings nicht unter ihnen.

Thekla riskierte einen raschen Blick nach draußen. Sowohl der Lieferwagen als auch Heinrich Held waren verschwunden.

Zum Klang mehrerer »Bings« verkaufte Thekla eine gute halbe Stunde lang Mittelchen gegen Kopfweh, Gliederschmerzen, Darmkatarrh; dann ließ der Kundenansturm nach.

»Das war's für heute«, sagte Martin gerade, als sich die Ladentür mit einem einsilbigen »Bing« noch einmal öffnete.

Thekla stockte kurz der Atem, doch herein kam nicht etwa Heinrich Held, sondern Horst Zankl, ein entfernter Verwandter der Geschwister Stein. Er sah sehr bekümmert aus.

Thekla ahnte, was geschehen war. Seit Wochen war ja damit zu rechnen gewesen.

Horst Zankl und seine Frau – beide gut in den Achtzigern – bewohnten, seit Thekla denken konnte, ein winziges Häuschen hinter der Apotheke. Vor einigen Jahren hatte Babett Zankl einen Schlaganfall erlitten und wurde seither von Horst gepflegt, der als notorischer Geizhals galt.

»Babett ist gestorben«, teilte Horst Zankl den Geschwistern Stein nun mit.

Thekla sagte sich, dass sie nicht umhinkomme, der gesellschaftlichen Etikette Genüge zu tun, trat hinter dem Tresen hervor auf Zankl zu und reichte ihm die Rechte. »Mein herzliches Beileid.«

Er behielt ihre Hand in der seinen, schaute sie treuherzig an und fragte: »Kannst du mitkommen? Ich bräuchte Hilfe, weil ich es allein nicht schaffe, die Babett anzuziehen und zurechtzumachen.«

Kann ich nicht, will ich nicht, mache ich nicht, hätte Thekla gern erwidert. Soll er sich doch professionelle Hilfe kommen lassen, Herrgott noch mal, dachte sie ärgerlich. Das kann er sich wirklich leisten. Aber was macht der alte Geizkragen? Er versucht, mich herumzukriegen, um Kosten zu sparen.

Laut sagte sie:»Die Babett ordentlich versorgen, das kann doch ein Bestatter viel ...«

Zankl ließ sie nicht ausreden. »Ein Wildfremder ... meine Babett ... Das meinst du doch nicht ernst, Thekla.«

Völlig ernst, dachte Thekla. Todernst, um es makaber auszudrücken. Sie machte ein verschlossenes, abweisendes Gesicht.

Zankls Hundeblick verwandelte sich in ein anklagendes Starren. »Ja, wenn du mir nicht helfen willst, kann man wohl nichts machen. Da muss ich mich halt allein abmühen.«

Seine Augen wandten sich von Thekla ab und suchten Martin, der ebenfalls kondoliert, sich jedoch sofort wieder hinter den Tresen zurückgezogen hatte. »Bist du auch so herzlos wie deine Schwester?«

Martin gab keine Antwort. Er sah aus, als hätte man ihn soeben auf dem elektrischen Stuhl festgeschnallt.

Erpresser, dachte Thekla, elendiger. Du weißt genau, dass Martin sich nicht widersetzen wird, und ebenso gut weißt du, dass er beim Anblick der Leiche einen Nervenschock kriegt.

Seufzend gab sie nach. »Ich gehe mit.«

Sie wollte sich aus ihrem weißen Kittel schälen, überlegte es sich jedoch anders und behielt ihn an.

Den kann ich notfalls danach wegschmeißen, dachte sie und spielte kurz mit dem Gedanken, Mundschutz und Einmalhandschuhe einzustecken, um sie beim Versorgen der Toten zu tragen. Derart ausgerüstet würde sie sich wahrhaftig besser fühlen. Widerstrebend entschied sie sich jedoch dagegen. Horst Zankl würde es wohl als Affront betrachten.

Als sie sich in Bewegung setzte, hielt Martin sie auf. »Nein, *ich* gehe, denn du wirst hyperventilieren und in Ohnmacht fallen.«

»Werde ich nicht«, widersprach Thekla. »Vor Babett muss ich keine Angst haben. Sie will mir doch nichts Böses.« Damit folgte sie Zankl aus der Tür. Als sie einen Blick zurückwarf, sah sie Verblüffung in Martins Miene. Seine Lippen bewegten sich, und Thekla meinte ihn sagen zu hören: »Der Zahnarzt wollte dir doch auch nichts Böses.«

Babetts Leiche war mit einem weißen Laken zugedeckt. Obenauf lag der Totenschein. Wie zu erwarten, war er von Dr. Stenglich unterschrieben. Als Todesursache hatte er »Sepsis« eingetragen. »Alles erledigt«, sagte Zankl, dem Theklas Blick auf das Schriftstück anscheinend nicht entgangen war. »Dr. Stenglich hat sich meine Babett angeschaut und gesagt, dass sie nun endlich alles überstanden hat.« Er atmete tief durch, straffte sich und fügte hinzu: »Wir zwei richten sie jetzt hübsch her, und dann kann der Bestatter mit dem Sarg kommen.«

Thekla hielt die Luft an, als er das Laken wegzog.

Wehmütig lächelnd schaute Zankl seiner toten Frau ins Gesicht. Was er sagte, war aber offensichtlich an Thekla gerichtet.

»Nachdem Stenglich weg war, habe ich auf der Stelle den edelsten Sarg bestellt, den der Westhöll beschaffen kann. Eine schöne Stange Geld will der Kerl dafür.« Ostentativ rieb er Daumen und Zeigefinger aneinander. »Aber für meine Babett ist mir nichts zu teuer.«

Der Tod seiner Frau muss ihn stärker getroffen haben, als ihm anzumerken ist, ging es Thekla durch den Kopf. Der fadenscheinige Teppich, die maroden Fensterrahmen, alles zeugt von seinem Geiz. Nur bei Babetts Sarg macht er eine beispiellose Ausnahme. Dabei wird das teure Stück morgen oder übermorgen in der Erde verbuddelt und dort über kurz oder lang verrotten. Beschämt fragte sie sich, ob sie Horst Zankl vorhin vielleicht Unrecht getan hatte. Womöglich lag es wirklich nicht an seinem Geiz, dass er Babett vor den Augen und Händen eines Fremden bewahren wollte.

Zankl hatte indessen eine Schüssel mit lauwarmem Wasser und zwei abgenutzte, beinahe durchsichtige Waschhandschuhe hereingebracht.

Vorsichtig begannen Thekla und er, die Tote zu säubern.

Die Beine noch, dann ist es geschafft, sagte sich Thekla wenig später erleichtert. Ihre Rechte steckte in dem dünnen Waschhandschuh, fuhr scheu die Wade auf und ab, umkreiste die Knie der Toten – und hielt urplötzlich inne.

Theklas Blick saugte sich an einer auffälligen Verfärbung an der Knie-Innenseite fest, tastete die rötlichen Flecken einige Sekunden lang ab, bevor er sich jäh losriss und zu Babetts anderem Bein hinübersprang. Im nächsten Moment signalisierte er Theklas Gehirn, dass dort das Pendant zu finden war. Thekla ließ die Hand sinken. Sie fühlte sich plötzlich, als hätte ihr die Tote einen Hieb versetzt. Waren das an den Beinen von Babett tatsächlich die gleichen Flecken, die Hildes Neffe bereits an mehreren anderen Toten wahrgenommen hatte, die gleichen, die der Computerausdruck zeigte, die gleichen, die Wally fotografiert hatte? Wiesen diese blasenartigen Verfärbungen, die keine Totenflecken waren, keine Kirchhof-Rosen, kein Sonnenbrand und keine Frostbeulen; wiesen diese Male, die Dr. Stenglich aber wieder hatte durchgehen lassen, als wären sie Mitesser, auf eine beabsichtigte Vergiftung hin?

»Fertig?«, fragte Zankl. »Dann hol mal bitte die Wäsche her. Ich hab sie drüben auf dem Vertiko bereitgelegt.«

Thekla rührte sich nicht.

»Thekla?« Er stieß sie mit dem Ellbogen an.

»Schau«, sagte Thekla und drückte behutsam die Knie der Toten ein wenig nach außen, sodass die Flecken ganz deutlich zu sehen waren.

Weil Zankl zwar hinschaute, aber keinerlei Reaktion zeigte, fügte sie hinzu: »Sind das nicht ganz eigenartige Flecken, die die Babett da hat?«

Zankl warf nun einen forschenden Blick darauf und zuckte dann die Schultern. »Wieso?«

»Wir sollten sie Dr. Friesing zeigen«, sagte Thekla fest.

Zankl sah sie an, als hätte sie den Verstand verloren. »Babett ist tot, Thekla. Sie braucht keinen Doktor mehr, der Diagnosen stellt und Arzneien verordnet.«

»Ich weiß«, antwortete Thekla, »aber er sollte trotzdem feststellen, woher diese Flecken kommen.«

»Ja, wozu denn noch?« Zankl schrie es beinahe.

»Weil sie uns etwas über die Todesursache verraten könnten«, erwiderte Thekla tapfer.

Zankls Kinnlade klappte nach unten.

Nachdem sie sich fast eine Minute lang schweigend gegenübergestanden hatten, entschloss sich Thekla, Horst Zankl mitzuteilen, dass es enorm wichtige Gründe dafür gäbe, die genaue Ursache jener Flecken herauszufinden. Doch noch bevor sie etwas sagen konnte, kam Bewegung in Babetts Mann.

Er riss Thekla den Waschhandschuh aus der Hand und starrte ihr dann mit bösem Blick ins Gesicht. »Wir beide kommen allein zurecht, die Babett und ich. Wir brauchen dich nicht mehr. Du kannst nach Hause gehen.«

Und damit hat es sich, dachte Thekla. Niemand kann Zankl dazu zwingen, einen zweiten Arzt hinzuzuziehen, nachdem Stenglich alles für in Ordnung befunden hat.

Sie ließ den Kopf hängen und ging langsam aus dem Zimmer. Die Polizei, blitzte es in ihren Gedanken auf. Was, wenn ich mich an die Polizei wende? Wenn ich bei der Polizei aussage, dass ich an der toten Babett Zankl Flecken entdeckt habe, die sogenannte Holzer-Blasen sein könnten und laut Lehrbuch eine Barbituratintoxikation anzeigen?

Thekla war im Flur stehen geblieben und überlegte hin und her, ob sie den Stein ins Rollen bringen sollte.

Ich würde einen Buschbrand damit entfachen, sagte sie sich nach kurzem Nachdenken. Und keiner, absolut keiner würde mir das verzeihen. Nicht einmal Martin. Vor allem dann nicht, wenn sich ergäbe, dass die Flecken harmlos sind. Denn sie könnten ja durchaus harmlos sein. Eben diese Überlegung hat auch Rudolf Westhöll davon abgehalten, etwas zu unternehmen.

Leise Selbstgespräche führend, machte Thekla ein paar Schritte auf die Haustür zu. »Irgendwie kommen wir nicht richtig ran an diese Flecken. Sie tauchen auf, sind da, weisen eventuell sogar auf ihre Herkunft hin. Aber dann entziehen sie sich dem Zugriff.« Sie rieb sinnend über ihr Kinn. »Vielleicht hat Hilde recht, vielleicht sollten wir dieser Birnensaftspur folgen, schaden kann es ja nicht.«

Als sie die Haustür öffnete, wehte sie von hinten ein Luftzug an. Thekla drehte sich um und stellte fest, dass auf der rechten Flurseite eine Tür offen stand, die sie zuvor nicht bemerkt hatte.

Und überhaupt sollten wir auf alles und jedes ein Auge haben, wenn wir der Lösung des Rätsels näher kommen wollen, sagte sie sich, drückte die Haustür wieder zu und schlüpfte in jenen Raum, der ja geradezu danach rief, betreten zu werden.

Sie befand sich in der Zankl'schen Küche, die zwar penibel aufgeräumt, aber derart mit Möbeln und Krimskrams überfüllt war, dass Thekla am liebsten sofort umgekehrt wäre. Sie zwang sich jedoch, an den aneinandergereihten Schränkchen und Kästchen entlangzugehen, die so unterschiedliche Farben und Formen hatten wie Bauklötze aus diversesten Spielkisten.

Theklas Blick schweifte prüfend über die Ablageflächen, nahm eine Gruppe Blechdosen wahr, in denen sich den aufgeklebten Zetteln nach getrocknete Kräuter befanden; verweilte bei allerlei Körben, in denen offenbar Wertstoffe gesammelt wurden – Kronkorken, Plastikbecher, Wachsreste; eilte über ein Tablett mit mindestens zwanzig Marmeladengläsern hinweg und blieb an drei leeren Sinalco-Cola-Flaschen hängen, die auf einem schmalen, in einer Ecke eingeklemmten Schränkchen standen.

»Großer Gott«, brach es aus Thekla heraus. Das sind sie. Das müssen solche Fläschchen sein, wie sie Hilde und Wally in der Hand gehabt haben.

Sie stürmte quer durch die Küche auf die verdächtigen Flaschen zu, griff sich eine davon und schwenkte sie im Licht. Vom Flaschenboden löste sich ein gelbes Tröpfchen.

Thekla schnupperte gerade an der Flaschenöffnung, als Zankl die Küche betrat.

»Was zum Kuckuck machst du noch hier?«, fragte er verdutzt und zugleich bedenklich verärgert.

Thekla hielt ihm anklagend die Flasche entgegen. »War da Birnensaft drin?«

»Natürlich war da Birnensaft drin«, antwortete Zankl gereizt, nahm ihr das Fläschchen aus der Hand und stellte es zurück. Seine Stimme klang ein wenig milder, als er hinzufügte: »Seit Jahren beziehen wir unseren Birnensaft von Alf Meiler aus Granzbach. Babett konnte gar nicht genug davon kriegen. ›Nirgends wachsen so zuckersüße Birnen wie in Meilers Garten‹, hat sie immer gesagt.«

»Aber Meiler sitzt doch seit Wochen im Knast«, wandte Thekla ein. »Wie …?«

Zankl ließ sie nicht ausreden. »Er sitzt seit April im Gefängnis, jawohl. Und er wird seine Birnenernte heuer vermutlich nicht einbringen können. Der Saft stammt natürlich aus der vorigjährigen.«

»Hast du noch mehr davon?«, erkundigte sich Thekla hoffnungsvoll.

Zankl nickte.

Thekla sah ihn bittend an. »Kann ich eine Flasche davon haben?«

»Kannst du nicht«, entgegnete Zankl entschieden. »Und jetzt raus hier, hopphopp!« Er wandte ihr den Rücken zu und ging zur offenen Tür, die er mit einer Hand festhielt, sodass sie nicht zufallen konnte, während er mit der anderen wedelte, als hinge ein unangenehmer Geruch im Raum.

Thekla setzte sich in Bewegung.

Als sie den Hinterhof querte, der zum Durchgang zwischen Zankls Haus und der Apotheke führte, fühlte sie sich beobachtet. Sah Zankl ihr nach? Sie schaute sich um, konnte ihn jedoch nirgends entdecken. Außerdem war ihr so, als käme der forschende Blick, der ihr wie ein Zerren und Ziehen unter die Haut ging, aus der entgegengesetzten Richtung. Aus dem Durchgang also, der beidseitig von Hecken begrenzt war und den sie entlangmusste, um zur Straßenfront zu gelangen.

Thekla begann zu rennen. Sie schoss, ohne nach links und rechts oder überhaupt irgendwohin zu schauen, aus dem Durchgang heraus und lief Heinrich Held buchstäblich in die Arme.

Held drückte sie einen Moment lang an sich, bevor er sie ein Stückchen wegschob, seine Hände jedoch auf ihren Schultern behielt.

»Sie kommen zu spät«, sagte Thekla.

Er schaute sie erschrocken an.

Da fügte sie hinzu: »Wir haben schon geschlossen. Sie hätten vorhin gleich hereinkommen sollen.«

Auf seinem Gesicht erschien ein amüsiertes Lächeln.

Thekla biss sich auf die Lippen. Jetzt wusste er es, wusste, dass sie ihn beobachtet hatte.

»Abends herrscht ja ein wahrer Run auf Arzneimittel«, sagte Heinrich. Seine Finger streiften sanft über ihre Oberarme, als er die Hände hinuntergleiten ließ.

Plötzlich fühlte sich Thekla verlassen. Scheu fragte sie: »Der Ansturm hat Sie abgehalten?«

Heinrich schüttelte zerstreut den Kopf. Sein Blick war am Revers ihres Kittels hängen geblieben, aus dem ein Flaschenhals ragte. »Sollten Sie die Glasflasche nicht lieber in der Hand tragen? So notdürftig in die Brusttasche geklemmt kann sie leicht herausfallen und auf dem Pflaster zerschellen.«

Theklas ohnehin gerötete Wangen begannen zu glühen. Sie angelte nach der Flasche, die sie – als Zankl ihr den Rücken zugedreht hatte – blitzschnell an sich genommen hatte.

Heinrich warf einen fragenden Blick darauf. »Sie machen auch Hausbesuche? Versorgen Sie Ihre Patienten mit selbst hergestellten Mixturen?«

Thekla verneinte, und damit wollte sie es eigentlich belassen. Was sie im nächsten Moment hinzufügte, drängte sich ungewollt aus ihrem Mund: »Da war Birnensaft drin. Meilers Birnensaft. Angeblich das beste Getränk weit und breit.« Sie schwenkte die Flasche, sodass der einzelne gelbe Tropfen darin ins Auge fiel.

»Meilers Birnensaft«, wiederholte Heinrich in einem Ton, in dem er auch »Frankensteins Spucke« hätte sagen können.

»Es würde mich wirklich brennend interessieren«, sprach Thekla weiter, »was der Saft alles enthält.« Dann zögerte sie kurz, doch bevor Heinrich etwas erwidern konnte, sagte sie: »Man sollte den Tropfen in einem Labor untersuchen lassen.«

Heinrich starrte sie entgeistert an.

Na toll, dachte Thekla, jetzt hält er dich für irre. Trotzdem fügte sie hinzu: »Ich könnte mich an das Labor Schubach in Passau wenden, da hat Martin …« Ihre Stimme versandete.

Heinrich Held schluckte.

Thekla sah ihn erwartungsvoll an.

»Wäre es nicht einfacher, den Hersteller nach den Ingredienzien zu fragen?«, sagte er bedächtig. »Wo wird er denn zusammengebraut, dieser Birnensaft?«

»Das wüsste ich auch gern«, antwortete Thekla. Sie war nahe daran, Heinrich einzuweihen; ihm von den Flecken zu erzählen und von Hildes Mutmaßungen; ihn zu fragen, wie man seiner Meinung nach vorgehen sollte. Was sie davon abhielt, war die

Beobachtung, die sie am Nachmittag vom Fenster des Krönner aus gemacht hatte. Weshalb war Heinrich in Straubing der Witwe des Dichters gefolgt? Was hatte er mit ihr zu schaffen? Hildes Bemerkung über seinen früheren Beruf fiel ihr ein, der angeblich etwas mit »Überwachung« zu tun haben sollte. Was, wenn Heinrich Held zu einem Stalker geworden war, der sich irgendwo und irgendwann eine Frau herauspickte, um ihr nachzustellen?

Offenbar war ihr anzumerken, dass sie sich hin- und hergerissen fühlte, denn Heinrich legte plötzlich den Arm um ihre Schultern.

»Kommen Sie, Frau Stein, wir laufen ein paar Schritte am Moosbach entlang. Aber lassen Sie mich das Fläschchen tragen.«

Thekla duckte sich weg. Sie hatte entschieden, sich ihm nicht anzuvertrauen.

Nicht solange ich nicht weiß, was sein Kommen und Gehen zu bedeuten hat, dachte sie. Vertrauen gegen Vertrauen.

Mit einem knappen Abschiedsgruß wandte sie sich ab und lief über die Straße auf das Stein'sche Wohnhaus zu. Dass sie ihn damit der Chance beraubte, eine Erklärung für sein Verhalten zu geben, kam ihr gar nicht in den Sinn.

Heinrich Held war auf der jenseitigen Straßenseite verdattert stehen geblieben.

Heftig atmend kam Thekla vor der Haustür an und fummelte in ihrer Kitteltasche nach dem Schlüssel, wobei sie sich zwang, nicht zurückzublicken. Sie fürchtete, dass sie umkehren würde, wenn Heinrich noch am Straßenrand stand. Endlich hatte sie den Schlüssel, steckte ihn ins Schloss.

Im nächsten Augenblick hörte sie Heinrichs Stimme: »Frau Stein! Bitte lassen Sie uns miteinander reden.«

Sie drehte den Schlüssel.

»Frau Stein, Sie können sich jederzeit bei mir melden: Heinrich Held, Moosbach, Weidenweg 1.«

Die Haustür ging auf, und Thekla verschwand im Flur. Mit einem Knall fiel die Tür wieder ins Schloss.

Thekla ließ sich in den Korbstuhl fallen, der beim Eingang neben einer Bodenvase mit Birkenzweigen stand.

Weidenweg 1, pochte es in ihrem Kopf. Unvermittelt meldete

sich der banale Gedanke, dass sie gar keine Ahnung hatte, wo der Weidenweg verlief.

Sie machte eine abwehrende Bewegung, um den Gedanken an Heinrich Helds Zuhause zu verscheuchen. Was spielte es für eine Rolle, wo er wohnte? Wie käme sie denn dazu, Heinrich Held dort einen Besuch abzustatten? Weidenweg, bitte sehr. Sinnlos, darüber nachzudenken, wo der zu finden war.

Aber sie tat es doch, und nach einer Weile fiel es ihr auch ein.

Weidenweg, Almstraße und Wiesenallee, so nannten sich drei schmale Landsträßchen am jenseitigen Ufer der Donau. Die wenigen Häuser, die sie säumten, gehörten zwar gemeinderechtlich zu Moosbach, lagen aber verkehrstechnisch gesehen näher an Straubing. Denn um nach Moosbach zu kommen, musste man erst etliche Kilometer flussabwärts oder flussaufwärts zu einer Brücke fahren und über die Donau auf die Moosbacher Seite gelangen. Theoretisch konnte man natürlich auch die Fähre benutzen, die allerdings nur jede volle Stunde fuhr und mehr als Touristenattraktion denn als Verbindungsweg gedacht war.

Wer am Weidenweg wohnt, ging es Thekla durch den Kopf, der ist mit seinem Wagen dreimal schneller in Straubing als in Moosbach. Wenn am Weidenweg jemandem das Kaffeepulver ausgeht, wenn er frische Milch fürs Müsli braucht oder ein Medikament, dann fährt er vernünftigerweise nach Straubing. Und das nicht nur, weil Straubing näher liegt, sondern auch, weil es dort einen Haufen Supermärkte gibt – und mindestens fünfzehn Apotheken.

Derselbe Tag

Gegen Abend an der Scheuerbacher Brücke

»Jetzt mach dir mal nicht in die Hose«, schimpfte Hilde. »Du kannst ja postwendend in deiner Küche oder im Badezimmer verschwinden, wenn wir angekommen sind. Ist sowieso das Beste, wenn ich allein mit ihm rede.«

»Der Sepp wird in der Tischlerei sein«, sagte Wally. Hildes Mundwinkel kräuselten sich. »Gut, dass du mich darüber aufklärst. Ich hätte sonst womöglich nebenan im Gartencenter nach ihm gesucht.«

Wally sah sie einen Augenblick lang verwirrt an, erwiderte aber nichts. Erst nach einigen Sekunden sagte sie: »Wenn du ihm von deinem Verdacht erzählst, wird er dich eigenhändig rausschmeißen.«

»Ich werde ihm doch nicht auf die Nase binden, worum es mir geht«, entgegnete Hilde scharf.

»Aber ich … dachte …«, stammelte Wally, »ich dachte, du willst wissen, wo er die Limoflasche herhatte.«

Hilde umfasste das Steuerrad so fest, dass ihre Fingerknöchel weiß wurden. »Verdammt noch mal, Wally. So blöd, ihn direkt danach zu fragen, werde ich ganz bestimmt nicht sein.«

»Ja, aber«, begann Wally erneut, »wie willst du es denn sonst aus ihm rauskriegen?«

»Krch«, machte Hilde, mahnte sich jedoch zur Geduld und sagte mit einem nur winzigen Tadel in der Stimme: »Ich muss halt versuchen, deinen Mann in ein Gespräch zu verwickeln. Am besten tue ich so, als wolle ich ein Angebot einholen für … Was könnte ich mir denn anfertigen lassen wollen?«

»Eine Vitrine«, antwortete Wally lebhaft. »Für den Moosbacher Bestatter hat der Sepp so eine schöne Urnenvitrine geschreinert. Dreißig Urnen passen da rein. Durch die großen Glasscheiben ist jede Einzelne gut zu erkennen und trotzdem vor Staub und Ausbleichen geschützt.«

Hilde rang um Beherrschung. Als ob Maibier nicht genau wüsste, dass sie für das Bestattungsinstitut, das sie zusammen mit ihrem Mann aufgebaut hatte, keine Vitrinen oder sonstigen Möbelstücke mehr in Auftrag geben konnte. Vermutlich hatte sich sogar bis zu ihm durchgesprochen, dass Rudolf sie lieber heute als morgen auf dem Abstellgleis sehen würde.

»Ich werde mir ein Bücherbord fürs Wohnzimmer bestellen«, entschied sie. »In Nussbaum, damit es zur Schrankwand passt.«

Wally lächelte und setzte zu einer Antwort an, aus der jedoch ein spitzer Schrei wurde, weil Hilde hart auf die Bremse trat.

»Was zum Teufel ist das?« Hilde stellte den Motor ab und zog die Handbremse fest an, denn sie befanden sich auf dem abschüssigen Straßenstück vor der Christophorus-Statue an der Scheuerbacher Brücke. Erst dahinter verlief der Fahrweg wieder eben, jedoch kurvig in die Ortschaft hinein.

Hilde starrte mit zusammengekniffenen Augen die Christophorus-Statue an, aus deren Sockel ein Metallgestänge wuchs, das weit in die Engstelle der Straße hineinragte, die durch eben diesen Sockel verursacht wurde.

»Da liegt ja ein Fahrrad. Ein verbogenes, verbeultes, ramponiertes Fahrrad«, sagte sie leise zu sich selbst.

Stirnrunzelnd ließ sie den Motor wieder an, legte den ersten Gang ein und fuhr im Schritttempo den Abhang hinunter.

»Meinst du, da ist ein Unfall passiert?«, fragte Wally mit ängstlicher Stimme.

Falls sie eine Antwort darauf erwartet hatte, wurde sie enttäuscht.

Statt auf Wally einzugehen, lenkte Hilde den Wagen wenige Meter vor der Brücke aufs Bankett, schaltete die Zündung aus und öffnete die Fahrertür.

»Oh Gott, Hilde, nein!«, rief Wally schrill. »Du willst doch nicht etwa aussteigen? Wer weiß, was da geschehen ist? Wer weiß, was du zu sehen bekommst?«

Wiederum achtete Hilde nicht auf sie, kehrte ihr den Rücken zu und ging zielstrebig auf das verformte Fahrrad zu. Sie betrachtete es kurz, dann sog sie scharf die Luft ein.

Lores Rad! Verdammt, das war Lores Rad. Ihr Blick tastete das schrottreife Vehikel noch einmal ab, registrierte erneut das rote Gestänge mit dem gelben Muster darauf, die Klickpedale, den wie

Kuhhörner aufgebogenen Lenker und – über dem Gepäckträger – den blauen Einkaufskorb. Lores Fahrrad, keine Frage. Aber wo befand sich die Besitzerin?

Hastig sah sich Hilde um. Sie entdeckte jedoch nur Wally, die herbeitippelte, weil sie offenbar eine potenzielle Begegnung mit Angst und Schrecken dem Alleinsein im Wagen vorzog.

Wally warf einen raschen Blick auf die Unfallstelle, sah dann genauer hin und wirkte plötzlich erleichtert. »Schau«, sagte sie. »Dem Radfahrer ist gar nichts passiert. Der ist einfach zu Fuß weitergegangen.«

Das allerdings wagte Hilde zu bezweifeln. »Bestimmt nicht. So, wie das Rad aussieht, muss Lore verletzt sein.«

»Lore?«

»Lore«, bestätigte Hilde. »Das Rad gehört der Frau meines Neffen.«

Wally schlug sich beide Hände auf den Mund und machte entsetzte Krötenaugen. »Heilige Mutter Gottes!«, rief sie dumpf. Plötzlich hellte sich ihre Miene auf. »Aber bestimmt ist der Sanka schon da gewesen und hat sie ins Krankenhaus gebracht.«

Hilde schüttelte den Kopf. »Dann wäre auch das Fahrrad weg.«

»Aber wieso denn?«, begehrte Wally auf.

»Weil dann auch die Polizei gekommen wäre und das Rad mitgenommen hätte«, entgegnete Hilde barsch. Während sie sprach, suchten ihre Augen das Terrain zu beiden Seiten der Straße ab.

»Lore muss vom Rad geschleudert worden sein«, sagte sie nach einigen Momenten. »Aber wo ist sie gelandet?«

Als sie keine Antwort darauf erhielt, schaute sie sich nach Wally um, die still dastand und ehrfürchtig zum heiligen Christophorus aufblickte.

»Der kann es uns ganz bestimmt nicht sag–«, begann Hilde, unterbrach sich jedoch, hastete auf die Brücke, beugte sich über das Geländer und starrte flussabwärts in den Moosbach hinunter. »Kreuzkruzitürken.«

Lore befand sich nicht weit vom Ufer entfernt zwischen einem Weidenstamm und einem glatt geschliffenen Felsen im Bach. Sie lag auf dem Rücken, ihr Gesicht wies himmelwärts und wurde von kleinen Wellen gleichmäßig überspült. Ihre Gliedmaßen sahen so verrenkt aus wie die einer weggeworfenen Puppe.

Keuchend rannte Hilde zum Ende der Brücke, stieg über die Leitplanke, die dort den Straßenrand begrenzte, und schlitterte die Böschung zum Bach hinunter.

»Wo willst du denn hin?«, rief Wally, die noch immer vor der Christophorus-Statue stand und keine Anstalten machte, sich vom Fleck zu rühren.

Hilde watete ins seichte Wasser des Moosbachs.

In ihrem Kopf überschlugen sich die Gedanken: Zum Glück ist Sommer, sodass der Moosbach kein Schmelzwasser führt, was ihn oft gefährlich ansteigen lässt. Aber trotzdem Vorsicht vor der Strömung, vor glatten Steinen, vor Löchern im Bachbett. Lore wird schwer verletzt sein, was man da wohl tun kann?

Du musst jetzt einfach handeln, effektiv handeln, mahnte sie sich. Über allerlei nachdenken kannst du später.

Sie hatte Lores leblos wirkenden Körper inzwischen erreicht und versuchte, sich in eine stabile Position zu bringen, indem sie die Füße neben Lores linker Schulter zwischen den mit Wasser überspülten Wurzeln einer Weide verankerte. Dann bückte sie sich, um Lores Oberkörper anzuheben, musste jedoch feststellen, dass es nicht möglich war, wirksam zuzupacken. Lores Raddress hatte sich voll Wasser gesogen, war schlüpfrig und glitschig geworden. Hildes Finger fanden nirgends Halt.

Sie gab ihr Vorhaben auf, verlagerte das Gewicht und griff um Lores Gesicht in der Absicht, wenigstens den Kopf aus dem Wasser zu heben.

Er ließ sich kein bisschen bewegen. Der Fahrradhelm musste sich an einer Wurzel verhakt haben.

Über Lores Mund und Nase gurgelten nach wie vor einzelne Wellen.

Verzweifelt richtete sich Hilde auf. »Sakrament, irgendwie muss ich sie doch hochkriegen!«

Nachdem sie sich erneut Lores leblosem Körper zugewandt hatte, wurde ihr klar, dass sie sich in eine Position bringen musste, die einen besseren, direkteren Zugriff erlaubte.

Kurz entschlossen machte sie einen Spreizschritt über Lore

hinweg, sodass sich deren Brustkorb zwischen ihren Beinen befand. Als sie dabei ihr Gewicht verlagerte, drohte ihr linker Fuß wegzurutschen. Verbissen bohrte sie ihn in den Schlamm des tückischen Bachbetts, bis sie glaubte, einen einigermaßen sicheren Stand zu haben. Dann bückte sie sich wieder, schob Lore die gewölbten Hände unter den Hinterkopf und schaffte es, den Helm von der Umklammerung der Wurzeln freizubekommen. Daraufhin gelang es ihr auch, Lores Kopf so weit anzuheben, dass sich Mund und Nase ein gutes Stück über der Wasseroberfläche befanden.

»Herrgottsakra«, fluchte Hilde zum x-ten Mal, als ihr aufging, dass damit nicht viel gewonnen war. »Wally!« Wo zum Teufel hatte sich Wally verkrochen? »Wally, hierher, verdammt noch mal! Du musst mir helfen, Lore aus dem Bach zu ziehen.«

Hilde richtete sich so weit wie möglich auf, um einen Blick auf die Brücke werfen zu können.

Über der Christophorus-Statue sah sie ein Auto schweben.

Sie musste ein paarmal blinzeln, bis sie die richtige Perspektive hatte, die ihr zeigte, dass der Wagen die Anhöhe herunterkam.

»Wally, halt das Fahrzeug an!«, schrie Hilde aus vollem Hals und schaute sich hektisch nach ihr um.

Das brachte sie aus dem Gleichgewicht, und sie stürzte auf die Knie. Ihre Hände ließen reflexartig Lores Kopf fahren, der mit einem Platsch zurücksank, und beeilten sich, sie selbst davor zu bewahren, der Länge nach unter Wasser zu geraten. Das gelang ihnen insoweit, als Hilde nun auf Knien und Ellenbogen kauerte.

Noch während sie hochzukommen versuchte, warf sie einen Blick auf Lore und sah mit Schrecken, dass deren Kopf nicht wie zuvor nur sporadisch überspült wurde, sondern jetzt in einem kleinen Tümpel lag, der zuvor gar nicht da gewesen war.

Hilde verdoppelte ihre Anstrengungen, auf die Füße zu kommen, wurde dabei aber von einem daherschwimmenden Ast behindert.

»Lore!«, schrie sie angsterfüllt. »Verdammt, sie ersäuft mir.«

Sie keuchte und fluchte, bekam endlich den vermaledeiten Ast zu fassen und schleuderte ihn ans Ufer.

Der Schwung beförderte sie bäuchlings ins Wasser. Ihre Nase schlug auf einen scharfen Kiesel; ihr Mund, der gerade den nächsten

Fluch ausstoßen wollte, füllte sich mit nassem Sand, und in ihren Ohren rauschte es, als hätte sich der Moosbach die Niagarafälle geborgt.

Das Erste, was Hilde wahrnahm, als sie triefend und dreckverschmiert wieder auftauchte, waren die nassen Hosenbeine einer Jeans.

Sie kam auf die Knie, schaffte es, ihren Oberkörper anzuheben, und hockte sich auf die Fersen. Dann ließ sie den Blick besagte Hosenbeine hinaufwandern. Weiter oben waren sie trocken und endeten in zwei recht knackigen Pobacken, die himmelwärts ragten. Dann kam nichts mehr.

Hildes Blick eilte verwirrt wieder hinunter und beschrieb einen kleinen Kreis. Was die Netzhaut daraufhin an ihr Gehirn meldete, ließ sie einen Seufzer der Erleichterung ausstoßen. Im selben Moment hörte sie von der Brücke her Wallys Stimme.

»Die Himmelmutter hat ihn geschickt. Die Himmelmutter und der heilige Christophorus haben uns den Doktor geschickt, damit er Lore hilft.«

Hilde wandte den Kopf, um die Brücke ins Visier zu bekommen, und sah, was sie erwartet hatte. Wally kniete mit andächtig gefalteten Händen zu Füßen der Christophorus-Statue.

»Frömmlerin«, schimpfte Hilde. »Betschwester, vermaledeite –«

Dr. Friesings Stimme unterbrach ihre Tirade. »Schaffen Sie es, allein aus dem Bach zu kommen, Frau Westhöll?« Er hatte Lore bereits ans Ufer gebracht und dort auf ein Graspolster gebettet. Soeben begann er, mit beiden Händen rhythmisch ihren Brustkorb zu bearbeiten.

Statt einer Antwort gab Hilde ein Knurren von sich. Dann setzte sie all ihre Kraft ein, um endlich auf die Füße zu kommen. Mühsam begann sie, aus dem Wasser zu waten.

Als ihr linker Schuh mit einem dumpfen Gurgeln in einem Schlammloch stecken blieb, was aller Regel nach eine Verwünschung zur Folge gehabt haben würde, hörte sie das Martinshorn.

»Gut«, brummte sie, statt zu fluchen. »Sehr gut. Die waren ja ausnahmsweise mal flott, die Sanitätsheinis.« Sie erreichte das Ufer und lehnte sich erschöpft an den Stamm einer Trauerweide.

Kurz darauf herrschte hektisches Treiben am Moosbachufer. Lore wurde auf eine Trage gebettet und zur Brücke hinauftransportiert. Neben der Trage lief eine junge Sanitäterin her, die einen durchsichtigen Behälter am ausgestreckten Arm hochhielt, von dem aus ein Schlauch zu Lores linkem Arm führte. Zwischen kurzen Kommandorufen, zwischen Rascheln, Schlurfen und Scharren war gleichförmig Wallys Stimme zu vernehmen: »Du bist gebenedeit …«

Hilde winkte ab, als einer der Sanitäter auf sie zukam. »Mit mir ist alles in Ordnung, kümmern Sie sich um Lore.« Die Decke, die er ihr reichte, nahm sie mit einem »Passt schon« entgegen, biss sich jedoch, kaum war es heraus, wie ertappt auf die Lippen. Gut, dass Thekla nicht in der Nähe war. Sie hasste diesen Ausdruck, der hier in der Region das höfliche »Danke ja« oder »Danke nein« zu ersetzen drohte, und in diesem Fall musste Hilde ihr recht geben. Schleunigst wickelte sie sich in die Wolldecke und hoffte, so das Zittern eindämmen zu können, das sie urplötzlich angefallen hatte.

»Frau Westhöll, wenn ich nicht irre!« Ein langer Kerl in grüner Uniform legte ihr die Hand auf die Schulter.

Hilde nickte. Sie war keineswegs überrascht, dass er ihren Namen wusste. Schließlich war sie keine ganz Unbekannte im Landkreis.

Die Polizei war also inzwischen auch eingetroffen.

Wurde aber auch höchste Zeit, dachte Hilde.

»Was ist denn hier passiert, Frau Westhöll? Fühlen Sie sich gut genug, mit mir darüber zu reden?«

Schockschwerenot, was passiert ist, sehen Sie doch selbst, wollte Hilde antworten. Und sie wollte den Polizisten mit harschen Worten anweisen, die Spuren auf der Brücke zu sichern, anstatt ihr mit Geplauder zu kommen.

Aber als sie den Mund aufmachte, kam nichts heraus. Stattdessen begannen ihre Zähne zu klappern. Da sah sie ein, dass sie sich auf ein paar Silben beschränken musste.

»Lores verbeultes Rad entdeckt«, stieß sie heraus. Dann presste sie die Kiefer zusammen, bis das Zähneklappern etwas nachließ. Nach einigen Augenblicken konnte sie hinzufügen: »Nach Lore gesucht … sie im Wasser gefunden.«

Der Polizeibeamte – *seinen* Namen wusste Hilde nicht (sie kannte ihn allerdings vom Sehen, wie das auf dem Land halt so ist) – nickte ihr verständnisvoll zu. »Wir nehmen Ihre vollständige Aussage später auf. Jetzt bringen wir Sie erst mal nach Hause.« Hilde deutete mit einem zitternden Finger zur Brücke. »Mein Wagen ... Wally.«

Der Polizist überlegte einen kurzen Moment, bevor er entschied: »Ich fahre Sie in Ihrem Auto nach Hause, mein Kollege wird Frau Maibier im Streifenwagen heimbringen.« Er fasste Hilde unter und half ihr die Böschung hinauf.

Als Hilde in ihrem Wagen saß, legten sich ihr Zittern und Zähneklappern, denn die Sonne hatte den Innenraum auf gut dreißig Grad aufgeheizt.

Kaum war der Polizeibeamte auf der Fahrerseite eingestiegen, fragte sie ihn angriffslustig: »Wo bleibt die Spurensicherung?«

Er sah sie an, als würde sie halluzinieren.

Hilde fixierte ihn unbeeindruckt.

Der Beamte drehte den Zündschlüssel so langsam, dass die Bewegung wie eine Zeitlupenaufnahme wirkte, dann sagte er mit betonter Nachsicht: »Die Spurenlage ist eindeutig, Frau Westhöll. Da muss nichts gesichert werden.«

Als von Hilde ein scharfes Zischen kam, beeilte er sich fortzufahren: »Ihre Nichte ist die Anhöhe zu schnell heruntergesaust, hat die Kontrolle verloren und ist gegen den Sockel der Christophorus-Statue geprallt. Dabei ist sie vom Rad geschleudert worden und im Bach gelandet.« Nach einer kleinen Pause fügte er hinzu: »Die Spurensicherung würden wir nur dann rufen, wenn wir einen Hinweis auf Fremdverschulden gefunden hätten.«

»Aha«, sagte Hilde darauf. »Fahrerflucht fällt wohl nicht in diese Kategorie?«

Der Beamte hielt am Zebrastreifen in der Ortsmitte von Scheuerbach an, weil ein Trupp Jugendlicher die Straße überqueren wollte, und warf Hilde einen forschenden Blick zu. »Wie kommen Sie darauf, dass an dem Unfall ein anderes Fahrzeug beteiligt gewesen sein könn–?« Er unterbrach sich und fragte: »Sie haben doch nicht etwa eine entsprechende Beobachtung gemacht, oder?«

Hilde verneinte. »Dazu war es längst zu spät. Als ich auf der Anhöhe ankam, war alles schon vorbei. Das verbeulte Rad klebte am Christophorus, und Lore lag im Bach.«

»Aber wie kommen Sie dann —«, setzte der Beamte erneut an. Hilde schnitt ihm das Wort ab. »Weil Lore sozusagen ein Radprofi ist. Das Gefälle von der Anhöhe zur Brücke ist viel zu gering, als dass es sie aus der Bahn hätte werfen können. Selbst mit den Füßen auf dem Lenker hätte sie die Spur gehalten.«

Der Polizeibeamte fuhr im Schritttempo weiter. Erst als die letzten Häuser von Scheuerbach in Sicht kamen, schaltete er hoch und gab Gas.

»Haben Sie sich schon mal ein Radrennen angesehen? Sogar echten Profis stoßen erstaunliche Unfälle zu. Zudem besteht die Möglichkeit«, fuhr er fort, während er nun recht flott die Kurve hinter dem Ortsschild nahm, »dass Frau Westhöll von irgendetwas behindert oder erschreckt worden ist. Womöglich sind Rehe auf die Fahrbahn gesprungen. Wir haben doch so viel Wildwechsel hier. Erst gestern …« Er stockte, schien nachzudenken, was er eigentlich hatte sagen wollen, und fuhr nach einem Moment fort: »Meine Kollegen und ich haben uns das Rad ganz genau angesehen. Glauben Sie mir, Frau Westhöll, da war kein anderes Fahrzeug beteiligt. Es gibt nicht das kleinste Anzeichen von fremden Lackspuren; ebenso wenig von Beschädigungen, die von etwas anderem als dem Zusammenstoß mit dem Betonsockel herrühren. Außerdem beweist die gesamte Auffindesituation, dass die Radfahrerin von der Anhöhe herunterkommend gegen den Sockel geprallt ist. Gegen den Sockel, Frau Westhöll, nicht gegen ein anderes Fahrzeug. Denn in so einem Fall hätte das Rad nicht so daliegen dürfen, wie es dalag.« Energisch fügte er hinzu: »Gemäß der Spurenlage ist ein Unfallhergang mit Beteiligung eines zweiten Fahrzeugs einfach nicht denkbar.«

»Nicht denkbar«, wiederholte Hilde sarkastisch. Liebend gern hätte sie ergänzt: nicht denkbar für einen beschränkten Dorfbullen mit einem Horizont, der kaum über die Nasenspitze hinausreicht.

Aber es sich derartig mit der Polizei zu verderben, wagte sie dann doch nicht. Deshalb zog sie es vor, ihre Überlegungen für sich zu behalten. Ist Lore von einem Reh erschreckt oder von jemandem bedrängt worden?, sinnierte sie. Ist es nicht merkwürdig, dass sie ausgerechnet nach jenen Tagen verunglückt, in denen sie unruhig wirkte, sorgenvoll, umtriebig, so als schlage sie sich mit irgendetwas herum? Grübelnd fing Hilde an, verschiedene Szenarien zu entwerfen, die Lores katastrophalen Sturz hätten herbeiführen können.

Mal angenommen, sagte sie sich, von Scheuerbach her wäre ein Auto auf sie zukommen, das an der Engstelle viel zu weit auf der Gegenfahrbahn fuhr. Es gab einen Zusammenstoß. Das Rad schleuderte gegen den Sockel, und Lore flog in den Bach. So könnte man sich das doch vorstellen. Aber, musste sie einräumen, dann wäre das ramponierte Rad nicht vorne an den Sockel gepresst gewesen, sondern seitlich. Und ja, es müssten tatsächlich Lackspuren von dem beteiligten Wagen am Rad zu finden sein und ganz typische Verformungen vermutlich. Andererseits …

Sie fröstelte wieder, weil die Klimaanlage inzwischen ihr Werk getan hatte, und zog die Decke über der Brust zusammen.

»Wir sind gleich da«, sagte der Beamte. »Dann können Sie trockene Sachen anziehen und sich erholen.«

»Erholen.« Das Wort ließ Lores leblosen Körper vor Hildes Augen erscheinen. Würde Lore sich von diesem Unfall erholen? Hatte sie ihn überhaupt überlebt? Wo befand sie sich im Augenblick? War jemand bei ihr?

»Ist mein Neffe schon benachrichtigt worden?«, fragte sie misstrauisch.

Der Beamte nickte, während er den Wagen vor dem Bestattungsinstitut parkte. Offenbar wusste er, dass Hilde gleich nebenan wohnte. »Herr Westhöll müsste schon auf dem Weg zu seiner Frau ins Krankenhaus sein.«

Gut, dachte Hilde. Rudolf kümmert sich um Lore. Aber wer zum Teufel …

Noch bevor der Beamte seinen Sicherheitsgurt geöffnet hatte, sprang sie aus dem Wagen. Auf dem Bürgersteig stehend, wartete sie ungeduldig, bis er ebenfalls ausgestiegen war, die Fahrertür geschlossen und die Verriegelung betätigt hatte. Während all dieser Verrichtungen hielt sie bereits die Hand ausgestreckt, um den Autoschlüssel entgegenzunehmen. Als er ihr endlich gereicht wurde, gab sie dem Polizisten hastig die Decke zurück, murmelte ein knappes »Danke« und marschierte davon. Hilde hatte es plötzlich eilig, enorm eilig sogar. »Himmelherrgottnochmal«, rief sie. »Einer muss sich doch ums Geschäft kümmern.«

Lore lag im Krankenhaus, Rudolf war auf dem Weg zu ihr, und Egon Pfeffer hatte freigenommen, weil er sich einen Hörapparat anpassen lassen musste. Wer blieb also übrig, um im Bestattungsinstitut die Stellung zu halten? Wer war hier unentbehrlich, unersetzlich − nicht mit Gold aufzuwiegen?

Derselbe Tag

Am Abend im Hof der Tischlerei Maibier

Wally konnte sich auf Jahre zurück nicht entsinnen, dass jemand so fürsorglich zu ihr gewesen wäre wie der Polizist, der sie nach Hause brachte.

Obwohl es im Polizeiwagen nach kaltem Rauch stank, nach ranzigem Fett und alten Socken, hätte sie Stunden, Tage, ach Monate darin sitzen bleiben mögen.

Himmelmutter, verteidigte sich Wally einer sanften Mahnung ihres Gewissens gegenüber, ich will nicht ungerecht sein. Hilde und Thekla sind wirklich gute Freundinnen. Ja, auch Thekla, obwohl ich sie nicht recht durchschaue. Sie hält gern auf Abstand, was sie manchmal fast schon beängstigend unergründlich macht. Aber ganz besonders Hilde, trotz ihrer barschen Art. Was macht es, dass sie oft wettert und vom Leder zieht. Es ist halt ihre Art. Und Hilde holt mich jeden Mittwoch von zu Hause ab, sodass ich dem Sepp zum Trotz mit den beiden ins Café Krönner gehen kann, und sie bringt mich anschließend auch wieder heim. Aber hat sie jemals »liebe Frau Maibier« beziehungsweise, weil wir ja per du sind, »liebe Wally« zu mir gesagt? Hat sie mir schon mal den Gurt angelegt, mir den Arm getätschelt und mir ein Bonbon angeboten? Hat sie im Autoradio »Bayern 1 – Wir lieben Oldies« für mich eingestellt und mich dann gefragt, ob ich es auch wirklich bequem habe?

Bevor Wally der Himmelmutter versichern konnte, dass all diese Fragen ehrlichen Herzens mit einem klaren »Nein« beantwortet werden durften, bog der Polizeiwagen zur Tischlerei Maibier ein, die nur fünf Minuten von der Unfallstelle entfernt lag.

Wie immer, wenn Wally die Zufahrt heraufkam, freute sie sich über die Rabatten zu beiden Seiten des Wegs, auf deren Dekoration sie stets viel Mühe verwandte. Zwischen Inseln blühender Pflanzen schillerten Glaskugeln, die an verschieden hohen Stäben befestigt waren. Tierfiguren aus Keramik bildeten Grüppchen auf Kiesoasen, Vogeltränken aller Variationen boten sich gefiederten Gästen dar.

Erst vergangene Woche hatte sie im Gartencenter nebenan eine Sonne aus emailliertem Metall samt spiralförmiger Halterung erworben, die seither auf eine bunt gekleidete – schon seit Längerem hier heimische – Hasenfamilie herunterschien.

Ihre Mundwinkel hoben sich zu einem Lächeln, als das Arrangement in Sicht kam, doch schon im nächsten Moment senkten sie sich kummervoll, als ihr einfiel, was ihre Familie von ihrer Gartengestaltung hielt.

Der Beamte bremste. Doch bevor sie ganz zum Stehen kamen, nahm er den Fuß vom Pedal und ließ den Wagen langsam weiterrollen, als wäre er unschlüssig, an welcher Stelle er anhalten und Wally absetzen sollte.

Links befand sich das Wohnhaus der Maibiers, das irgendwie zugeknöpft wirkte; die drei Garagen auf der rechten Seite dagegen zeigten weit geöffnete Mäuler. Geradeaus lagen die Werkstätten mit ebenfalls offenen Toren, aus denen das Kreischen der Sägen drang und das Sirren der Schleifmaschinen.

Schräg vor einem der Tore arbeitete jemand an einer mindestens zehn Meter langen Stange, die horizontal auf Böcken ruhte.

»Ist das da vorn Ihr Mann?«, fragte der Polizist.

Sie nickte, ohne irgendeine Bewegung zu machen, die darauf hätte schließen lassen, sie sei zu Hause angekommen und wolle aussteigen.

»Er hat schon mit der Arbeit am Maibaum angefangen«, sagte sie, um sich nicht von der Stelle rühren zu müssen. Da der Polizeibeamte eine Entgegnung schuldig blieb, fügte sie hinzu: »Der Sepp hat am Himmelfahrtstag ausgelobt, dafür zu sorgen, dass die Scheuerbacher nächstes Jahr den längsten und schönsten Maibaum zwischen Regensburg und Passau haben werden. Und der Sepp hält seine Versprechen. Letzte Woche hat er schon eine Blaupause für das Trachtenpaar gemacht, das ganz oben an der Spitze den Reigen tanzt.« Sie schluckte hart, als ihr Hildes Kommentar zu Sepp Maibiers Projekt einfiel: »Keine Sau braucht einen Maibaum.«

»Dann begleite ich Sie jetzt zu Ihrem Mann«, sagte der Beamte.

Wally rührte sich nicht. »Der Sepp will die Arbeit ganz allein mit seinen eigenen zwei Händen verrichten. Das Hobeln, das Schleifen, das Zubehör herstellen, sogar das Anmalen. ›Keiner langt mir hin‹, hat er gesagt. Und ich, ich könnte ihm sowieso nichts recht machen.«

Der Polizist wirkte einen Moment lang verwirrt, dann sagte er entschieden:»Ich bringe Sie jetzt zu Ihrem Mann, damit der sich um Sie kümmert.«

Ehe Wally widersprechen konnte, hatte er den Wagen vor der aufgebockten Stange abgestellt, war ausgestiegen und zur Beifahrertür gehastet. Er öffnete, half Wally beim Aussteigen und führte sie zu Sepp Maibier, der den Hobel weglegte und den beiden deutlich missgestimmt entgegensah.

Mit knappen Worten klärte ihn der Polizist darüber auf, dass es an der Brücke einen Unfall gegeben habe und Frau Maibier die Bergung der Verletzten hatte mitansehen müssen, weswegen sie wohl ein wenig unter Schock stehe. Dann nickte er Maibier zu, schüttelte Wally die Hand, versicherte ihr, dass sie sich von dem Schrecken bald erholt haben würde, und machte sich davon.

Wally ließ schuldbewusst den Kopf hängen, denn sie rechnete mit jener Latte von Vorwürfen und Anschuldigungen, die ihr Mann gemeinhin für sie auf Lager hatte: ... *hast du es wieder prima geschafft, uns ins Gerede zu bringen ... die Polizei auf dem Hof ... Nachbarn lauern ja bloß auf so etwas ... und alles nur, weil meine Alte mittwochs ins Kaffeehaus ...*

»Was ist denn bei der Brücke passiert?«, fragte Sepp Maibier jedoch stattdessen und musste die Frage zweimal stellen, bevor Wally begriff, dass sie dazu aufgefordert worden war, von ihrem Erlebnis zu erzählen.

Entsprechend stotternd fiel ihr Bericht aus.

»Mit dem Rad gegen die Christophorus-Statue geprallt, sagt die Polizei, und im Bach gelandet«, wiederholte Sepp Maibier.

Dabei wirkte er geradezu heiter, weswegen sich Wallys Zunge vertrauensselig lockerte.»So ein schlimmer Unfall. Die arme Lore ist bestimmt ganz arg verletzt, heilige Mutter Gottes. Aber wenigstens muss sich niemand die Schuld daran geben.« Sie sah ihren Mann mit aufgerissenen Augen an.»Stell dir vor, du wärst gerade mit dem Transporter unterwegs gewesen, hättest die ahnungslos radelnde Lore mit der Stoßstange gerammt, sodass sie ... Heilige Mutter Gottes. Nie wieder könntest du ruhig schla—« Sie unterbrach sich, als sie bemerkte, dass sich die Augen ihres Mannes zu Schlitzen verengt hatten, aus denen ärgerliche Blicke zu ihr herübergeschossen kamen. »Wieso sollte ausgerechnet ich sie gerammt haben?«, fragte er unangenehm leise. »Sieht das hier so aus, als ob ich unterwegs gewesen wäre?« Wally begann wieder zu stottern. »Du doch nicht. Natürlich nicht. Und sonst auch niemand. Ich habe ja nur gesagt, wie es hätte sein können. Du weißt doch, wie man so was sagt, so als Beispiel, wenn man …« Sie verhedderte sich mehr und mehr, suchte im Gesicht ihres Mannes ängstlich nach einem neuerlichen Anflug guten Mutes. Der blieb jedoch aus.

Natürlich blieb er aus. Wally wusste genau, dass er ausbleiben würde. Sie ließ den Kopf hängen, starrte auf ihre Fußspitzen und teilte ihnen wortlos mit, dass es am klügsten sei, sich schleunigst in Richtung Wohnhaus in Marsch zu setzen, denn jetzt war es so weit: Maibier würde sie abkanzeln.

Ihre Beine wollten jedoch nicht gehorchen. Das eine knickte nach außen weg, das andere fühlte sich so schlaff an, als wäre es aus Kleiderstoff gemacht und angenäht.

Da Wally so intensiv damit beschäftigt war, sich Schritte abzuringen, überhörte sie das Brummen des Lastwagens, der in den Hof bog und Sepp Maibiers Aufmerksamkeit von ihr ablenkte. Sie blickte erst auf, als ein Klirren und Scheppern an ihre Ohren drang, das die Ankunft des Getränkelieferanten verriet.

Der ist aber spät dran heute, meldete sich ein Gedanke in Wallys Kopf. Der kommt doch sonst schon am frühen Nachmittag.

Die beiden Männer begrüßten sich und begannen ein Gespräch, ohne Wally die geringste Beachtung zu schenken. Sie hätte unbemerkt weggehen können, stand aber immer noch da wie festgeklebt. Gesprächsfetzen drangen an ihr Ohr: »… Kotflügel eingedrückt … alles umgeladen … übliche Runde nicht mehr zu schaffen …«

Langsam dämmerte Wally, wovon der Getränkelieferant sprach. Offenbar war das Fahrzeug, mit dem er zuvor unterwegs gewesen war, beschädigt worden.

Beschädigt, pochte es in ihrem Kopf, eingedellt. Wodurch?

Himmelmutter, doch nicht etwa durch Lores Rad? Das würde ja bedeuten … Halt, rief sie sich zurück, hatten die Polizisten nicht festgestellt, dass an dem Unfall kein anderes Fahrzeug beteiligt war, weil jeder Hinweis darauf fehlte? Aber was, schoss es Wally in den Sinn, wenn derjenige, der mit Lore zusammengestoßen war, sämtliche Spuren beseitigt hatte? Sie spitzte die Ohren, um noch mehr zu erfahren. Leider zu spät. Sepp Maibier eilte soeben davon, um seine private Bestellliste und die seiner Söhne zu holen, während der Getränkeausfahrer die Persenning des Lasters öffnete.

Maibier & Söhne bezog jede Woche eine umfangreiche Lieferung Sprudel und Limonade für die Tischlerei, denn man legte Wert darauf, dass sich die Angestellten direkt am Arbeitsplatz mit Getränken versorgen konnten. Der Lieferant hatte den Auftrag, im Kühlraum zu überprüfen, was zur Neige gegangen war, und die Stellagen entsprechend aufzufüllen. Nachdem er volle Flaschenträger zur Werkstatt geschleppt und leere auf der Ladefläche seines Lasters verstaut hatte, bekam er gewöhnlich einen Zettel ausgehändigt, auf dem Maibier und seine Söhne ihre persönlichen Wünsche aufgelistet hatten. Dabei handelte es sich allerdings nicht um Saft oder Limonade, sondern um allerlei Biersorten, denn die Herren Maibier waren mit Haut und Haaren dem bayerischen Nationalgetränk verschrieben. Um ihre Biere machten sie ein Aufhebens wie ein Winzer um seine Spätlese. Die beiden ältesten Söhne, die mit ihren Familien in eigenen Häusern lebten, hatten sich sogar spezielle Kellerräume eingerichtet, in denen das Weißbier, das Pils, der Doppelbock sachgerecht gelagert werden konnten – nicht zu lange, versteht sich. Aber bei den Maibiers wurde das Bier ohnehin nicht alt.

Wally hatte sich noch immer nicht von der Stelle bewegt. Geistesabwesend sah sie dem Getränkelieferanten zu, wie er auf die Ladefläche stieg und sich an den Flaschenträgern, die dort aufgestapelt waren, zu schaffen machte. Ihr Blick fiel auf die roten Kästen, in denen sich die Literflaschen mit Apfelsaftschorle befanden. Apfelschorle musste jede Woche nachgeliefert werden, weil sie bei der Belegschaft am beliebtesten war. Zwei landeten mit einem Rums auf dem Asphalt des Hofes. Die Flaschen darin ließen nur ein dumpfes Rumpeln hören, denn sie waren aus Plastik, wie das gesamte Geschirr – Teller, Schale oder Trinkbecher –, das in der Werkstatt benutzt wurde, aus Plastik sein musste. Maibier duldete weder Glas noch Porzellan in der Nähe seiner teuren Maschinen, denn Scherben und Splitter konnten an fein gezackten Sägen und erstklassig geschärften Hobelmessern immensen Schaden anrichten.

Der Getränkelieferant baute auf der Ladefläche soeben einen Kastenturm ab und schichtete ihn an einer anderen Stelle wieder auf. Offenbar musste er Platz schaffen, um an Ware zu gelangen, die sich weiter hinten befand. In den grünen Flaschenträgern, die er da aufeinanderstapelte, klirrte es heftig.

Wally starrte die Fläschchen an, die sich darin befanden, und hatte plötzlich das Gefühl, ein bestimmter Gedanke versuche sich in ihrem Kopf Aufmerksamkeit zu verschaffen. Dieser Gedanke schien dafür zu sorgen, dass sich ihr Blick unausweichlich an jenen Fläschchen in den grünen Kästen festsaugte. Sie waren aus durchsichtigem, dickwandigem Glas, und sie waren mit einer fast honiggelben Flüssigkeit gefüllt.

Wally überfiel die Erkenntnis mit einem scharfen Stich. Honiggelber Saft in kleinen Flaschen, die wie Sinalcoflaschen ausschauen. So eine muss Hilde bei Frau Kaltenbach gesehen haben. So eine hat Sepp in Mamas Zimmer gebracht. Deswegen hatte Hilde vor, den Sepp auszuhorchen. Weil sie nämlich unbedingt erfahren wollte, wo er sie herhatte.

Ohne ihr Zutun streckte sich Wallys Arm aus, ihr Zeigefinger deutete anklagend auf eines der Fläschchen.

»Was ist denn da drin?«, sagte sie vorwurfsvoll. »Wo kommt denn das her?«

Der Getränkelieferant schaute auf. Sein Blick fand Wally, ruhte einen Moment lang auf ihrem Gesicht, wanderte dann ihren Arm und ihre Hand entlang bis zu dem Punkt, auf den ihr Finger zeigte, kehrte wieder um – und wirkte ausgesprochen ratlos.

So standen sie sich gegenüber, als Sepp Maibier zurückkehrte: Wally stocksteif, nach wie vor anklagend auf einen grünen Flaschenträger deutend; der Getränkelieferant leicht nach vorn gebeugt, die Hände zum Zupacken bereit, jedoch sichtlich verdattert auf Wally starrend.

Bevor ihr Mann ein Wort sagen konnte, begann Wally, mit dem Finger zu fuchteln, und wiederholte ihre Frage. Das erweckte auch den Getränkeausfahrer wieder zum Leben. Scheppernd schwang er den nächsten Flaschenträger an die Längsseite der Ladefläche. »Da ist Limo drin. Sinalco, kommt von der Vertriebsgesellschaft.«

»Aber die Sinalcoflaschen sind ja aus Glas«, Wallys Stimme überschlug sich fast vor Aufregung, »aus Glas wie früher.«

Der Getränkeausfahrer warf Sepp Maibier einen fragenden Blick zu und machte mit der flachen Hand eine schnelle Wischbewegung vor der Stirn. Es war kaum misszuverstehen, was er damit ausdrücken wollte.

Dann sagte er an Wally gewandt mit besänftigender Stimme: »Sie haben ja recht, Frau Maibier. Heutzutage werden so gut wie alle Softdrinks in Plastikflaschen gefüllt, aber an die Gastronomie liefern wir nach wie vor Glasflaschen mit Kronkorken aus.«

Sepp Maibier reichte dem Getränkelieferanten darauf eilig einen Zettel, auf dem die Bestellung für den Privatverbrauch notiert war. »Du weißt ja eh Bescheid. Scheint so, als müsste ich mich dringend um meine Frau kümmern. Steht wohl unter Schock, meine arme Wally, weil sie und ihre Freundin vorhin an eine Unfallstelle geraten sind.« Damit griff er sich Wally, nahm sie in den Schwitzkasten und schleppte sie weg.

An der Haustür musste er sie notgedrungen loslassen, um aufzuschließen.

Wally war schwindelig, sie schwankte und suchte Halt an der Hausmauer. Nichtsdestotrotz setzte sich der hartnäckige Gedanke von zuvor noch einmal durch und ließ sie zum Getränkewagen zurückblicken. Der Fahrer war auf der Ladefläche des Lasters zu einem Denkmal erstarrt, und in seinen Augen – darauf hätte Wally schwören mögen – stand Erschrecken und Furcht.

Im nächsten Moment fühlte sie sich von ihrem Mann am Genick gepackt, als wäre sie ein Kaninchen.

Er zog sie in den Flur, und dort begann er, sie zu schütteln. »Bist du völlig plemplem?«

Wally hätte gern geschwiegen und stumm darauf gehofft, er würde sie irgendwann loslassen. Doch drückend wurde ihr bewusst, dass sie Hildes Plan, durch ein unverfängliches Gespräch mit Sepp Maibier etwas über die Herkunft des Fläschchens mit dem gelben Saft herauszufinden, vereitelt hatte, indem sie öffentlich die Sinalcoflaschen-Frage gestellt hatte. Was unverzeihlich war, denn statt eine nützliche Auskunft zu beschaffen, hatte sie nur die Pferde scheu gemacht. Sie hatte es vergeigt. Durch ihre Schuld war es unmöglich geworden, diskret Informationen aus Sepp Maibier herauszuholen. Dafür würde ihr Hilde den Hals umdrehen.

So gesehen hatte Wally keine Wahl. Sie musste es zu Ende bringen, musste ihren Mann – selbst auf die Gefahr hin, dass er sie dafür zu Tode schüttelte – zur Rede stellen.

»Genau so ein Sinalcofläschchen hast du der Mama gebracht«, sagte Wally, wobei sie sich bemühte, ihrer Stimme Stabilität zu verleihen.

Sepp Maibier ließ sie dermaßen abrupt los, dass sie taumelte. »Was? Was redest du denn da?«

»Du wirst doch nicht vergessen haben«, erwiderte Wally mit dem Mut der Verzweiflung, »was du der Mama zu trinken gebracht hast – an dem Abend, bevor sie gestorben ist.«

Ihr Mann erschrak sichtlich und lehnte sich an die Flurwand, als sei er plötzlich zu schwach zum Stehen.

»Hast du das Fläschchen von unserem Getränkelieferanten gekauft gehabt?«, hakte Wally nach.

Maibier antwortete nicht. Er war still und blass geworden.

»Sepp«, bettelte Wally. »Sag mir doch, wo du das Fläschchen hergehabt hast. Bitte sag's mir.«

Maibier schwieg so lange, dass sich Wally schon von ihm abwenden und in die Wohnung gehen wollte, weil sie annahm, auf ganzer Linie versagt zu haben. Nichts würde sie von ihm erfahren, absolut nichts. Stattdessen hatte sie alles nur noch schlimmer gemacht. Denn jetzt wusste ihr Mann haargenau, worum es ging.

Himmelmutter, warum hast du mich ins Verderben laufen lassen?

Sie hätte beinahe nicht mitbekommen, dass ihr Mann plötzlich sagte: »Gerlinde Lanz hat mir das Fläschchen eigens für deine Mutter gegeben.«

»Gerlinde Lanz – die Frau vom Dichter?«, fragte Wally überrascht und verbesserte sich eilig: »Die Witwe vom Dichter?«

Auf Sepp Maibiers Nicken hin dachte Wally eine Weile nach, was jedoch zu nichts führte. Deswegen erkundigte sie sich arglos: »Was hat dich denn mit der zusammengeführt?«

Daraufhin rieb sich ihr Mann mit beiden Handflächen übers Gesicht, fuhr sich mit den Fingern durch die Haare, massierte seinen Nacken. Wally sah ihm dabei zu und schöpfte kein bisschen Verdacht.

Auch als Sepp »Ähem« und »Na ja« machte und ihr unbehagliche Blicke zuwarf, stand sie nur da und schaute genauso unbedarft drein wie die Hasenfamilie in ihrer Gartenrabatte.

Nach einer Weile sagte sie: »Hat dich die Witwe Lanz etwa für Schreinerarbeiten ins Haus bestellt? Sie besitzt ja wunderschöne Möbel – bildschön.«

Sepp Maibier straffte sich, machte mit der Rechten eine unbestimmte Geste, legte die Linke auf Wallys Rücken und schob sie auf die Wohnzimmertür zu, während er sagte: »Ja, so war es. An einer Kommode mussten zwei Scharniere ausgewechselt werden. Bei der Gelegenheit hat mir die Lanz das Fläschchen gegeben und irgendwas vom köstlichen Saft der Meiler-Birnen erzählt.«

»Meiler-Birnen«, wiederholte Wally. »Meiler-Birnen – Birnensaft – Birnensaft …« Es hörte sich an wie ein Remake von Hildes Auftritt im Krönner.

Sepp Maibier steuerte seine Frau zum Wohnzimmersofa. »Leg dich ein Stündchen hin«, schlug er mit ungewohnter Milde vor. »Wir können ja heute ein wenig später zu Abend essen. Ich wollte sowieso noch ein bisschen am Maibaum arbeiten.« Halb mit sich selbst sprechend, fügte er hinzu: »Handarbeit verschlingt eine Menge Zeit. Ein Dreivierteljahr ist schnell um. Außerdem muss das Holz erst gut durchtrocknen, bevor der Feinschliff gemacht werden kann …« Seine Stimme versandete.

Wally hatte sich aufs Sofa sinken lassen und sah mit erstaunten Krötenaugen zu, wie ihr Mann nach der Likörflasche und nach einem Gläschen griff, es voll schenkte und vor sie hinstellte. »Trink, das hast du jetzt wirklich nötig.« Dabei lächelte er sie sage und schreibe an.

Als Wally das Klirren hörte, das beim Zurückstellen der Likörflasche auf die Glasplatte der Kredenz erklang, fiel ihr wieder ein, wie der Getränkefahrer von einem eingedellten Kotflügel gesprochen hatte. Maibiers wohltuendes Gebaren verführte sie dazu, aufs Tapet zu bringen, was ihr dabei durch den Kopf gegangen war.

»Vielleicht ist Lore deshalb verunglückt, weil sie vom Getränkelaster angefahren worden ist.«

Offenbar fiel es Sepp Maibier nicht leicht, seine Gedanken von den bevorstehenden Arbeitsgängen am Maibaum zu befreien, weshalb es eine Weile dauerte, bis er begriff, was Wally gesagt hatte. Dann lachte er bellend.

»Vom Getränkelaster, so, so. Mal dies, mal das. Lass mich raten, was dir als Nächstes einfallen wird: der Müllabfuhrwagen, die Straßenkehrmaschine, das Postauto, der Schulbus. Vielleicht ist Lore Westhöll aber in Wahrheit vom Leichenwagen mit Rudolf Westhöll am Steuer überfahren worden – und zwar absichtlich.«

Während ihr Mann sprach, war Wallys Mund vor lauter Schreck aufgeklappt. Mit offenem Froschmaul erhob sie sich halb vom Sofa, dessen Kante nun unangenehm an ihre Kniekehlen drückte. Was hatte Sepp gerade gesagt? Rudolf Westhöll – absichtlich? Wally wollte nachhaken, brachte jedoch bloß ein Gurgeln zustande. Dann spürte sie, wie ihre Knie einknickten und Stück für Stück nachgaben, bis ihr Hintern letztendlich wieder auf dem Sofa landete.

Als sie saß, gelang es ihr schließlich zu fragen: »Warum hätte denn Rudolf Westhöll das Rad rammen sollen, auf dem seine Frau die Anhöhe vor der Scheuerbacher Brücke heruntergekommen ist?«

Erstaunlicherweise machte sich Sepp Maibier nicht nur die Mühe zu antworten, er ließ sich dazu sogar in einen der Polsterstühle fallen und schlug die Beine übereinander.

»Im ganzen Gäu redet man doch davon, wie auffallend gut sich die Lore mit dem jungen Pfeffer versteht, dem, der die Bestattungsinstitute beliefert. Bei Westhöll soll er inzwischen aus- und eingehen, als ob er dort Teilhaber wäre. Und wo, bitte, fährt die liebe Lore hin, wenn sie aufs Rad steigt? Nicht zum Einkaufen nach Moosbach und erst recht nicht nach Weißach in die Maria-Dolorosa-Kirche zum Beten. Nein, sie tritt wie eine Wilde in Richtung Deggendorf, quert die Stadt, hält auf Hengersberg zu und verschwindet auf halber Strecke dorthin in irgendeinem Seitenweg. Ja verflixt, warum sollte sie das denn tun, wenn sie sich nicht heimlich mit jemandem treffen will?«

»Ja, warum?«, echote Wally und konnte keinen klaren Gedanken fassen. Doch plötzlich fiel ihr etwas Wichtiges ein. »Aber heute war Lore ganz bestimmt nicht bei so einem heimlichen Treffen. Sie ist ja aus der Moosbacher Richtung gekommen. Also hatte Rudolf gar keinen Grund —« Sie unterbrach sich, weil ihr Mann ostentativ die Augen verdrehte und die Hände um die Armlehnen des Sessels legte, um sich daraus hochzustemmen.

»Vergiss, was ich gesagt habe, und schau nicht wie ein Wetterfrosch bei Frost«, sagte er. »Es war ja gar nicht ernst gemeint. Auch wenn der Westhöll vielleicht allen Grund hat, seiner Frau den Marsch zu blasen, muss er sie ja nicht gleich plattmachen. Und hast du nicht vorhin erzählt, die Polizei geht davon aus, dass Lore die Anhöhe zu schnell hinuntergefahren, an die Christophorus-Statue geprallt und in den Moosbach gesegelt ist? Dass keine Menschenseele in der Nähe war, als der Unfall passierte?« Plötzlich zogen sich seine Brauen zusammen. »Wieso kommst du mir dann eigentlich laufend mit dem Hirngespinst, die Westhöll wäre von einem Wagen gerammt worden? Gibt es einen einzigen triftigen Grund dafür?«

Wally schüttelte den Kopf, und noch während sie das tat, verließ ihr Mann das Wohnzimmer.

Als er draußen war, begann sie langsam zu nicken. Es gab nämlich eine ganze Menge Gründe, anzunehmen, dass vieles nicht so war, wie es den Anschein erwecken wollte.

Spät an diesem Abend

Die Telefondrähte zwischen Granzbach, Scheuerbach und Moosbach

Hilde im Gespräch mit Thekla: »Lore ist verunglückt. Und weißt du was? Ich finde, die Sache stinkt zum Himmel.«

Thekla kurz darauf zu Hilde: »Ich habe an Babett Zankls Leiche mit ziemlicher Sicherheit Holzer-Blasen entdeckt. Und ich habe in Zankls Haus einen kleinen Rest Birnensaft sichergestellt.«

Wally, als Hilde bei ihr anrief: »Sepp hat das Fläschchen von der Witwe Lanz gekriegt.«

Hilde während eines erneuten Anrufes bei Thekla: »Wir müssen eine Lagebesprechung abhalten, einen Schlachtplan entwerfen.«

Thekla zustimmend: »Unbedingt. Heute noch?«

Hilde aufgebracht: »Bist du verrückt? Es ist neun Uhr durch. Ich habe Kopfschmerzen, mein Magen rebelliert, und morgen muss ich früh raus.«

Wally während einer Verbindung mit Hilde: »In meinem Kopf wirbelt alles durcheinander: Lore, der Birnensaft, die Knieflecken, die plötzlich überall aufzutauchen scheinen ...«

In einem späteren Gespräch Thekla zu Hilde: »Dann treffen wir uns morgen.«

Hilde darauf ablehnend, jedoch mit deutlicher Genugtuung in der Stimme: »Bis auf Weiteres muss ich im Bestattungsinstitut die Stellung halten. Rudolf hat mich ausdrücklich darum gebeten. Er will so viel Zeit wie möglich bei Lore verbringen.«

Thekla mit einem erneuten Versuch: »Abends?«, Hilde zustimmend brummend.

Wally, die den Plan wenig später zunichte machte: »Morgen Abend will Sepp das Zimmer meiner Mutter neu tapezieren. Es soll als Privatbüro eingerichtet werden. Aber am Freitagabend könnte ich wahrscheinlich weg.«

Thekla, die noch später wiederum diesen Plan durchkreuzte: »Das nützt nichts. Martin und ich fahren am Freitagabend nach Karlsruhe. Wir sind dort zur Hochzeit seiner Tochter eingeladen. Martin ist schon ganz aufgeregt. Er sieht sie doch so selten. Und ich freue mich auch darauf. Wir kommen erst am Sonntagabend zurück.«

Hilde darauf: »Verdammter Mist, saublöder.«

Irgendwann Wally: »Am gescheitesten ist es doch, es so zu machen wie immer. Wir treffen uns am Mittwoch im Krönner, und so kann alles seinen Gang gehen.«

Hilde dagegen opponierend: »Wir dürfen nicht eine ganze Woche lang tatenlos zuschauen.«

Wally, die sich erkundigte: »Bei was denn?«

Hilde, die daraufhin einfach auflegte.

Thekla, die die Sache in die Hand nahm: »Wally hat recht. Vor Montag kann aus einer Zusammenkunft nichts werden, und zwei weitere Tage spielen wohl keine große Rolle. Wir tun vermutlich sowieso nichts anderes, als alles wieder und wieder durchzukauen – außer ...« Keine Reaktion in der Leitung, weshalb Thekla fortfuhr: »Außer wir entschließen uns, die Polizei zu informieren.«

Hilde in Form eines Statements: »Diese Hohlköpfe? Nein!«

Und somit war es abgemacht: Mittwochnachmittag, wie immer. Dennoch war von Hilde ein Seufzen (oder war es ein unterdrücktes Fluchen?) zu vernehmen.

Mittwoch, der 29. Juni

Nachmittags im Café Krönner

Thekla zerdrückte das mit Mokkacreme beschichtete Mandelbaiser am Gaumen und schloss die Augen. Diesen genussvollen Moment würde sie sich keinesfalls vermiesen lassen. Nicht von Hildes Angriffslust und erst recht nicht von Wallys Leichenbittermiene. Als sie die Lider einen Augenblick lang hob, um mit der Kuchengabel einen weiteren Bissen von der Agnes-Bernauer-Torte abstechen zu können, nahm sie wahr, dass Hilde inzwischen grimmig an einem Kartoffelpuffer herumsäbelte.

Thekla schob sich den neuen Happen in den Mund und wollte die Augen schnell wieder zumachen, als sie Wally schniefen hörte. Seufzend warf sie ihr einen Blick zu und bereute es sofort. Die arme Wally wirkte derart bedauernswert, dass Thekla die Lust an der Krönner'schen Spezialität verging.

Wally hatte sich bei Elisabeth ein winziges Stück Plundergebäck bestellt, das sie nun trübsinnig zerkrümelte, anstatt es zu essen. Selbstredend gab allein schon dieses Betragen Anlass genug zur Sorge. Darüber hinaus hatte Wally heute weder mintgrünen Lidschatten noch pinkfarbenen Lippenstift aufgetragen. Sie steckte in einer Schlabberhose mit Gummibund und einem unförmigen T-Shirt; die blondierten Haare, die dringend einer Nachbehandlung bedurften, hingen ihr strähnig in die Stirn. Wallys Mundwinkel zitterten wie Quittengelee, und jetzt lief ihr auch noch eine Träne über die Wange.

Thekla musste sich eingestehen, dass die Agnes-Bernauer-Torte heute das Nachsehen haben würde. Sie kannte Wally nun schon länger als ein halbes Jahrhundert, hatte sie jedoch erst ein einziges Mal derart zerrüttet erlebt. Damals – an einem Fronleichnamstag vor mehr als fünfzig Jahren – hatte Mater Serafina ihr den Teddy, der seit ihrem ersten Lebensjahr mit ihr im selben Bett schlief, weggenommen und gesagt: »Der liebe Gott will kluge, kläräugige Lämmer auf seiner Weide sehen, keine dummen, hirnlosen Schafe, die sich an kindische Kuscheltiere klammern«, womit sie Wally in eine tiefe Depression stürzte.

Thekla schluckte den Happen hinunter, der – schade, schade, schade – noch kaum zerkaut war, und sagte sich, dass der durchaus begründete Verdacht, ihre Mutter sei ermordet worden, Wally so niedergewalzt haben musste. Zeit genug, sich Gedanken darüber zu machen, hatte sie ja gehabt. Zudem fürchtete sie womöglich, Sepp Maibier könnte etwas damit zu tun haben.

Das Vorliegen eines Tötungsdelikts konnte man inzwischen wohl nicht mehr wegdeuten, und beim heutigen Treffen würde das auch ganz klar ausgesprochen werden müssen. Thekla hatte allerdings nicht die Absicht, wie ein Marktschreier damit herauszuplatzen. Es hatte aber auch keinen Sinn, die Sache noch lange hinauszuzögern.

Sie legte die Kuchengabel mit einem Klirren auf den Tellerrand. »Also, was hat sich seit unserem letzten Treffen gezeigt?«

Wally schniefte peinlich laut. »Ein schreckliches Kuddelmuddel. Ein fürchterliches Durcheinander.«

Hilde warf ihr Besteck hin. »Einen Haufen krimineller Aktionen.« Nach einer kleinen Pause fügte sie hinzu: »Ehrlich gesagt geht es mir genauso wie Wally. Ich kann in den Abläufen und Geschehnissen kein klares Gefüge erkennen.« Sie stockte und sagte dann matt: »Ich kann überhaupt kein Gefüge erkennen.«

»Dann müssen wir uns eben eines zusammenbasteln«, erwiderte Thekla.

Hilde nickte. »Wir brauchen ein System.«

»Was denn für ein System?«, fragte Wally.

»Eine Gliederung, eine Zusammenfassung, einen Überblick«, erklärte ihr Hilde.

»Ordnung im Kopf«, präzisierte Thekla und fuhr bedächtig fort: »Alles hat damit begonnen, dass uns Hilde von ominösen Flecken erzählte, die ihr Neffe an Verstorbenen festgestellt hat. Wenn Dr. Friesing richtigliegt, werden solche Flecken durch eine Barbituratintoxikation verursacht.« Sie hob die rechte Hand, um die Bedeutsamkeit des Folgenden hervorzuheben. »Die Vergiftungen können nicht auf Zufall beruhen, weil in den üblichen Schlaf- und Beruhigungsmitteln keine Barbiturate mehr enthalten sind.«

Thekla unterbrach sich kurz und schaute in die Runde, registrierte Wallys verwirrten Glupschaugenblick und Hildes zustimmendes Nicken. Dann sprach sie weiter: »Aufgrund unserer Beobachtungen gestatten wir uns, davon auszugehen, dass den Verstorbenen Überdosen eines Beruhigungsmittels verabreicht wurden, das man in Meilers Birnensaft aufgelöst hatte, weil sich das offenbar recht süße Getränk gut dazu eignet, eine eventuell bittere Geschmackskomponente zu tarnen.« Wieder sah sie Hilde nicken.

»Aber«, fuhr sie fort, »wie überzeugend ist die Birnensaftspur?«

Weil weder von Wally noch von Hilde eine Antwort kam, übernahm sie selbst die Erörterung der Frage. »Bei Wallys Mutter gab es eine direkte Aufeinanderfolge: Birnensaft getrunken, verstorben, mutmaßliche Holzer-Blasen aufgewiesen. Bei Babett Zankl war es allem Anschein nach ebenso. Bei Frau Kaltenbach wissen wir nur, dass sie vor ihrem Ableben Birnensaft getrunken hatte, aber nicht, ob sie Holzer-Blasen aufwies.«

Während Thekla sprach, war Hildes Kopf in die Höhe geschnellt. »Diese Übereinstimmungen können doch kein Zufall sein. Ich verwette meine eiserne Reserve an Maple Leaf, dass das Gift im Birnensaft steckt.«

»Du kannst deine Goldschätze im Tresor lassen«, sagte Thekla darauf trocken. »Das Gift steckt definitiv im Birnensaft.«

»Du hast doch nicht etwa davon getrunken?«, rief Wally entsetzt.

Hilde warf ihr einen vernichtenden Blick zu, bevor sie Thekla auffordernd ansah. »Red schon, Kreuzkruzi—«

Wally unterbrach sie mit einem halb unterdrückten Aufschrei. »Hilde, du musst damit aufhören, immer so gotteslästerlich zu fluchen. Glaub mir, so oft, wie sich die Himmelmutter deine hässlichen Flüche anhören muss, vergießt sie bittere Tränen.«

»Ach«, erwiderte Hilde mokant, »hat sie dir das erzählt, als sie neulich zum Kaffeetrinken bei dir war?«

Wally schnappte entsetzt nach Luft, doch bevor sie etwas sagen konnte, legte ihr Thekla die Hand auf den Arm. »Wir diskutieren das ein andermal. Lass uns jetzt mit der Zusammenfassung und Gliederung der Ereignisse weitermachen.«

Daraufhin hielt Wally den Mund, und Thekla berichtete, dass sich in dem Fläschchen aus Zankls Küche tatsächlich Rückstände eines Barbiturats befunden hatten.

»Es gibt genügend Labors, die im Internet ihre Dienste anbieten«, erklärte sie. »Und es scheint kein großer Aufwand gewesen zu sein, das Barbiturat zu isolieren.«

Bei Theklas letzten Worten war Hilde sichtlich blass geworden. »Wir haben es also tatsächlich mit Mord zu tun.«

»Zweifellos«, erwiderte Thekla. »Zeit, die Polizei einzuschalten.« Überrascht stellte sie fest, dass die erwartete Zustimmung ausblieb. Sowohl Hilde als auch Wally starrten sie erschrocken an.

»Was in drei Teufels Namen habt ihr dagegen einzuwenden?«, fragte Thekla.

»Jetzt fängst du auch noch damit an«, beschwerte sich Wally. »Wie kannst du die Himmelmutter nur so kränken?«

Thekla hörte Hilde mit den Zähnen knirschen. Um einer weiteren blasphemischen Äußerung zuvorzukommen, sagte sie eilig: »Spricht irgendetwas dagegen, die Polizei zu informieren, wenn man entdeckt, dass Morde begangen wurden?«

»Sie werden uns auseinandernehmen, verhören, womöglich sogar beschuldigen«, entgegnete Hilde, »bestenfalls für irre halten. Dich, mich, Wally, Rudolf …« Sie schwieg einen Moment lang grüblerisch, dann fügte sie hinzu: »Der ganze Landkreis wird mit Fingern auf uns zeigen.«

»Oh nein, das wäre ja schrecklich«, begann Wally zu jammern.

»Wir dürfen nicht auf uns aufmerksam machen«, fuhr Hilde fort, »solange wir keine wirklichen Beweise haben.«

»Wir haben den Laborbefund«, wandte Thekla ein.

Hilde verzog die Mundwinkel zu einem spöttischen Lächeln. »Thekla Stein besitzt ein Schreiben von einem Privatlabor, in dem steht, dass in dem zur Untersuchung eingeschickten Material Rückstände von Barbiturat gefunden wurden. Abgesehen davon, dass man das Untersuchungsergebnis an sich schon anzweifeln kann – oder hat jedes Wald- und Wiesenlabor Sachverständigenstatus? – gibt es keinen Nachweis, wo die Probe herkommt – am ehesten doch aus der Stein'schen Apotheke.«

Der Nachsatz erwischte Thekla kalt. Was, wenn die Polizei ihrer Aussage tatsächlich mehr Argwohn als Anerkennung entgegenbrachte? Dann konnte es in der Tat ungemütlich für sie werden. Aber würde es das nicht so oder so?«

»Vermutlich haben wir uns sowieso schon strafbar gemacht, indem wir zu lange abgewartet hab–«, begann sie.

Hilde schnitt ihr das Wort ab. »Eben. Auf ein bisschen mehr kommt es nicht an. Und wenn wir Beweise vorlegen können, machen wir uns wenigstens nicht zum Gespött.«

»Also gut«, lenkte Thekla ein. »Dann überlegen wir jetzt, ob überhaupt die Möglichkeit besteht, an weitere Beweise zu kommen.« Sie dachte eine Weile nach, bevor sie fortfuhr: »Die bedeutendste Frage lautet wohl: Wer hat den Birnensaft präpariert?«

»Na, Meiler selbst«, antwortete Hilde. »Wer denn sonst? Meiler ist ein Verbrecher, das hat er mit dem Mord an seiner Frau eindeutig bewiesen.«

Thekla wiegte nachdenklich den Kopf. »Das würde bedeuten, dass Meiler alljährlich ein gewisses Kontingent an mit Barbiturat versetztem Birnensaft hergestellt und verkauft hat. Wer also einen siechen Verwandten loswerden wollte, konnte sich bei ihm mit der idealen Substanz dafür eindecken. Er sitzt beileibe noch nicht lange genug im Knast, als dass nicht noch einiges von dem präparierten Saft in Umlauf sein könnte.«

Hilde nickte eifrig.

»Aber wie kam Meiler an seine Kunden?«, fragte Thekla. »Er wird wohl kaum in der Zeitung inseriert haben.«

Zwischen Hildes Augen entstanden zwei senkrechte Falten, die auf höchste Konzentration schließen ließen.

So hat sie in der Schule auch immer ausgesehen, dachte Thekla, besonders während gewisser Deutschschulaufgaben. Schilderungen und Interpretationen sind nie ihre Stärke gewesen. Inhaltsangaben schon eher.

Plötzlich sah sie es in Hildes Augen entzückt aufblitzen. »Lanz! Der Dichter hat das Zeug verticktt.«

Lanz passt ins Bild, überlegte Thekla von Hildes Schlussfolgerung beeindruckt. Er ist ja sogar als Quelle für den Saft genannt worden. Und ihm wäre so ein makabres Geschäft zuzutrauen. Wer so schlechte Verse produziert, schreckt vor nichts zurück. Aber aus welchem Grund sollte er das getan haben?

»Der Dichter hatte genügend Kontakte, genügend Bekannte,

genügend Gefolgschaft«, sagte Hilde gerade, »um unter der Hand Reklame für Meilers speziellen Birnensaft zu machen.«

Wally hatte dem Wortwechsel mit schreckgeweiteten Augen zugehört, hatte den Teller mit dem zerbröselten Plundergebäck weit von sich geschoben und rutschte jetzt unruhig auf ihrem Stuhl herum.

Hilde sah sie mit hochgezogenen Augenbrauen an.

»Der Sepp«, stieß Wally hervor, »der Sepp hat mir doch erzählt, dass er das Fläschchen Birnensaft, aus dem ich der Mama eingeschenkt habe, von Gerlinde Lanz bekommen hat.«

Lanz, dachte Thekla. Der rechtswidrige Handel mit einer Substanz, die zur aktiven Sterbehilfe geeignet ist, würde den Wohlstand erklären, von dem das Anwesen des Dichters zeugt. Und der riesige Bekanntenkreis, auf den die Menschenmenge bei seiner Beerdigung schließen ließ, gibt Anlass zu der Mutmaßung, dass es ihm an potenzieller Kundschaft nicht gemangelt hat.

Einen Moment lang fühlte sie sich an jenen Nachmittag vor zwei Wochen zurückversetzt, an dem der Dichter beerdigt worden war. Sie selbst hatte zwar in der Stein'schen Apotheke Dienst getan und Martin das Repräsentieren überlassen, aber das Ereignis war in Moosbach tagelang kommentiert worden.

Dem Anschein nach war der ganze Landkreis auf den Beinen gewesen, sogar aus den Nachbarbezirken waren Leute zum Granzbacher Kirchplatz geströmt. Kurz vor Beginn der Trauerfeier war zum allgemeinen Erstaunen noch ein Reisebus auf den Kirchplatz eingebogen und hatte ernst dreinblickende Männer in schwarzen Mänteln ausgespuckt, die sich vor dem Kirchenportal zu einem Spalier aufreihten. Sie standen stramm, bis der Sarg, den man – was bei Gott vollkommen unüblich war – vom Leichenschauhaus zur Kirche gebracht hatte, an ihnen vorübergetragen worden war, dann folgten sie ihm mit undurchdringlichen Gesichtern ins Kirchenschiff.

Wie Hilde schon angekündigt hatte, quoll der Altarraum schier über vor weißen Lilien, selbst im Kirchenschiff waren Hunderte von Kübeln mit den Totenblumen verteilt. Im Auftrag der Witwe hatte Rudolf Westhöll ein Kondolenzbuch vorbereitet und einen professionellen Trauerredner engagiert. Die Sargträger trugen weiße Handschuhe, die sie letztlich ins Grab warfen, nachdem sie den Sarg hinuntergelassen hatten. Bei der Trauerfeier hatte ein Kammermusikorchester gespielt, auf dem Friedhof ein Waldhornquartett.

Ja, dachte Thekla, das Begräbnis muss tatsächlich einen stolzen Preis gehabt haben, wobei ihr einfiel, wie Hilde von Rudolfs Bemühungen, die Leiche des Dichters standesgemäß herzurichten, erzählt hatte. Und in diesem Moment kam ihr etwas Wesentliches zu Bewusstsein.

Hilde stieß ihr den Ellbogen in die Rippen. »Hast du gehört?«

»Nein ... ja ... was hast du gesagt?« Thekla versuchte die Gedanken abzuschütteln, die plötzlich auf sie einstürmten.

»Ich habe gesagt«, erwiderte Hilde mit Betonung, »dass die Witwe des Dichters nach seinem Tod das lukrative Geschäft weiterbetrieben haben muss, weil ja Wallys Mann das Fläschchen Birnensaft offenbar von ihr bekommen hat – bei welcher Gelegenheit auch immer.«

»Das muss sie wohl«, antwortete Thekla versonnen.

Hilde sah sie scharf an. »Stimmt was nicht?«

»Eine ganze Menge«, erwiderte Thekla.

»Nämlich?«

Thekla rieb sich die Stirn. »Wenn der Dichter einer der Hauptakteure bei diesem ruchlosen Geschäft gewesen wäre, wie konnte er dann eines der Opfer werden? Wir sind doch auf die ganze Sache nur deshalb aufmerksam geworden, weil dein Neffe Holzer-Blasen an der Leiche des Dichters entdeckt hat.« Sie hörte Hilde zischend die Luft ausstoßen, fuhr jedoch unerbittlich fort: »Und noch etwas: Weshalb sollten denn diejenigen, die sich vergifteten Birnensaft besorgt haben, um ihre Verwandten zu ermorden, die Bezugsquelle nennen? Damit würden sie ja jedem, der einen Verdacht hegt, die Richtung weisen.«

Sie wartete auf Hildes Einspruch, der jedoch ausblieb.

Also sprach sie weiter: »Angenommen, wir könnten diese Ungereimtheiten aus der Welt schaffen, dann stünden wir immer noch vor ein paar recht kniffligen Fragen: Wie kam Meiler an das Barbiturat, genauer, wer hat ihm die Rezepte dafür ausgestellt und wo hat er sie eingelöst?«

Hilde atmete tief ein, rief nach Elisabeth und bestellte eine Runde Cognac.

»Was den Tod des Dichters betrifft«, sagte sie, nachdem sie ihr Glas in einem Zug geleert hatte, »das könnte ein Mord unter Komplizen gewesen –«

Thekla unterbrach sie. »Als der Dichter starb, saß Meiler wegen des Mordes an seiner Frau schon einige Wochen im Gefängnis.«

Darauf schwieg Hilde paar Augenblicke. Plötzlich rief sie geradezu triumphierend: »Seine Frau, ja natürlich, seine Frau! Gerlinde Lanz hat ihren Alten um die Ecke gebracht, weil sie – autsch.«

Thekla hatte ihr gegen den Knöchel getreten.

Thekla musste allerdings zugeben, dass Hildes Theorie nicht von der Hand zu weisen war. Falls Gerlinde Lanz – wie man nach Wallys Bericht argwöhnen durfte – eine heimliche Beziehung mit Sepp Maibier unterhielt, hätte sie ein Motiv gehabt, ihren Mann zu töten.

Als Theklas Gedanken in dieser Richtung weiterzugaloppieren begannen, trank auch sie ihr Glas in einem Zug leer. Nein, sagte sie sich dann resolut, ich weigere mich, auch nur daran zu denken, der vergiftete Birnensaft, den Sepp Maibier von der Lanz bekommen hat, hätte für Wally bestimmt sein können. Er hat das Fläschchen ja eigens für Wallys Mutter ins Krankenzimmer gebracht, und Wally kann ihn doch nicht missverstanden haben.

»… was die Kunden von Meiler beziehungsweise Lanz betrifft«, sagte Hilde indessen, »reden sie womöglich mit voller Absicht ganz offen über ihre Birnensaftquelle, betonen wieder und wieder, was für einen leckeren Saft sie beziehen, einzig und allein um herauszustellen, wie harmlos alles ist.«

Thekla nickte. »Du könntest recht haben.« Einen Augenblick später schränkte sie jedoch ein: »Vielleicht, vielleicht aber auch nicht.«

»Nachdem wir uns also darauf geeinigt haben, dass meine Argumente überzeugend genug sind«, entgegnete Hilde, »können wir unser Planspiel ja fortsetzen und uns der BB-Frage widmen.« Sie verzog den Mund zu einem schiefen Grinsen. »Der Barbiturat-Beschaffungs-Frage.«

»Und was ist mit Lore?«, ließ sich Wally vernehmen.

Thekla und Hilde wandten sich ihr gleichzeitig zu, Hilde übernahm es, zu antworten. »Du weißt doch, dass sie noch im Koma liegt, das habe ich dir schon auf der Fahrt hierher erzählt.«
»Mit ihrem Unfall, meine ich«, konkretisierte Wally. Hilde seufzte. »Der gibt mir Rätsel auf.«
Thekla sah sie forschend an. »Du zweifelst an der Version, die in der Zeitung steht?«
»Nachhaltig«, erwiderte Hilde und wiederholte, was sie bereits am Telefon erwähnt hatte. »Dieses seltsame Zusammentreffen von Umständen gefällt mir gar nicht. Seit Jahren macht Lore fast täglich eine Radtour, und ich wüsste nicht, dass sie je auch nur ein einziges Mal gestürzt wäre. Aber exakt zu einem Zeitpunkt, als ihr irgendetwas Sorgen zu machen scheint, fährt sie ohne ersichtlichen Grund mit voller Wucht gegen den Sockel des Christophorus. Für mich stinkt das wie gesagt zum Himmel. Zudem frage ich mich schon die ganze Zeit«, fuhr sie nachdenklich fort, »wieso Lore von Moosbach her kam. Sie ist sonst immer in die andere Richtung gefahren, Deggendorf – Seebach – donauabwärts halt.«
»Ihr hättet sehen sollen, wie er geschaut hat, als der Sepp von dem Unfall anfing«, sagte Wally.
»Himmelherrgott Arsch und Zwirn, Wally, wovon redest du denn?«, kam es unwirsch von Hilde.
»Du sollst den lieben Gott nur mit Andacht und Ehrfurcht anrufen«, beanstandete Wally.
Hilde sah sie scharf an. »Sag was Vernünftiges oder halt den Schnabel.«
Wally zog ein gekränktes Gesicht, begann aber dann recht fließend davon zu berichten, dass der Getränkelieferant vergangenen Mittwoch später als sonst zur Tischlerei Maibier gekommen war, weil er wegen eines beschädigten Kotflügels habe umladen müssen. »Ihr hättet sehen sollen, wie entsetzt er geschaut hat, als der Sepp Lores Unfall erwähnt hat«, wiederholte Wally.
»Eingedellter Kotflügel«, murmelte Hilde und schüttelte den Kopf. »So ein Blechschaden hätte auch Spuren am Fahrrad hinterlassen. Was auch immer der Kerl gerammt und dann womöglich liegen gelassen hat, Lore war es nicht.«
»Aber du hast uns doch gerade erklärt, dass du nicht daran

glaubst, Lore könnte einfach von ganz allein verunglückt sein – wie die Polizei sich das so denkt«, beschwerte sich Wally.

»Allerdings«, antwortete Hilde nachdenklich.

Weil sie nicht weitersprach, sagte Thekla: »Und da ist noch etwas, was dich ins Grübeln bringt, richtig?«

Hilde stützte das Kinn auf die Hände. »Ich weiß wirklich nicht, ob es von Bedeutung ist.«

»Genau genommen wissen wir hinten und vorne nicht, was von Bedeutung ist und was nicht«, entgegnete Thekla.

»Du hast ja recht«, stimmte ihr Hilde zu. Dennoch wirkte sie ein wenig zögerlich, als sie zu sprechen begann. »Am Tag nach Lores Unfall war ich in Deggendorf beim Friseur – Salon Schraufstetter. Dort lasse ich, wie ihr wisst, seit jeher die Haare machen –«

»Alois Schraufstetter«, warf Wally ein, »der ist doch Feuerwehrkommandant.«

Hilde nickte bestätigend. »Er hat mir etwas erzählt, was …« Ihre Stimme versandete.

»Nun spuck es schon aus«, verlangte Thekla.

Hilde setzte neu an. »Alois ist an dem Abend nach Lores Unfall die Strecke Moosbach–Scheuerbach entlanggefahren. Als er auf die Kuppe der Anhöhe vor der Christophorus-Brücke kam, hat er rechts am Straßenrand einen auffälligen Fleck schimmern sehen. Alois dachte sofort an ausgelaufenes Öl, und eben weil er Feuerwehrkommandant ist, hat er angehalten, um der Sache nachzugehen. Es handelte sich tatsächlich um einen relativ frischen Ölfleck. Alois hatte genug Bindemittel in seinem Wagen, sodass er die Öllache unverzüglich beseitigen konnte. Er wollte gerade den Kofferraum öffnen, um das Säckchen mit dem Granulat herauszuholen, als ihm der Unfall einfiel, der sich schon überall herumgesprochen hatte. Da hat er kurz entschlossen eine Probe von dem Öl genommen, bevor er es von dem Bindemittel aufsaugen ließ.« Hilde verstummte.

»Ja und weiter?«, fragte Thekla.

»Nichts weiter«, sagte Hilde.

Thekla sah sie konsterniert an. »Was ist denn bei der Untersuchung der Ölprobe herausgekommen?«

»Das weiß der Alois nicht«, antwortete Hilde. »Er hat sie bei der

Polizei abgegeben. Alois hat nicht mal eine Ahnung, ob überhaupt eine Analyse veranlasst worden ist. Seine persönliche Meinung ist übrigens, dass es sich um ein ganz ordinäres Motoröl handelt, wie es für die meisten Autos verwendet wird.«

»Hilde«, erwiderte Thekla daraufhin müde. »Ich glaube, die Sache hat wirklich keine Bedeutung. Der Ölfleck kann noch nicht da gewesen sein, als die Polizisten die Unfallstelle untersucht haben, sonst hätten sie ihn bemerkt.«

»Nicht unbedingt«, erwiderte Hilde. »Die sind ja aus der anderen Richtung gekommen. Und ich glaube nicht, dass sie sich bis auf die Anhöhe hinauf bemüht haben.«

»Trotzdem«, sagte Thekla.

Hilde nickte. »Ich weiß, was du denkst. Jemand, der kurz vor Alois des Weges kam, musste pinkeln, hat seinen Wagen am Straßenrand abgestellt und sich in die Büsche geschlagen. Weil irgendeine Schraube am Motor nicht richtig angezogen war oder eine Dichtung geleckt hat, ist unterdessen Öl auf den Asphalt getröpfelt.«

»Ganz genau so stelle ich mir das vor«, antwortete Thekla darüber erleichtert, dass Hilde trotz aller Theorien und Spekulationen das Nächstliegende nicht aus den Augen verlor.

Ein Spruch kam ihr in den Sinn, den sie einmal von einem Arzt gehört hatte: »Wenn du Hufgetrappel hörst, sollst du nicht an Zebras denken.«

»Es könnte aber auch anders gewesen sein«, sagte Hilde.

»Also doch Zebras«, murmelte Thekla. Ihre Bemerkung fand jedoch keine Beachtung, weil Wally soeben sagte:

»Jetzt weiß ich gar nicht mehr, wie wir von Lanz auf Lore gekommen sind.«

Diese Bemerkung brachte ihr von beiden Seiten nachdenkliche Blicke ein. Wally schaute fragend von Thekla zu Hilde und wieder zurück. Plötzlich flackerte Begreifen in ihren Augen. »Meint ihr, alles hängt zusammen?«

»Warum kommt mir dieser Gedanke so stimmig vor?«, sagte Hilde.

»Weil sich Lore und Rudolf so um die Witwe Lanz bemüht haben«, schlug Thekla vor.

Hilde schüttelte den Kopf. »So sind die. Immer zuvorkommend, immer liebenswürdig. Dienst am Kunden.«

»Was, wenn alles zusammenhängt?«, sagte Wally.

»Dann«, entgegnete Thekla, »leben auch wir drei gefährlich.«

Wally stieß einen spitzen Schrei aus.

Als Elisabeth alarmiert herübersah, hob Hilde drei Finger, winkte jedoch im nächsten Moment ab. »Wir zwei müssen ja noch fahren, Thekla.«

Elisabeth war inzwischen an den Tisch getreten. Hilde bestellte einen weiteren Cognac für Wally, für sich und Thekla jedoch Mineralwasser.

Eine Minute später bekamen sie die Getränke serviert.

Thekla griff nach ihrem Glas, schwenkte es versonnen, bis die Flüssigkeit darin einen kleinen Strudel bildete, und trank dann einen Schluck.

»Also noch mal von vorn«, sagte sie daraufhin. »Die Birnensaftspur führt zum Ehepaar Lanz. Einmal zu ihr, einmal zu ihm, und über die beiden zu Meiler. Ein Mörder-Trio, dem Lore irgendwie in die Quere gekommen ist?«

»Das würde ihre Unrast erklären«, sagte Hilde.

»Allerdings stellten Lanz und Meiler keine Gefahr mehr dar«, gab Thekla zu bedenken. »Der eine sitzt, der andere ist tot.«

»Bleibt die Witwe«, konstatierte Hilde.

»Was wissen wir eigentlich über sie?«, fragte Thekla.

Hilde zuckte die Schultern. »Sie gilt als überspannt, als verwöhnt, als anspruchsvoll und soll einen geradezu krankhaften Geltungsdrang haben.«

»Trotzdem war sie mit diesem Ausschuss von Dichter verheiratet«, stellte Thekla fest und versagte sich anzumerken, dass hierin das Motiv für dessen Tod liegen könnte, weil sie nicht noch mehr Verwirrung stiften wollte.

»Darf ich den Damen noch etwas bringen?«, fragte Elisabeth, denn Wallys Cognacschwenker war bereits leer.

Hilde sah sie einen Moment lang unverwandt an, dann sagte sie: »Sagen Sie, kennen Sie eigentlich die Witwe Lanz?«

Falls Elisabeth über die Frage erstaunt war, ließ sie sich nichts anmerken. »Nur von kurzen Begegnungen. Aber mein Mann hat etliche Jahre im Bauunternehmen ihres Vaters gearbeitet. Damals ist viel getratscht worden über Gerlinde Lanz.«

»Nämlich?«, fragte Hilde.

Elisabeth sah sich um, kam dabei offenbar zu dem Ergebnis, dass an den Tischen, die sie zu bedienen hatte, niemand nach ihr verlangte, und beugte sich näher zu den Damen. »Gerlinde wurde nachgesagt, sie sei ein verzogenes, flatterhaftes Ding. Angeblich war sie zuerst mit einem der Statiker ihres Vaters liiert, dann mit einem Polier und wenig später mit einem Buchhalter. Irgendwann wurde sie auf Hermann Lanz aufmerksam, der damals gerade anfing, einen Kreis von Bewunderern um sich zu scharen. Karl meint, dass sie ihn einfach deshalb hatte haben wollte, weil es schier einmalig ist, mit einem Dichter verheiratet zu sein. Zudem machte ihr Lanz gehörig den Hof. Eine bessere Partie hätte er sich ja gar nicht erträumen können. Niemals wieder würde er sich Sorgen um seinen Lebensunterhalt machen müssen. Das Vermögen, das seine Frau mit in die Ehe brachte, warf genug ab, um sie beide gut zu versorgen.«

»Kann es sein, dass dieses Vermögen inzwischen aufgebraucht ist?«, fragte Hilde.

Elisabeth hob die Schultern. »Möglich. Sie haben auf ziemlich großem Fuß gelebt.« Noch während sie das sagte, richtete sie sich auf und wandte sich dem Nebentisch zu, wo ein Gast Handzeichen machte.

»Meint ihr, dass Gerlinde Lanz eine berechnende, abgefeimte Mörderin sein könnte?«, wollte Thekla gerade sagen, als sie von Hilde ein leises Glucksen vernahm.

»Neulich habe ich eine nette Kriminalgeschichte gelesen. Immer wenn der ermittelnde Kommissar in einer Sackgasse steckte, hat er sich selbst den Rat ›Folge dem Geld‹ gegeben. Und damit ist er stets ans Ziel gekommen.«

»Folge dem Geld«, wiederholte Thekla zweifelnd. »Wer außer möglichen Erben hat denn einen finanziellen Vorteil davon, dass Hermann Lanz, Frau Kaltenbach, Babett Zankl und Wallys Mutter unter die Erde kamen?«

»Das Bestattungsinstitut«, sagte Wally laut, dann sank sie wieder ins sich zusammen.

Thekla und Hilde starrten sie an.

Nach kurzem Schweigen entgegnete Hilde:»Es sind verschiedene Bestatter beauftragt worden.«

»Aber eigentlich hätte es immer dein Neffe sein müssen«, wandte Thekla ein.»Bei Lanz und bei Babett ist er zum Zug gekommen. Weil Kaltenbach Bürgermeister von Granzbach ist, hätte man meinen können, er würde für die Beerdigung seiner Mutter auf alle Fälle den ansässigen Bestatter nehmen. Für die Maibiers hätte es ebenfalls naheliegend sein müssen, Westhöll zu beauftragen, nachdem du doch seit Jahrzehnten mit Wally befreundet bist.«

»Du spinnst ja!«, rief Hilde.

Als sich im Café einige Köpfe hoben, riss sie sich zusammen und fuhr verhalten fort:»Willst du damit sagen, Rudolf steckt als Drahtzieher hinter den Birnensaftmorden und wollte Lore mundtot machen, weil sie ihm draufgekommen ist?« Sie wurde wieder lauter.»Das ist doch Blödsinn, Humbug, Bockmist.«

Plötzlich schien ihr etwas einzufallen. Sie sah Thekla hämisch an.»Darf ich dich vielleicht daran erinnern, dass es Rudolf war, der mir von den Holzer-Blasen erzählt hat?«

»Er hat dir von seltsamen Flecken erzählt, denen Stenglich keine Beachtung schenkte. Vielleicht wollte er sich damit nur absichern, falls sie noch jemandem aufgefallen wären.«

Hilde war blass geworden.

Thekla gönnte ihr keine Pause.»Es könnte freilich auch sein, dass dein Neffe nicht nur auf den Profit scharf ist. Vielleicht ist er ja ein militanter Anhänger aktiver Sterbehilfe. Wie gut kennst du ihn eigentlich?«

Hilde kippte den Rest aus ihrem Wasserglas hinunter und sagte dann bestürzt:»Rudolf schwärmt für die Legenden und Sagen der Edda.«

»Wer ist denn die Edda?«, fragte Wally sichtlich verwirrt.

»Eine Art Schöpfungsgeschichte«, antwortete Thekla.»Sie war für die alten Wikinger vermutlich das, was für uns heute die Bibel ist.«

Darauf wirkte Wally nur noch verwirrter.

»Die nordischen Göttersagen«, erklärte ihr Hilde,»kannst du getrost mit unseren Heiligenlegenden vergleichen. Aber leider haben die Geschichten von Wotan, Thor, Odin und ihren Mit-streitern einen ganz schlechten Beigeschmack bekommen, weil sie von der Propaganda des Dritten Reichs quasi als Pfeiler in ihrer Ideologie benutzt wurden.«

»Einer Ideologie«, übernahm Thekla das Wort, »die alles Sieche, Alte und Kranke auszurotten verlangt.«

Danach war es lange still.

Elisabeth trat an den Tisch und begann abzurechnen.

»Halb fünf«, konstatierte Wally.

Nachdem sich Elisabeth für das – wie immer großzügige – Trinkgeld bedankt und sich anderen Gästen zugewandt hatte, sagte Thekla: »Wenn wir Klarheit haben wollen, müssen wir jeder Spur nachgehen. Du solltest ein Auge auf Rudolf haben, Hilde.«

Hilde schaute sie eine Weile trübselig an, doch dann reckte sie kämpferisch das Kinn. »Ich werde ihn auf Herz und Nieren prüfen.«

Thekla nickte beifällig. »Wally könnte sich indessen der BB-Frage widmen.«

»Wally?«, rief Hilde geradezu erschrocken. »Wie stellst du dir das denn vor?«

Thekla wandte sich an Wally. »Hast du nicht früher bei einer Laienspielgruppe mitgemacht?«

Wally lächelte stolz. »Mein bester Auftritt war der als herzogliche Magd bei den Agnes-Bernauer-Festspielen.«

»Wie wär's mit einem Comeback?«, fragte Thekla.

Wally schüttelte den Kopf. »Die herzogliche Magd muss von einem jungen Mädchen gespielt werden.«

»Ich meinte ein Comeback in einer ganz anderen Rolle, in der du uns Antworten aus Straubinger Apotheken verschaffen könntest«, präzisierte Thekla. Auf verständnislose Blicke sowohl von Wally als auch von Hilde hin fuhr sie fort: »Sollten wir nicht versuchen, herauszubekommen, ob in den Apotheken der Stadt regelmäßig Rezepte vorgelegt werden, auf denen ein Barbiturat verordnet ist?«

Hilde stimmte ihr zwar zu, wandte jedoch ein: »Das wäre doch wohl deine Aufgabe, Thekla. So von Kollege zu Kollege lässt sich bestimmt ganz leicht herausbekommen, was wir wissen wollen.«

»Aber alle würden sich fragen, weshalb ich mich dafür interessiere«, entgegnete Thekla. »Wäre es nicht besser, Wally würde die Frage in eine rührselige Geschichte einbauen?«

Hilde schnaubte. »Ich dachte, ihr Pillendreher seid auch an eine berufliche Schweigepflicht gebunden, oder etwa nicht?«

»Doch, das sind wir«, erwiderte Thekla. »Aber wenn Wally es geschickt anstellt, wird man versuchen, ihr zu helfen. Ich habe da so eine Idee.« Sie umriss kurz, wie sie sich Wallys Auftritt vorstellte.

Nachdem Wally etliche Male ernsthaft genickt hatte, wobei sie den Eindruck machte, sie hätte begriffen, was von ihr erwartet wurde, wollte sich Thekla erheben, doch Hilde hielt sie zurück.

»Und welche Aufgabe hast du dir selbst zugedacht?«

»Mich«, sagte Thekla darauf, »zieht es magisch zur Birnensaftquelle.« Weil Hilde sie erneut verständnislos ansah, fügte sie hinzu: »Ich will mir das Meiler'sche Grundstück anschauen, den Ort, wo die Birnbäume stehen, die den tödlichen Saft liefern.«

Hilde tippte sich an die Stirn. »Und du glaubst, die Bäume werden dir verraten, wer ihre Früchte missbraucht?«

»Vielleicht«, antwortete Thekla, stand auf, winkte Elisabeth zum Abschied und wandte sich zur Tür. Draußen blieb sie am Straßenrand stehen, um Hilde und Wally an sich vorbeizulassen.

»Bekommt Martin heute Abend etwa schon wieder Salami magnifico von Feinkost Dreier vorgesetzt?«, erkundigte sich Hilde, weil Thekla keine Anstalten machte, ihr und Wally in Richtung Parkplatz am Hagen zu folgen.

»Gut möglich«, antwortete Thekla. »Aber bevor ich mich ums Abendbrot kümmern kann, habe ich noch ein paar Besorgungen zu machen.«

Sie wünschte Hilde und Wally einen angenehmen Nachhauseweg und bog dann eilig in die Steinergasse ein.

Thekla war an der Fensterfront des Krönner schon fast vorüber, als ein Reflex ihre Füße stocken ließ. Sie überlegte, was ihn ausgelöst haben mochte, woraufhin sie sich veranlasst sah, ganz langsam umzukehren und dabei ins Café zu spähen.

Hinter der vorletzten Scheibe sah sie ihn sitzen. Ihre Intuition hatte sie also nicht genarrt.

Er war aufgeflogen, und Thekla würde ihn augenblicklich zur Rede stellen.

Sie straffte sich, marschierte wieder ins Café, hielt stracks auf einen kleinen Tisch in der Ecke zu und ließ sich gegenüber einem Gast nieder, der soeben sein Wasserglas abstellte.

»Was machen Sie hier?«

Um Heinrich Helds Mundwinkel zuckte es vor verhaltenem Lachen. »Kuchen essen, Kaffee trinken?«

Latte Macchiato und Agnes-Bernauer-Torte, registrierte Thekla. Und auf einmal wusste sie nicht mehr, wie sie die Vorhaltungen, die sie ihm hatte machen wollen, in Worte fassen sollte. Er hatte jedes Recht der Welt, hier zu sitzen und Kaffee zu trinken. Auch wenn Heinrich Held sich einen Platz ausgesucht hatte, an dem er von ihrem Tisch aus nicht zu sehen gewesen war, der ihm aber dennoch erlaubte – bei gespitzten Ohren – ihrem Gespräch zu folgen, war es wohl kaum berechtigt, ihm Stalking zu unterstellen.

»Frau Stein, darf ich Ihnen noch etwas bringen?«

Thekla schaute Elisabeth einen Moment lang verwirrt an, bevor sie antwortete: »Nein, nein, ich bin ja praktisch schon wieder weg.«

Elisabeth lächelte freundlich und wandte sich dann dem Nebentisch zu, an dem soeben neue Gäste Platz nahmen.

»Wollen Sie mir nicht die Freude machen und noch ein kleines bisschen bleiben?«, fragte Heinrich Held treuherzig.

Thekla warf ihm einen anklagenden Blick zu. Wie konnte der Kerl nur? Schließlich hatte *er ihr* nachspioniert – oder etwa nicht? Und jetzt sah es plötzlich so aus, als hätte *sie* es auf *ihn* abgesehen. Die Szene musste wirken, als wollte sie ihn behelligen. Gut, das konnte er haben.

Ihre Antwort kam forsch. »Doch. Es würde mich nämlich interessieren, ob der Horchposten hier hält, was er verspricht. Haben Sie genug von unserem Gespräch mitbekommen?«

Heinrich Helds Miene war ernst, als er antwortete. »Ich habe tatsächlich einiges mitbekommen, und das macht mir große Sorgen.« Er nahm ihre Hand in seine. »Bitte, Thekla, sagen Sie mir, was da im Gange ist. Vielleicht kann ich Ihnen helfen, Ihnen wenigstens einen Rat geben. Mir liegt außerordentlich daran, Sie vor Schaden zu bewahren.«

Obwohl Thekla ihre Finger am liebsten mit den seinen verschränkt hätte, zwang sie sich, die Hand wegzuziehen. Sie schaute ihn bewusst abschätzig an, als sie sagte:»Wie käme ich denn dazu, Ihnen zu trauen?«

Schon in der nächsten Sekunde tat ihr die harsche Antwort leid, denn Heinrich Helds sonst so lebhafte graublaue Augen trübten sich zu einem stumpfen Grau, die Falten auf der Stirn schienen sich zu vertiefen, und seine Stimme klang eine Spur abweisend, als er antwortete:»Falls Sie sich von mir belästigt fühlen, möchte ich mich für mein Benehmen entschuldigen.« Während er sprach, erhob er sich halb vom Stuhl und machte eine kleine Verbeugung.

Thekla schluckte, nickte, starrte auf die Tischplatte. Nur zu gern hätte sie ihre Hand wieder in seine gelegt und ihm alles anvertraut, was sie beschäftigte. Aber wie hätte sie sich einem Wildfremden gegenüber so verhalten können? Außer dass er ihr verdächtig oft über den Weg lief und dass er vergangene Woche der Witwe Lanz gefolgt war, wusste sie nicht das Geringste über ihn. Na ja, vielleicht noch, dass er am Weidenweg wohnte und dem Gerede der Leute nach anscheinend bei einer Art Sicherheitsdienst gearbeitet hatte.

Sie räusperte sich und sagte mit einer Stimme, die dennoch wie ein Krächzen klang:»Schon gut. Ich fühle mich ja nicht belästigt.« Damit schob sie ihren Stuhl zurück und stand auf.

Ohne den jungen Mann zu bemerken, der ihr von einem Tisch hinter den Arkaden munter zuwinkte, hetzte sie aus dem Café, bog wieder in die Steinergasse ein, rannte sie hinunter und fegte dann den Stadtgraben entlang, bis sie am Viktualienmarkt hyperventilierend stehen blieb.

Freitag, der 1. Juli

Nachmittags am Ufer des Moosbach

»Heute Nachmittag?« Martin schob seine Brille auf die Stirn und sah sie entsetzt an. »An einem Freitagnachmittag während der Urlaubszeit mit all den Touristen in der Gegend, die über Schnupfen, Darmkatarrh und schmerzende Glieder klagen?«

»Wäre es dir morgen lieber?«, fragte Thekla gleichmütig.

Martin sah aus, als hätte sie von ihm verlangt, einem zeitgenössischen Sturm auf die Bastille standzuhalten.

Seufzend ging Thekla zum Telefon. »Ich frage Frau Bauer vom Wienweg, die neulich ihren Job in der Straubinger Sonnenapotheke aufgegeben hat, ob sie bei dir für ein paar Stunden aushilft.«

Seit Tagen schon zog es Thekla zu Meilers Grundstück, auf dem jene todbringenden Birnen wuchsen. Heute wollte sie dem Drang endlich nachgeben.

Sie ging davon aus, dass das Anwesen zurzeit unbewohnt war, denn wer sollte wohl so bald nach Frau Meilers Ermordung, für die Herr Meiler im Gefängnis saß, dort eingezogen sein?

Elisabeth hätte es auch sicherlich erwähnt, wenn das Haus in andere Hände übergegangen wäre, dachte Thekla, als sie in ihren Wagen stieg, um sich nach Granzbach aufzumachen.

Wie immer war die Strecke wenig befahren – so gut wie gar nicht, genau genommen.

Auf der Anhöhe vor der Brücke bei Scheuerbach stellte Thekla den Motor ab und starrte ein Weilchen zur Christophorus-Statue hinunter, die ungerührt dastand.

Eine Welle von Groll und Ärger wogte in ihr auf. Der Brückenheilige, dachte sie bitter. Wozu wachte der eigentlich hier? Was dachte er sich dabei, eine junge Frau an seinem Sockel verunglücken zu lassen?

Bevor Thekla die Zündung wieder einschaltete, murmelte sie noch »Drückeberger, Schlappschwanz« und »Flasche«, dann rammte sie den Gang ins Getriebe und ließ den Wagen abwärts rollen. Direkt bei der Statue blieb sie noch mal stehen und zischte

Sankt Christophorus wütend zu: »Und weißt du, was allem die Krone aufsetzt? Dass du für dich behältst, wie sich der Unfall zugetragen hat.« Dann warf sie dem Brückenheiligen einen letzten missbilligenden Blick zu und fuhr weiter.

In Granzbach bog Thekla auf Höhe der Bäckerei von der Durchgangsstraße ab und lenkte den Wagen in Richtung Dorfplatz. Langsam fuhr sie an einem Blumenladen, einem Schreibwarengeschäft und an der Metzgerei Fischer entlang. Wenige Meter dahinter entdeckte sie das gesuchte Schild. »Elektro-Meiler« stand zwischen zwei gezackten Linien, die wohl Blitze darstellen sollten. Der Pfeil darunter deutete nach links.

Thekla setzte den Blinker. Die Seitenstraße war so eng, dass sie als einspurig gelten konnte. Ein Verkehrsaufkommen von mehr als drei Autos würde hier einen ausgewachsenen Stau verursachen.

»Ungünstige Lage für ein Geschäft«, murmelte Thekla, nachdem sie eingebogen war. Kurz darauf entdeckte sie das Hinweisschild erneut. Diesmal prangte es an einer Hausmauer.

Während Thekla ihren Wagen im Schritttempo daran vorbeirollen ließ, registrierte sie ein unscheinbares, geradezu kärgliches Schaufenster, eine schmucklose Ladentür, einen abweisend wirkenden Privateingang, eine holprige Garagenzufahrt und drei schlecht geteerte Kundenparkplätze.

Weit und breit kein Birnbaum, dachte sie enttäuscht.

Sie fuhr noch ein Stück weiter die Straße hinunter, wobei sie forschende Blicke nach links und rechts warf.

Die Häuserfronten, die sich das Sträßchen entlangreihten, sahen sich auffällig ähnlich, wenn auch einige gepflegter wirkten als andere. Bei etlichen waren die Zufahrten und Vorplätze sogar mit Granitsteinen gepflastert, und es gab verschnörkelte Tore aus Schmiedeeisen.

Es muss doch auch Gärten geben, dachte Thekla. Zu jedem Haus dürfte ein Garten gehören, der logischerweise nur dahinter liegen kann. Wie aber kommt man hinein? Garage klebt an Garage, Hausmauer an Hausmauer.

Sie hatte inzwischen das letzte Haus an der sich stetig verengenden Straße erreicht. Hier endete der Asphaltbelag. Nur eine sandige Trasse führte weiter, die einen Bach querte und sich dann in einer Wiesen- und Ackerlandschaft verlief.

Thekla steuerte den Wagen über das Brücklein und holperte noch drei oder vier Meter über die Feldschneise, bevor sie sich entschied, an deren Rand zu parken. Sie stieg aus, schaute sich um, benötigte jedoch eine ganze Weile, bis sie sich orientiert hatte. Eigentlich konnte das Flüsschen, das sie eben überquert hatte, nur der Moosbach sein.

Bestimmt ist er das, sagte sie sich nach nochmaligem Überlegen. Durch Granzbach fließt er ja nicht wie mit dem Lineal gezogen, sondern beschreibt diese Schleife, an deren Scheitelpunkt das Haus des Dichters liegt. Es wird gar nicht weit von hier entfernt sein.

Stirnrunzelnd warf sie einen Blick auf die beiden Häuserzeilen zurück, durch die sie gekommen war. Der Bach floss rückwärtig an der rechten Häuserzeile entlang, wo die Gärten liegen mussten. Er verschaffte den Besitzungen – zu denen auch das Meiler-Anwesen gehörte – eine natürliche Grenze, der leicht zu folgen war.

Und mit dieser Erkenntnis formte sich Theklas Plan: Sie würde so lange an dem den Grundstücken zugewandten Ufer des Moosbaches entlanggehen, bis sie zum Meiler-Garten gelangt war. Der würde ja wohl kaum zu verfehlen sein, da er ganz am Anfang der kleinen Straße lag.

Forsch schritt sie über das Brücklein zurück, fand dort, wo das Geländer endete, zugleich aber ein Bretterverhau begann, der einmal eine Scheune gewesen sein musste, einen schmalen Durchschlupf und kletterte die Böschung hinunter.

Statt an einem sandigen oder wenigstens kiesigen Bachufer landete sie in einem Dickicht.

Verärgert hangelte sich Thekla an Erlenzweigen entlang, schlitterte über bemooste Steine, verheddert sich in Brombeerranken. Aus den Kratzern auf ihren Handrücken und Unterarmen tröpfelte bald Blut. Wenn sie es nicht überall auf ihrer Kleidung verschmieren wollte, musste sie es schleunigst abtupfen.

Ächzend ließ sie sich auf einem harten Graspolster nieder.

Gib auf, dachte sie, was hast du in Meilers Garten verloren? Falls er eingezäunt ist, kommst du sowieso nicht hinein.

Wider alle Vernunft erhob sie sich nach wenigen Minuten und kämpfte sich weiter, was sich letztendlich als erfolgreich erwies, denn plötzlich wurde das Vorwärtskommen einfacher, und wenig später endete der dschungelartige Bewuchs.

Vom linken Bachufer aus erstreckte sich ein gepflügter Acker weit nach Westen; am rechten – an dem sich Thekla befand – führte eine alte Treppe aus Feldsteinen zu einem Pfad hinauf, der an einer Thujenhecke entlangging. Dahinter mussten die Gärten liegen. Thekla zählte sieben Hausdächer, die über die Hecke ragten. Das achte, überlegte sie, müsste das von Meilers Geschäft sein. Sie hatte also noch ein gutes Stück vor sich.

Eilig setzte sie sich in Bewegung, überlegte es sich jedoch im nächsten Moment anders, blieb stehen und versuchte, durch die Thujen zu spähen: Zweige, Blätter, Ranken, roh behauene Bretter – die Rückwand eines Schuppens vermutlich –, Maschendrahtzaun.

Keine Chance auf ein Durchkommen, dachte sie. Aber das muss ja nicht so bleiben.

Nach ein paar Schritten entdeckte sie das Gatter. Sie wollte es schon öffnen, als ihr einfiel, dass es wohl keinen Sinn hatte, einfach in einen der Gärten einzudringen. Erneut hob sie den Blick zu den Hausdächern und musste feststellen, dass zwischen diesem Gartenzugang und dem Meiler-Anwesen noch mindestens fünf andere Grundstücke lagen.

Als Thekla weiterlief, kam sie wieder zu einem Türchen und dann zu noch einem. Natürlich, alle Anwesen besaßen einen Zugang zum Wasser.

Die Besitzer sind doch nicht so dumm, sich selbst von kostenlosem Gieß- und Autowaschwasser abzuschneiden, frohlockte sie innerlich und hoffte, dass auch Meiler nicht so dumm gewesen war.

Das Gatter zum Meiler-Grundstück öffnete sich im selben Augenblick, in dem Thekla darauf zutrat. Eine mit Erdreich beladene Schubkarre erschien und dahinter ein Mann, den sie nicht kannte. Die Frau, die ihm über die Schulter spähte, kannte sie allerdings sehr wohl.

»Elisabeth! Was –« Thekla stockte, weil ihr einfiel, dass Elisabeth und ihr Mann ja die Nachbarn der Meilers waren, dann entspannte sie sich. »Hallo, Elisabeth.«

»Frau Stein, wie kommen Sie denn hierher?«, fragte Elisabeth perplex. Ihr Blick flog über das Feld, das am jenseitigen Ufer des Moosbachs begann und sich bis zur Autobahntrasse der A 3 nach Passau erstreckte.

Thekla deutete den schmalen Pfad an der Thujenhecke hinunter. »Ich habe einen Spaziergang am Moosbach entlang gemacht. Bin ich etwa in Ihren Garten geraten?«

Elisabeth verneinte. »Unser Grundstück liegt nebenan.« Sie lachte, als Thekla einen irritierten Blick auf die Schubkarre und den Mann in Latzhose warf, der stehen geblieben war und zuhörte. »Karl und ich kümmern uns hier um alles.«

Als wäre das ein Startsignal gewesen, packte Karl die Schubkarre und rollte sie durchs Gatter auf eine kleine Mulde am Moosbachufer zu, in die er das Erdreich offenbar kippen wollte.

»Seit ich hier entlanglaufe, habe ich keinen einzigen Verbindungsweg zur Straße entdeckt«, sagte Thekla.

Elisabeth lehnte sich ans Gatter. »Den gibt es auch nicht. An der Straßenseite ist alles zugebaut.«

»Und wie kommen die Anwohner in ihre Gärten?«, fragte Thekla.

»Wir benutzen unsere Garagen als Durchgang«, erwiderte Elisabeth. »Die haben vorne und hinten ein Tor.« Sie wandte sich dem Garten zu und zeigte auf eine Baumgruppe, hinter der man die Einfahrt in eine Garage erkennen konnte.

Thekla musterte die Laubkronen. »Birnbäume?«

Elisabeth nickte. »Haben wir nicht neulich von ihnen gesprochen, besser gesagt von ihren Früchten?«

Fein, dachte Thekla, da bewegen wir uns ja schnurstracks aufs richtige Thema zu.

»Dann ist das ja der Meiler-Garten«, sagte sie, als käme sie erst jetzt auf diesen Gedanken. »Und Sie und Ihr Mann haben die Pflege übernommen.«

Elisabeth nickte und schien einen Moment unsicher, ob sie es dabei belassen sollte. Doch dann entschied sie sich, die Sache näher zu erläutern: »Meilers Halbbruder hat uns einen Brief geschrieben, in dem er fragte, ob Karl Lust auf einen kleinen Nebenjob hätte.« Ein wenig beschämt fuhr sie fort: »Wir haben sofort zugegriffen. Die Firma, zu der Karl gewechselt war, hat vor ein paar Wochen Konkurs angemeldet. Da kann man nicht wählerisch sein, wenn einem bezahlte Arbeit angeboten wird.«

»Und dieser Halbbruder übernimmt es, Ihren Mann zu entlohnen?«, fragte Thekla überrascht.

»Wohl kaum«, antwortete Elisabeth. »Ich nehme an, dass er in Meilers Namen handelt, der es sich leisten kann, einen Gärtner anzustellen. Er besitzt zwei Eigentumswohnungen in Straubing, die ihm ein nettes Sümmchen an Mieteinnahmen verschaffen. Und wenn der Birnensaft erst einmal abgefüllt ist, bringt er ja auch was ein.«

»Wird denn Ihr Mann nach der Ernte auch den Saft herstellen?«, fragte Thekla.

Elisabeth nickte. »Karl hat den Meilers früher schon manchmal geholfen, wenn die Birnen zu faulen drohten, Meiler aber nicht den ganzen Tag im Mostkeller zubringen konnte.«

»Mostkeller«, wiederholte Thekla, »das hört sich ja geradezu professionell an.«

»Ist es auch«, antwortete Elisabeth. »Die Gerätschaften zum Birnenentsaften hat Meiler immer eins a in Schuss gehalten.«

Diesen professionellen Keller würde ich mir liebend gern ansehen, dachte Thekla.

Während sie noch überlegte, wie das zu bewerkstelligen wäre, sagte Elisabeth: »Wenn Sie möchten, können Sie ein Blick hineinwerfen, Frau Stein. Ich wollte sowieso gerade ins Haus gehen, um die Fenster wieder zu schließen. Die Wohnung muss ja regelmäßig durchgelüftet werden, und dem Keller tut es auch gut.«

»Warum nicht«, antwortete Thekla so gleichgültig es ihr möglich war.

Als sie Elisabeth durch die Verandatür ins Haus folgte, fragte sie: »Wieso vermietet Meiler das Anwesen nicht? Es wird doch Jahre, wenn nicht Jahrzehnte dauern, bis er aus dem Gefängnis entlassen wird.«

Elisabeth zuckte die Schultern. »Vielleicht versucht er ja, einen

Mieter zu finden, vielleicht denkt er daran, den Besitz seinem Halbbruder zu überschreiben – wer weiß?«

Elisabeth lief eine steile Treppe hinunter und öffnete die Tür zu einem großen gekachelten Raum. Ebenso wie die Fliesen, die den Boden und die Wände bedeckten, glänzten auch die Gerätschaften, die sich darin befanden, vor Sauberkeit. Thekla ließ den Blick über zwei Apparate schweifen, in denen die Birnen offenbar unter Dampf erhitzt wurden, bis der Saft durch einen Schlauch abgezapft werden konnte.

An der Schmalseite des Raumes war ein Spülbecken eingebaut, von dem eine stählerne Arbeitsplatte bis zu einer Ecke führte, in der leere Flaschenträger aufgestapelt waren.

Thekla spürte ein Gefühl der Enttäuschung in sich aufsteigen und fragte sich, was sie eigentlich erwartet hatte. Eine Giftküche? Ein illegales Chemielabor?

»Nicht gerade aufregend, oder?«, sagte Elisabeth lächelnd, schloss die Oberlichte und verließ den Raum.

Thekla folgte ihr. »Es gibt ja nirgends volle Saftflaschen.«

»Die sind längst weg«, sagte Elisabeth.

»Weg?«, echote Thekla.

»Aufgekauft und abgeholt«, erklärte Elisabeth.

»Aufgekauft von wem?«, hakte Thekla nach.

Erneut zuckte Elisabeth die Schultern. »Wir haben uns nie dafür interessiert, ob sich jemand bei den Meilers ein neues Bügeleisen oder ein Fläschchen Saft gekauft hat. Aber heuer werden wir die Kundschaft ja kennenlernen.« Sie blieb auf der letzten Treppenstufe stehen. »Oben in der Wohnung steht auch noch alles offen. Kommen Sie ruhig mit hinauf. Sie können dann durch die Haustür auf die Straße hinausgehen, wenn Sie nicht noch weiter am Bachufer entlanglaufen wollen.«

Die Wohnung wirkte weniger sauber, weniger gepflegt, weniger zeitgemäß als der Kellerraum, obwohl penibel aufgeräumt war.

Vermutlich Elisabeths Werk, dachte Thekla und betrat das Wohnzimmer.

Während Elisabeth die Fenster zumachte, sah sie sich um. Die Möbel waren abgenutzt, die Polstergarnitur durchgesessen, dennoch vermittelte der Raum einen relativ gemütlichen Eindruck. Auf einem Sideboard standen mehrere gerahmte Fotos. Zwei zeigten offenbar die Meilers – bei ihrer Hochzeit und bei einem Picknick –, zwei schienen viel älteren Datums und zeigten ebenfalls Hochzeitspaare. Thekla nahm an, dass es sich dabei um die Eltern des Ehepaars handelte. Auf einem Foto in einem verschnörkelten Silberrahmen waren zwei Jungen abgebildet. Sie lachten sich an und streckten die Arme hoch, als hätten sie eben ein Derby gewonnen. Thekla nahm das Foto in die Hand. Das mussten Meiler und der Halbbruder sein, von dem Elisabeth gesprochen hatte. Meiler – auf dem Foto schätzungsweise fünfzehn Jahre alt – war nicht zu verkennen. Während des Prozesses waren oft genug Archivbilder von ihm in der Zeitung gewesen, aus der Schule, von Sportveranstaltungen, von Feierlichkeiten in der Gemeinde. Aber auch der Halbbruder kam Thekla bekannt vor, obwohl sie dessen Gesicht nicht unterzubringen vermochte.

»Alles zu«, sagte Elisabeth.

Thekla stellte das Foto zurück, folgte Elisabeth zur Haustür, verabschiedete sich und trat auf den Vorplatz hinaus. Rechts von ihr befand sich die Garage, durch deren nun geöffnetes Tor man einen Blick in den Garten werfen konnte. Links lagen die mit dem Schild »Nur für Kunden« gekennzeichneten Parkplätze. Auf einem glänzte ein fast kreisförmiger dunkler Fleck.

Nachdenklich ging Thekla hin und sah eine Zeit lang darauf hinab, als wolle sie die Farbspiegelungen studieren, die das Sonnenlicht auf der Oberfläche erzeugte. Dann bückte sie sich und rieb mit der Kuppe ihres rechten Zeigefingers darin herum. Was da auf dem Teer ausgelaufen war, fühlte sich schmierig an, und als Thekla daran roch, war sie sicher, dass es sich um Motoröl handelte.

Was nichts zu bedeuten hat, rein gar nichts, sagte sie sich und hielt ihren Finger ausgestreckt vor der Brust, weil sie nicht wusste, wo sie ihn abwischen sollte. Ihr Taschentuch, das bereits zum Aufsaugen des Blutes hatte herhalten müssen, befand sich in der rechten Hosentasche, und Thekla fragte sich, wie sie es mit der linken Hand herausbekommen sollte.

Unbehaglich stand sie also mit ausgestrecktem Finger da, als eine Stimme sie zusammenzucken ließ.

»Man braucht Wasser und Seife, aber vorerst muss ein Papiertaschentuch genügen.«

Thekla fuhr herum.

Heinrich Held umfasste ihre Hand und wischte den Finger ab.

»Heinrich, was …?« Thekla biss sich auf die Lippe. Das hatte sie nun davon, dass sie ihn in Gedanken beim Vornamen nannte, er war ihr einfach herausgerutscht.

Heinrich hatte eine Augenbraue hochgezogen und wirkte belustigt.

»Kann ich Sie zu Ihrem Wagen bringen?«, fragte er und deutete auf sein Auto, das die Straße blockierte.

»Warum verfolgen Sie mich?«, sagte Thekla.

Er machte ein unschuldiges Gesicht. »Das tue ich gar nicht, ich bin ganz zufällig hier vorbeigekommen.«

Thekla glaubte ihm kein Wort. »Und ganz zufällig wissen Sie auch, wo mein Wagen steht. Danke, Herr Held, ich gehe zu Fuß. Es ist ja nicht besonders weit.«

»Heinrich«, bat er. »Ich habe meinen Nachnamen noch nie sonderlich gemocht. Er gibt mir das Gefühl, gewissen Erwartungen nicht gerecht zu werden.«

Ohne etwas zu erwidern, setzte Thekla sich in Bewegung.

Nach einigen Schritten sah sie sich möglichst unauffällig um. Heinrich Held war in seinen Wagen gestiegen und rangierte ihn soeben in eine Parkbucht. Im nächsten Moment hörte sie die Autotür zuschlagen, und eine Minute später war er neben ihr.

»Ich wollte sowieso einen Sparziergang machen.«

Thekla konnte nichts gegen das Lächeln tun, das auf ihren Lippen erschien.

Eine Weile gingen sie schweigend nebeneinander her.

Dann sagte Thekla: »Ich dachte, bei der Security müsste man so oder so ein Held sein.«

»Ah«, machte er schmunzelnd. »Meine Deckung ist wohl aufgeflogen.«

Thekla warf ihm einen scharfen Blick zu. »Wohnen Sie nicht schon etliche Monate hier in der Gegend? Da müssten Sie ja inzwischen wissen, dass man auf dem Land nicht anonym bleiben kann.«

Es stimmt also, dachte sie. Heinrich Held ist bei einem Sicherheitsdienst angestellt gewesen.

Seine Miene wurde ernst, und als hätte er Theklas Gedankengang folgen können, antwortete er: »Ich bin längst pensioniert. Und eigentlich war ich nichts weiter als ein Büroangestellter. Ich habe einfach nur Informationen gesammelt und ausgewertet. Das tun die meisten der gut zweieinhalbtausend Mitarbeiter des Verfassungsschutzes.«

Thekla schnappte nach Luft. Heinrich hatte dem Verfassungsschutz angehört. Darauf waren die Klatschmäuler in Moosbach und Umgebung nicht gekommen. Als sie die Neuigkeit verdaut hatte, sagte sie: »Offensichtlich sammeln Sie nach wie vor Informationen. Worüber?«

Heinrich sah sie bekümmert an. »Ich weiß es nicht.«

Sie waren bei Theklas Wagen angelangt und stehen geblieben. Als Thekla den Türöffner betätigte, fiel ihr auf, dass Heinrich sich dem Bach zugewandt hatte und auf eine Schneise aus zerdrückten Gräsern und abgeknickten Zweigen starrte, die vom Ende der Brücke über die Böschung ans Ufer hinunterführte.

Nachdem Thekla in ihren Wagen gestiegen war, drehte er sich um und winkte ihr zu. »Vielleicht sollte ich noch ein wenig an der frischen Luft bleiben.«

Thekla winkte zurück und betätigte den Anlasser. Plötzlich überlief sie ein Frösteln. Als sie davonfuhr, fühlte sie sich kalt und einsam.

Auf dem Heimweg hielt sie erneut bei der Christophorus-Statue an. Diesmal fuhr sie den Wagen aufs Bankett, stellte ihn ab und stieg aus.

Vielleicht hatte der Brückenheilige ja doch noch etwas zu berichten.

»Müsste jemand in deiner Position nicht sämtliche Zusammenhänge kennen?«, fragte sie ihn.

Als wie erwartet keine Antwort kam, fasste sie den Entschluss, sich unterhalb der Brücke auf einen der flachen Granitsteine zu setzen, ihren Kopf von sämtlichen grüblerischen Gedanken zu befreien und abzuwarten, womit ihr Unterbewusstsein aufwarten würde. Thekla fand es ganz angenehm, mit geschlossenen Augen still hier zu sitzen und nach innen zu horchen. Doch statt einer Eingebung, wie all die wirren Fäden der Geschichte zusammenhängen könnten, erinnerte sie ein irgendwo aus der Tiefe kommender Gedanke daran, dass sie ihrem Bruder noch kein Wort von all den Ereignissen berichtet hatte, die sie momentan am meisten beschäftigten. Es war einfach nie genug Zeit dafür gewesen. Kein müßiges Stündchen hatte dazu eingeladen, sich mit Martin über Holzer-Blasen und präparierten Birnensaft zu unterhalten. Sie nahm sich fest vor, das heute Abend nachzuholen.

Am Rande ihres Bewusstseins gewahrte sie das Zwitschern der Vögel, das Plätschern des Wassers, das Rascheln und Knistern im Gebüsch.

Sie schreckte auf, als sie in ihrem Rücken ein Knacken hörte, das sich bedrohlich von der restlichen Geräuschkulisse abhob. Doch ihre Reaktion kam zu spät.

Der Schlag traf sie über dem rechten Ohr und warf sie zur Seite. Im nächsten Moment legte sich eine raue Decke über sie. Thekla hörte, wie Klebeband abgerissen wurde, und spürte, wie der Stoff um sie herumgewickelt und festgeklebt wurde, bevor sie auch nur die kleinste Abwehrbewegung machen konnte.

Ihr Zwerchfell verkrampfte sich. Gleich würde sie anfangen zu hyperventilieren.

Was in diesem Fall nichts macht, sagte sie sich. Die Decke vermindert die Sauerstoffzufuhr, sorgt dafür, dass ich einen Teil des ausgeatmeten CO^2 wieder einatme und verhindert somit eine Ohnmacht. Doch im nächsten Moment fragte sie sich bang, ob es nicht entschieden von Vorteil wäre, in dieser Situation das Bewusstsein zu verlieren. Was würde mit ihr geschehen?

Verpackt wie eine Ware lag sie auf der Seite. Gedämpft drangen die Vogellaute, das Bachplätschern, das Blätterrauschen an ihr Ohr.

Von der Brücke entfernte sich ein Auto.

Ansonsten war es still.

Thekla lauschte, konzentrierte sich aufs Horchen.

Nichts.

Sie versuchte, sich zu bewegen, und stellte erstaunt fest, dass die Decke um sie herum recht locker verschnürt war. Sogar die Arme ließen sich beugen, sodass sie die Hände bis auf Brusthöhe schieben konnte. Mit aller Kraft presste sie gegen die Umhüllung. Sie musste etliche Male neu ansetzen, bis sich eines der Klebebänder mit einem Schmatzen löste. Das brachte ihr genug Bewegungsfreiheit, um weitere zu lockern und sich letztendlich von der Verpackung, die intensiv nach Getriebeöl stank, zu befreien.

Thekla atmete durch, sah sich um und dachte verdutzt: Wenn diese Decke nicht hier liegen würde, könnte man meinen, ich hätte halluziniert. Denn nichts sonst weist darauf hin, dass mich jemand niedergeschlagen und wie zum Transport verschnürt hat. Als sie den Rand des rauen Stoffs hochhob, um ihn zusammenzurollen, weil sie ihn als Beweisstück mitnehmen wollte, sah sie den Zettel. Er war gut festgeklebt und mit Großbuchstaben beschrieben: »Hör auf zu schnüffeln, sonst erstickst du beim nächsten Mal.«

Diesmal begann Thekla tatsächlich zu hyperventilieren. Sie beugte sich vornüber, stützte sich mit beiden Händen auf einen waagrecht wachsenden Ast und keuchte, wobei sie versuchte, die Lippen zusammenzupressen, um nicht zu viel frische Luft einzuatmen.

Nach einiger Zeit normalisierte sich die Atemfrequenz. Thekla raffte die Decke zusammen, machte sich auf den Weg zu ihrem Wagen, stieg ein, verriegelte die Türen und fuhr los. Zu Hause angekommen, wäre sie am liebsten sofort in die Apotheke gestürmt, um ihrem Bruder alles zu berichten. Das ließ sie allerdings bleiben, als sie durchs Schaufenster erkennen musste, wie die Kundschaft Schlange stand. Sie würde bis Geschäftsschluss warten müssen.

Als sie in die Zufahrt zum Wohnhaus einbog, fragte sie sich, wie Martin auf ihre Schilderung sämtlicher Ereignisse wohl reagieren würde.

Du wirst auf der Stelle zur Polizei gehen, glaubte sie ihn anordnen zu hören.

Thekla nickte. Ja, Martin würde darauf bestehen, vor allem nach dem, was ihr eben widerfahren war.

Eine Aussage bei der Polizei stand jedoch in krassem Widerspruch zu der Abmachung, die sie mit Hilde und Wally getroffen hatte.

Thekla schlug die Faust aufs Lenkrad. »Herrgott noch mal, gibt es denn überhaupt einen gangbaren Weg in diesem Wirrwarr?«

Noch nie hatte sie vor ihrem Bruder etwas geheim halten müssen, von klein auf waren die Geschwister verbündet gewesen. Anfangs gegen die Strenge der Eltern, später gegen die Widrigkeiten, die das Leben auf dem Dorf mit sich brachte, wenn man geschieden war und neu Fuß fassen wollte.

Sie stieg aus und warf einen Blick auf die andere Straßenseite, wo die Stein'sche Apotheke dem Stein'schen Wohnhaus direkt gegenüberstand. Soeben trat ein weiterer Kunde ein, der mit seinem Rezept wedelte, als wäre es ein Fähnchen.

Thekla starrte ihn an. Sapperlot, wie hatte sie das bloß vergessen können? Dass sie sich nicht erinnern konnte, irgendjemandem Luminal verkauft zu haben, hieß ja nicht automatisch, dass auch niemand danach verlangt hatte. Sie hatte Wally aufgetragen, die Straubinger Apotheken abzuklappern, und versäumt, in den eigenen Unterlagen nachzusehen. Das würde sie bei nächster Gelegenheit nachholen.

Derselbe Tag

Etwas später im Bestattungsinstitut Westhöll

»Vielleicht solltest du mal schlafen«, sagte Hilde. Rudolf sah sie aus rot geränderten Augen trübselig an. Statt eine Antwort zu geben, griff er nach seiner Kaffeetasse. In der vergangenen halben Stunde hatte sie in ihrem Büro nebenan mindestens viermal das Mahlen und Klacken seiner Espressomaschine gehört.

»Herrschaftszeiten«, regte sie sich auf, »meinst du, irgendwem ist geholfen, wenn dir ein viel zu hoher Blutdruck den Herzmuskel kaputt macht?«

»Was soll ich denn tun?«, erwiderte Rudolf matt. »Wir hatten diese Woche drei Beerdigungen, drei Überführungen und eine Exhumierung.«

Als ob ich das nicht wüsste, dachte Hilde. Laut sagte sie: »Wo treibt sich eigentlich der Pfeffer herum?«

Rudolf lachte freudlos. »Er musste schleunigst nach Hause – duschen und was Frisches anziehen.«

Hilde schaute ihn so perplex an, als hätte er verkündet, Pfeffer ließe sich Strähnchen in die Haare färben und künstliche Fingernägel aufstecken.

Nachdem Hilde ihn eine Weile fixiert hatte, wurde Rudolf offenbar klar, dass er ohne weitere Erklärung nicht davonkommen würde.

Leise seufzend sagte er: »Du weißt ja selbst, wie das Grundwasser in den Granzbacher Friedhof hineindrückt, woran nebenbei bemerkt die Kiesgrube dahinter schuld ist. Und du weißt sicherlich auch, dass die permanente Feuchtigkeit der Grund dafür ist, warum auf unserem Friedhof die Toten nicht austrocknen, sondern vor sich hinfaulen – wobei sie stinkende Gaswolken produzieren, dick wie Watte.«

Hilde nickte unwirsch. Warum zum Teufel hielt ihr Rudolf einen Vortrag, als spräche er vor dem Gemeinderat? Hatte er einen Koffeinrausch?

Indessen fuhr ihr Neffe fort: »Pfeffer hat vorhin das Bräu-Grab für die morgige Beerdigung geöffnet. Ihm ist aufgefallen, wie nass das Erdreich wieder einmal war, und er hat vorsichtshalber eine Saumbohlensicherung eingesetzt und Gleitbohlen bereitgelegt, bevor er sich zum Sarg der Bräuin hinunterarbeitete, die ja schon ein paar Jährchen in dem Grab liegt.«

Hilde fragte sich, wann Rudolf endlich auf den Punkt kommen würde.

»Der Sarg der Bräuin war total verrottet«, sagte Rudolf, »zerfiel wie ein alter Schwamm, die nasse Erde darum herum schob und rutschte. Pfeffer kniete in der Grube, um die Gleitbohle anzubringen. Dabei hat ihn die Bräuin quasi überrollt.«

Hilde schnaubte. »Das war ja wohl nicht Pfeffers erster Zusammenstoß mit einem Skelett.«

»Mit einem Skelett nicht«, antwortete Rudolf. »Von der Bräuin sind aber nicht nur ein paar bleiche Knochen übrig gewesen, sondern auch massenhaft aufgeschwemmtes Gewebe.«

Hilde winkte ab.

»Pfeffer sagt«, berichtete Rudolf weiter, »es hat sich angefühlt, als würde er von einer halb vermoderten Qualle verschlungen.«

»Der soll sich nicht so haben, der Pfeffer«, entgegnete Hilde und wandte sich ab, damit Rudolf ihr hämisches Grinsen nicht zu sehen bekam. Sie gönnte Rudolfs Gehilfen das abstoßende Erlebnis von Herzen, befand es als passende Bestrafung für seine Selbstgefälligkeit. »Er hätte ja auch Briefträger werden können, dann müsste er sich nicht schmutzig machen«, setzte sie nach.

Rudolf trank seine Tasse leer und erhob sich. »Ich muss beim Gemeindeamt die Zollpapiere für die Auslandsüberführung abholen.«

»Wann bringst du denn den verunglückten Jungen zum Flughafen?«, fragte Hilde, als Rudolf schon fast aus der Tür war.

»Heute noch«, rief er über die Schulter zurück. »Der Flieger, mit dem er in seine Heimat zurückreist, geht spät abends.«

»Da trifft es sich ja gut, dass Tante Westhöll hier die Stellung hält«, murmelte Hilde und schaute durchs Fenster zu, wie Rudolf den Leichenwagen aus dem Hof lenkte.

Nach Frankfurt und zurück, dachte sie, eine lange Fahrt. Mein lieber Neffe wird erst spät zurück sein.

Versonnen betrachtete sie Rudolfs Schreibtisch. Dann fing sie an, die Schubfächer zu durchsuchen.

Als Pfeffer kurz hereinschaute, um mitzuteilen, dass er jetzt gleich in Scheuerbach einen Grabaushub fertig zu machen und anschließend in Moosbach einen Selbstmord zu versorgen habe, wonach er wohl Feierabend machen würde, nickte sie bloß gleichgültig und tat so, als suche sie nach bestimmten Unterlagen, während sie murmelte: »Wo könnte Rudolf das Schriftstück denn hingelegt haben? Es muss doch hier irgendwo sein ...«

Gut drei Stunden später (sie war durch etliche Anrufe in ihrer Arbeit unterbrochen worden, hatte einem ehemaligen Matrosen Informationen zur Seebestattung geben und einen Anhänger von Greenpeace über Naturfriedhöfe aufklären müssen) konnte Hilde mit Fug und Recht behaupten, dass sich in Rudolfs Schreibtisch nichts Verdächtiges, ja nicht einmal etwas irgendwie Auffälliges befand.

»Na schön«, sagte sie laut. Inzwischen war es achtzehn Uhr. Das Bestattungsinstitut würde wegen Personalmangels für heute schließen. Der Gehilfe war damit beschäftigt, einen Selbstmörder, der sich von der Autobahnbrücke gestürzt hatte, leidlich wieder herzurichten, die Chefin lag im Krankenhaus, der Chef hatte auswärts zu tun, und sie selbst sah sich genötigt, seine Privaträume zu filzen.

Sie nahm den Ersatzschlüssel vom Bord und ging in den Hof hinaus, an dessen Nordseite Rudolf für sich und Lore ein kleines Häuschen gebaut hatte.

Draußen fummelte Pfeffer am ROBO 350 AS herum.

Hilde blieb erstaunt stehen. »War nach dem Selbstmord nicht Feierabend angesagt?«

»Beim Teleskopausleger fehlt es an Schmierstoff«, erwiderte Pfeffer.

»Gschaftlhuber, Wichtigtuer.« Hilde zerbiss die Wörter zwischen den Zähnen, damit Pfeffer sie nicht verstand.

Sie wollte gerade ohne ein weiteres Wort an ihm vorbeimarschieren, als sie den Ölfleck entdeckte. Die kleine runde Pfütze befand sich genau an der Stelle, wo mittags der Leichenwagen geparkt gewesen war.

»Der Mercedes verliert Öl«, sagte Hilde halb anklagend, halb erschrocken.

Pfeffer sah mit einem so ungläubigen Gesichtsausdruck auf, als hätte sie behauptet, der Leichenwagen habe Tote ausgespuckt.

Hilde deutete mit dem ausgestreckten rechten Zeigefinger auf den Ölfleck und machte mit dem gekrümmten linken kleine Winkbewegungen in Richtung Pfeffer. Der legte widerstrebend seinen Putzlappen weg, bevor er missmutig zu ihr herüberschlurfte.

Hilde bückte sich so weit hinunter, dass ihre Fingerkuppe knapp über dem Fleck schwebte. Pfeffer bückte sich ebenfalls, wobei er mit der Stirn beinahe an ihre Schläfe stieß. Er tauchte die Spitze seines Zeigefingers in das Pfützchen, rieb sie gegen seinen Daumen und roch daran.

»Motoröl, einwandfrei. Aber mit Sicherheit nicht von einem unserer Fahrzeuge.«

»Sondern?«, fragte Hilde.

Pfeffer dachte lange nach. Währenddessen beäugte er den Fleck, kratzte sich im Nacken, schaute über den Hof, runzelte die Stirn, hob den Blick, sah sinnend in die Ferne. Plötzlich hellte sich seine Miene auf.

»Ist nicht gestern Abend der Urnenkleckser mit seiner Schrottkarre auf den Hof gekurvt?«

Hilde nickte. Pfeffer hatte recht. Der Kerl, der die Kitsch-Urnen fabrizierte, war wieder einmal aufgekreuzt, um seine neueste Kollektion anzupreisen. Offenbar genügte ihm nicht, was er über Oskar Pfeffer an den Mann brachte. Und ja, sein Wagen machte den Eindruck, als würde er mehr als nur Öl verlieren.

»Dieser Siegfried ist eine Pest«, sagte Pfeffer.

Hilde fand das auch, dennoch sah sie Pfeffer fragend an.

Siegfrieds vorgebliche Kunstwerke waren scheußlich, das stand außer Zweifel. Aber bezeichnete Pfeffer – künstlerisch eher indifferent – den Urnenmaler wirklich bloß deshalb als »Pest«? Oder steckte noch etwas anderes dahinter?

Pfeffer war bereits dabei, sie darüber aufzuklären.

»Er rennt auf sämtlichen Friedhöfen herum und versucht, allen möglichen Leuten seine Machwerke aufzuschwatzen. Oft genug hat er Erfolg damit. Ich kenne eine Frau, die hat ihm an einem einzigen Nachmittag drei Urnen mit Pudelbildern abgekauft. Pudel beim Ballspielen, Pudel beim Männchenmachen, Pudel mit Sonnenbrille.« Pfeffer runzelte die Stirn. »Ich frage mich, ob es gesetzlich überhaupt erlaubt ist, die Asche eines Verstorbenen in drei verschiedene Gefäße aufzuteilen.«

»Keine Ahnung«, antwortete Hilde wahrheitsgemäß. »Ich hatte nie Anlass, mich darüber kundig zu machen.« Nachdenklich fügte sie hinzu: »Aber ich bin mir sicher, das Bestattungsrecht verbietet dem Urnenmaler, seine Ware auf Friedhöfen anzupreisen.« Sie überlegte einen Moment, bevor sie fortfuhr: »Paragraph eins des Wettbewerbsrechts müsste da greifen. Er untersagt Gewerbetreibenden ausdrücklich, auf Friedhöfen Werbung zu betreiben.«

»Paragraph eins«, wiederholte Pfeffer. »Damit haben wir ihn. Wo kämen wir denn da hin, wenn Hinz und Kunz am Friedhof hausieren gehen dürften?«

Hilde nickte. »Wenn man ihm den Verstoß gegen das Wettbewerbsrecht beweisen kann, blüht ihm ein Bußgeldbescheid, aber offenbar ist es ihm das Risiko wert.«

»Ich glaube, für ein paar Geschäftsabschlüsse würde der Kerl seine Großmutter verkaufen«, sagte Pfeffer gehässig.

Oder vergiften, schoss es Hilde durch den Sinn.

Sie wollte sich eben wieder in Bewegung setzen, als Pfeffer sagte: »Oskar wird gleich noch zwei Särge, Beschläge und Sargausstattung liefern. Er fragt übrigens jedes Mal, wenn er vorbeikommt, nach Lore und trägt mir Grüße an sie auf. Ich finde das unsinnig, wo Lore doch ...« Er verstummte.

Hilde ging nicht auf seine Bemerkung ein. »Gut«, erwiderte sie stattdessen. »Und bringt die Sargwäsche in den Ausstellungsraum, wo sie hingehört.« Sie wandte sich nun endgültig zum Gehen, rief jedoch über die Schulter zurück: »Die Hintertür habe ich noch nicht abgesperrt.«

Damit ließ sie Pfeffer zurück, eilte auf das Häuschen ihres Neffen zu, schloss die Haustür auf und trat resolut ein.

Als Erstes fiel Hilde das Buch ins Auge. Es lag aufgeschlagen in einer Sofaecke.

Er liest also immer noch darin, dachte sie und wollte den

Schmöker schon in die Hand nehmen, entschied aber, das auf später zu verlegen und sich in der Wohnung erst einmal einen Überblick zu verschaffen.

Eine Stunde später wusste sie, dass es auch in Rudolfs Privaträumen nichts gab, was darauf schließen ließ, er könnte bei Sterbenden mit Barbituraten nachgeholfen haben – keine einschlägigen Rezepte, keine verdächtigen Arzneifläschchen und Birnensaft in Sinalcoflaschen schon gar nicht.

Allerdings gab es das Buch.

Hilde ließ sich auf die Couch sinken und sah sich die Titelseite an. »Meisterbuch deutscher Götter- und Heldensagen«. Das Erscheinungsdatum war mit April 1938 angegeben.

Eben, dachte Hilde. Nazipropaganda. Ich kenne die Schwarte ja.

Sie las den kurzen Absatz auf der ersten Seite. »Bricht Krieg in Deutschland aus, so hört man Waffenklirren in den Lüften und sieht den Zug des wütenden Heeres, an dessen Spitze der Schimmelreiter Wodan einhersprengt.«

»Verdammt«, rief Hilde erbost. Was fand Rudolf bloß an diesem Götter-Helden-Schlachtgetümmel-Schwachsinn?

Sie warf das Buch auf den Couchtisch und verließ schnaubend die Wohnung, wobei sie die Tür hinter sich ins Schloss warf, dass es bis in den Hof widerhallte.

Der ROBO 350 AS stand einsam auf seinem Stellplatz. Pfeffer war nirgends zu sehen, offensichtlich hatte er jetzt doch Feierabend gemacht.

Hilde beschloss, schnell nachzusehen, ob die Sargausstattungen ordentlich gelagert worden waren, und danach auch die Hintertür abzuschließen. Sie eilte gerade an der Mauer entlang, die die rückwärtige Grenze des Grundstücks bildete und deren Krone wie ein spitzgiebeliges Hausdach mit Ziegeln gedeckt war, als mehrere der Dachziegel auf sie herunterprasselten. Einer traf sie an der Schulter, einer an der Schläfe, und Hilde ging in die Knie.

Sie müssen sich gelockert haben, ging es ihr durch den Kopf. Ganz von selbst und ohne dass es jemandem auffiel.

Kaum war das zu Ende gedacht, flog die nächste Salve herunter.

Hilde kauerte sich zusammen und hielt die verschränkten Arme wie einen Schild über sich.

Erneut wurde sie schmerzhaft getroffen, diesmal am Rücken. Wieso prasseln eigentlich alle an derselben Stelle herunter?, fragte sie sich.

Endlich ließ das Bombardement nach. Ein einzelner Stein – ein Feldstein, kein Dachziegel – flog noch herunter und blieb neben ihrem Knie liegen. Dann war es still.

Hilde richtete sich auf. Um auf die Füße zu kommen, musste sie sich an der Mauer abstützen. Dabei fiel ihr Blick auf den Stein, der zuletzt heruntergefallen war. Irgendetwas erschien ihr seltsam an ihm. Bei genauerem Hinsehen merkte sie, dass an seiner Oberfläche eine Art Etikett klebte. Sie fasste es ins Auge und erkannte, dass es beschriftet war. »Hör auf zu schnüffeln und wage es nicht, die Polizei einzuschalten, wenn du am Leben bleiben willst.«

Hilde ballte die rechte Hand zur Faust und drohte damit in Richtung Mauerkrone, wo allerdings niemand zu sehen war. »Dreckskerl elendiger, Lump, Schweineh...« Sie musste verschnaufen.

Es war schon ziemlich spät am Abend – Hilde hatte es sich längst mit einer Kanne heißen Tee, den sie mit einem großzügigen Schuss Kirschbrand veredelt hatte, auf der Couch bequem gemacht –, als Rudolf an ihre Tür pochte und eingelassen werden wollte.

»Hilde«, sagte er ohne weitere Vorrede mit mühsam beherrschter Stimme, »wenn du bei mir was auch immer ausfindig machen willst, wäre es mir lieb, wenn du mich danach fragen würdest, anstatt überall herumzuwühlen.«

Pfeffer, dachte Hilde verärgert. Der Hemdfurzer hat gepetzt, dass ich in Rudolfs Büro und drüben im Privathaus zugange war.

Da täuschte sie sich. Doch es blieb bei ihrem Irrtum, denn der Gedanke, die Spuren, die sie überall hinterlassen hatte, hätten mehr als genug verraten, kam ihr überhaupt nicht in den Sinn.

Da Rudolf also Bescheid wusste und unübersehbar auf eine Erklärung wartete, beschloss Hilde, zum Angriff überzugehen.

»Was glaubst du eigentlich, mein lieber Neffe, was es für einen

Eindruck machen würde, wenn herauskäme, dass du als Lektüre Nazipropaganda bevorzugst?«

Rudolf blinzelte verständnislos. »Nazipropaganda?«

Hilde stellte sich in Positur und deklamierte mit pathetischer Stimme: »Bricht Krieg in Deutschland aus, so hört man Waffenklirren in den Lüften und sieht den Zug des wütenden Heeres, an dessen Spitze der Schimmelreiter Wodan einhersprengt.«

»Das ist der Vorspann aus ›Götter- und Heldensagen‹«, erwiderte Rudolf erstaunt.

»Und was gibt uns der zu verstehen?«, fragte Hilde.

Rudolf starrte eine Zeit lang ausdruckslos vor sich hin, dann marschierte er zur Anrichte, griff sich die Schnapsflasche, nahm sich ein Glas und schenkte sich ein. Er trank gut die Hälfte des Inhalts, bevor er endlich zum Reden ansetzte.

»Das Buch hat mich mein Leben lang begleitet«, sagte er ernst. »Wie du sicherlich weißt, stammt es von meinem Vater – deinem Bruder. Er hat mir oft daraus vorgelesen, als ich noch ein Kind war.« Er trank den nächsten Schluck, dann hob er die rechte Hand, als könne er damit den folgenden Worten mehr Gewicht verleihen. »Eines ist sicher: Vater hat sich ausschließlich für die Entstehungsgeschichte der Welt und der Menschheit nach Maßgabe der Edda interessiert. Für mich gilt dasselbe. Es fasziniert mich außerordentlich, wie die nordischen Göttersagen die Schöpfungsgeschichte schreiben.«

»Wie denn?«, fragte Hilde.

Rudolf lachte laut heraus. »Ich fürchte, liebe Tante, um das zu erfahren, wirst du das Buch lesen müssen.« Daraufhin wurde er wieder ernst. »Es würde den ganzen Abend dauern, dich auch nur halbwegs ins Bild zu setzen, dir vom eisigen Niflheim und vom brennenden Muspelheim zu berichten, von dem Riesen Ymir, der sich aus dem See erhob, den das Feuer ins Eis geschmolzen hatte, von dem Eisblock, dem die Götter entsprungen sind, von der Schlacht, die sie sich mit dem Riesen lieferten, und von dem Blut, das dabei floss, in dem dann das ganze Riesengeschlecht ertrank.«

»Nichts als Krieg und Gewalt und Grausamkeit«, entgegnete Hilde erbost.

»Krieg, Gewalt, Grausamkeit«, wiederholte Rudolf versonnen. »Komplotte, Intrigen, Ränke. Davon leben sie, die Geschichten von den Anfängen der Menschheit. Zeus erhebt sich gegen seinen Vater, um das Regiment auf dem Olymp zu übernehmen, er begeht Ehebruch, um halb menschliche Bälger zu zeugen. Die Götter der Mayas und Azteken verlangen Blutopfer noch und noch. Kain erschlägt seinen Bruder Abel. Aus Untaten besteht die Saat, die uns Menschen hervorgebracht hat. Untaten, wie sie seit Anbeginn überall zu Hause sind.«

Hilde hatte sich abgewandt, weil sie nichts mehr davon hören wollte. Denn, verdammt noch mal, Rudolf hatte recht. Das Leben nährte sich vom Tod. Ob Schöpfungsgeschichte oder Evolutionstheorie, das Starke machte aus dem Schwachen Kleinholz. Rudolfs Worte klangen wie ein Kehrreim in den Ohren. »Untaten, wie sie überall zu Hause sind. Wie sie überall zu Hause sind. Wie sie überall ...«

»Tante Hilde?« Sie schreckte auf. »Was hast du gesucht, Tante Hilde?«

»Hinweise«, antwortete Hilde zerstreut.

»Worauf?«, fragte Rudolf.

Hilde riss sich zusammen und sah ihn couragiert an. »Auf ein Motiv beispielsweise, aus dem heraus ein Bestatter pflegebedürftige Alte ermorden würde.«

Rudolf wirkte wie aus Stein gehauen, als er fragte: »Und hast du was gefunden?«

Hilde nickte. »Ein Buch aus einer dunklen Zeit, in der Euthanasie – Gnadentod, wie es manchmal auch hieß – großgeschrieben wurde.«

Rudolf atmete heftig aus. »Und du glaubst tatsächlich ...«

Bevor er zu Ende sprechen konnte, schüttelte Hilde den Kopf. »Nein, das glaube ich nicht.«

Derselbe Tag

Am Vormittag in Straubing

»Merk es dir gut«, sagte Sepp Maibier. »Punkt zwei fahre ich wieder nach Hause. Und wenn du nicht auf die Minute zur Stelle bist, kannst du von mir aus den restlichen Tag im Zoo und die Nacht unter der Donaubrücke verbringen.«

»Ich merk es mir ganz bestimmt«, versprach Wally, wobei sie bestätigend nickte, obwohl ihr Sepp bereits den Rücken zugewandt hatte und in Richtung Volksfestplatz davonging.

Wally machte sich auf den Weg in die Stadt.

Zuerst die Gardinen, dachte sie. Weil die mein Alibi sind. Erst wenn ich den Stoff bei der Näherin abgegeben habe, kann ich anfangen, die Apotheken abzuklappern.

Es war sozusagen ein Glücksfall gewesen, dass Wallys Mann am Morgen verkündet hatte, in dem Büroraum neben der Werkstatt müssten neue Gardinen angebracht werden. »Was soll denn die Kundschaft für einen Eindruck von der Tischlerei Maibier bekommen, wenn solche alten Fetzen an den Fenstern hängen?«

Und Wally hatte die Chance genutzt. »Ich würde ja liebend gern welche besorgen. Aber dazu müsste ich halt nach Straubing ...«

Maibier hatte sie taxierend angesehen, dann aber widerstrebend angeboten: »Ich hab heute bei den Ausstellungshallen am Hagen zu tun. Du kannst also mitkommen.«

Aus lauter Erleichterung hatte Wally »Danke, Sepp, danke dir« gerufen, woraufhin er ihr einen irritierten Blick zuwarf.

»Danke, liebe Himmelmutter«, flüsterte Wally jetzt, während sie im Kaufhaus Hafner die Treppe zur Gardinenabteilung hinaufstieg. »Danke, dass du mich einen Teil zu den Ermittlungen beitragen lässt. Wie würde ich denn wieder dastehen vor Hilde und vor Thekla, wenn ich nicht einmal den Versuch hätte machen dürfen, etwas Nützliches herauszufinden.«

»Streifen«, sagte die Verkäuferin. »Streifen machen sich gut in einem Büro. Sie wirken so seriös.«

Wally nickte zerstreut und kramte nach dem Zettel, auf den sie die Abmessungen gekritzelt hatte.

Die Verkäuferin wickelte den Stoff vom Ballen. »Sie nähen die Vorhänge selbst?«

Wieder nickte Wally bloß. Sie musste der Frau ja nicht auf die Nase binden, dass sie den Stoff zu Erika Schober bringen würde, bei der sie schon seit zwanzig Jahren nähen ließ und die für die Arbeit viel weniger berechnen würde als die Dekorationsabteilung von Hafner.

Die Verkäuferin setzte die Schere an.

Hebbelstraße, dachte Wally. Erika wohnt in Nummer elf. Und gleich daneben ist die Punkt-Apotheke. Da lege ich los.

Wally war so aufgeregt, dass ihre schweißnassen Hände am Portemonnaie kleben blieben, als sie an der Kasse stand.

Ich muss in den Apotheken erst einmal was kaufen, dachte sie und legte statt eines Geldscheins den Zettel mit den Abmessungen auf den Kassentresen. Salbeibonbons vielleicht und Heftpflaster. Während des Einkaufs versuche ich dann, ein Gespräch anzufangen.

Zwei Stunden später besaß Wally außer drei Tüten Salbeibonbons und einigen Packungen Pflaster ein Fieberthermometer, einen Packen Mullbinden, drei Tuben Wund- und Brandsalbe, vier verschiedene Sorten Kräutertee, Calcium- und Magnesiumtabletten und so gut wie keinerlei Informationen. Sie ließ sich in einen jener Sessel aus Plastikgeflecht fallen, die diesen Sommer in den Straßencafés alle anderen Sitzmöbel verdrängt hatten, bestellte sich einen Eisbecher mit Sahne, Armarenakirschen und Schokoladensoße und überdachte ihre Strategie.

Sie war in der Punkt-, der Sonnen-, der Löwen- und der Theresien-Apotheke gewesen und immer nach dem gleichen Schema vorgegangen: Zuerst hatte sie sich beraten lassen, dann hatte sie dies und jenes gekauft, und irgendwann hatte sie damit angefangen, von ihrem angeblichen Enkel zu erzählen, der Epileptiker war.

»Das ist nicht einfach für meine Tochter – wirklich nicht. Manchmal denke ich, es würde ihr helfen, wenn sie sich mit jemandem austauschen könnte, der in derselben Lage ist wie sie.«

Daraufhin hatte Wally viele verständnisvolle Worte bekommen, aber nirgends eine Antwort auf die Frage erhalten, auf die es ihr im Grunde ankam: »Ihnen ist nicht zufällig jemand bekannt, der auch unter dieser Krankheit leidet? Fällt Ihnen wirklich niemand ein? Epileptiker müssen doch bestimmte Medikamente nehmen – Barbiturate, nicht wahr? Vielleicht löst jemand regelmäßig so ein Rezept in Ihrer Apotheke ein. Es wäre unendlich hilfreich für uns, mit Leidensgenossen Kontakt aufnehmen zu können.«

Während Wally ihr Eis löffelte, kreisten ihre Gedanken um die Gespräche, die sie geführt hatte.

Hilde hatte unrecht, dachte sie und hebelte eine tiefschwarze Amarenakirsche auf den Löffel. Man hat mir die Information, um die ich gebeten habe, nicht absichtlich vorenthalten. Vielen hat es sogar sichtlich leidgetan, dass sie mir nicht mit einer kleinen Auskunft weiterhelfen konnten.

Vergangenen Mittwoch im Krönner hatte Hilde wiederholt prophezeit, dass Wally keine Antworten bekommen würde, weil eben auch Apotheker an eine Schweigepflicht gebunden seien und die Gebrechen ihrer Kundschaft nicht in alle Welt hinausposaunen durften.

Aber mit ihrem anderen Einwand könnte sie recht gehabt haben, sinnierte Wally während des Herunterschluckens eines Häufchens Sahne.

»Wer sich Barbiturate verschreiben lassen kann«, hatte Hilde gemeint, »weil er Epileptiker ist, und diese Diagnose weidlich ausnützt, um an größere Mengen des Stoffes zu kommen, der rennt nicht in die örtlichen Apotheken, der wickelt seine Bestellungen im Internet ab.«

Auf diesen Einwand hin hatte es einen Moment lang so ausgesehen, als würde selbst Thekla, deren Idee dieses Experiment gewesen war, die Sache verloren geben. Doch dann hatte sie gesagt: »Probieren geht über studieren. Zieh es durch, Wally.«

Und deshalb mache ich weiter, dachte Wally. Durchziehen bis zum Ende. Ich habe es versprochen.

Sie nahm die Finger zu Hilfe, um abzuzählen, wie viele Apotheken sie schon aufgesucht hatte, und war mit ihrer Leistung zufrieden. Nach der Rast standen noch die Easy- und die Einhorn-Apotheke an und das Apothekencenter.

Der Kerl muss ja nicht alles, was er verbraucht, im Internet bestellen, sagte sich Wally optimistisch. Vielleicht geht er hin und wieder doch in eine Apotheke.

Der Eisbecher war leider schon geleert. Wally lehnte sich zurück und ließ den Blick schweifen. Eine Viertelstunde wollte sie noch gemütlich hier sitzen bleiben und ausruhen. Sie hatte ja noch Zeit genug.

Es war sehr schwül geworden an diesem Freitagmittag. Obwohl sie im Schatten saß, sammelte sich der Schweiß in Wallys Speckfalten. Zum Glück hatte sie ein lose fallendes Hemdblusenkleid mit schmalem, locker gebundenem Gürtel an; ihre nackten Füße steckten in Riemchensandalen.

Voller Entsetzen beobachtete sie Passantinnen, die schwarze Leggins unter ihren Sommerröcken trugen.

Verrückt, dachte sie. Die müssen ja schwitzen wie die Kulis auf den chinesischen Reisfeldern. Warum machen die denn so was?

Wally bezahlte ihren Eisbecher, erhob sich ächzend und nahm sich an der Verkaufstheke noch eine Waffel mit zwei Kugeln Stracciatella für den Weg mit.

Eine halbe Stunde später betrat sie das Apothekencenter. Sie warf einen forschenden Blick auf die drei Angestellten, die momentan für Kundschaft frei waren, und wählte den Tresen, an dem eine recht mollige Frau mittleren Alters bediente.

Im Schaufenster war Wally ein großes Werbeplakat für Vitamin-E-Kapseln aufgefallen, weshalb sie nicht lange darüber nachdenken musste, was sie sich noch zulegen könnte.

Glücklicherweise herrschte wenig Betrieb im Verkaufsraum, sodass Wally davon ausgehen durfte, nicht übereilt abgefertigt zu werden. Tatsächlich dauerte es eine ganze Weile, bis es ihr gelang, das Gespräch von den Vorzügen des Vitamin E auf die Situation einer Familie mit einem Epileptiker zu bringen.

Die Mollige brachte noch eine ganze Portion mehr Mitgefühl auf als ihre Kolleginnen in den anderen Apotheken. Doch auch sie musste Wally enttäuschen.

»Mir ist niemand bekannt«, sagte sie bedauernd, »dessen Rezepte darauf schließen lassen, dass mit dem verordneten Medikament ein Epileptiker behandelt wird.« Sie sah Wally betrübt an und fügte hinzu: »Aber selbst wenn es so wäre, dürfte ich Ihnen keinen Namen nennen.«

Wally ließ enttäuscht den Kopf hängen. Musste Hilde denn immer recht behalten?

Die abschlägige Antwort schwebte ein paar Sekunden lang unschön zwischen ihnen, bis die Mollige – vermutlich um der Zurückweisung die Spitze zu nehmen – sagte: »Sie haben vorhin von Barbituraten gesprochen. Die sind eigentlich so ziemlich vom Markt verschwunden. Selbst Epileptiker werden kaum mehr damit behandelt, Kinder – soweit ich weiß – ausgenommen.« Sie dachte kurz nach. »Andererseits – wenn einer beispielsweise seit dreißig Jahren Luminal nimmt und es gut verträgt, wird man es ihm wohl auch weiterhin verschreiben.«

Wally nickte verdrossen. Darüber wusste Thekla ebenso gut Bescheid. Ausschlaggebend war, *wem* dieses Zeug verschrieben wurde, aber das würde sie auch hier nicht erfahren.

Sie wollte sich gerade zum Gehen wenden, da merkte sie, dass sich die Miene der Molligen plötzlich aufhellte. »Da fällt mir ein, dass ich einmal einen Jungen kannte, der Epileptiker war. Als ich noch in Granzbach zu Hause war, hat er in unserer Nachbarschaft gewohnt. Ja«, fügte sie mit einem bekräftigenden Lächeln hinzu, »davon darf ich Ihnen erzählen – das ist ja privat.«

»In Granzbach«, wiederholte Wally, irgendwie aus dem Konzept gebracht. »Und dort wohnt er immer noch?«

Die Mollige zuckte die Schultern. »Ich bin schon vor vielen Jahren aus dem Ort weggezogen. Da waren die Meiler-Buben höchstens zehn oder zwölf. Und ich habe nichts mehr von ihnen gehört oder gesehen, bis vor einiger Zeit in der Zeitung stand, dass man einen von ihnen eingesperrt hat, weil er seine Frau ermordet haben soll. Was aus dem anderen geworden ist ...« Erneut zuckte sie die Schultern. »Beide müssen inzwischen um die vierzig sein«, setzte sie nachdenklich hinzu.

Während die Mollige sprach, war Wally regelrecht erstarrt. Die Spur führte wieder einmal zu den Meilers. Und – Himmelmutter, wie sich alles verbindet – hatte nicht Elisabeth gesagt, dass ein Bub in ihrer Nachbarschaft Epileptiker gewesen war?

Welcher?, fragte sich Wally nun. Derjenige, der im Knast sitzt? Aber dann kann er nicht ... – ja, was eigentlich? Wenn dagegen der Bruder an der Krankheit leidet, überlegte sie weiter, dann wäre auch der in alles verwickelt. Oder ist es etwa so, dass der kranke Bruder ohne sein Wissen dafür herhalten muss, die nötigen Rezepte zu ergattern? Wally kniff die Augen zu und versuchte, dem Wirrwarr in ihrem Kopf Herr zu werden.

»Kann ich noch etwas für Sie tun?« Die Mollige musste zweimal fragen, bis Wally schließlich verneinte und in ihrem Portemonnaie nach einem Geldschein fischte.

Als sie mit kaleidoskopartig wirbelnden Gedanken im Kopf das Apothekencenter verließ, kam ihr ein etwa zehnjähriger Junge entgegen. Sie bemerkte ihn erst, als er auf gleicher Höhe mit ihr war und sie mit flehender Stimme ansprach: »Bitte helfen Sie mir. Meine kleine Schwester hat sich das Bein eingeklemmt. Bitte, Sie müssen mitkommen.«

Bevor Wally etwas entgegnen konnte, hatte er kehrtgemacht und lief den Weg zurück, den er gekommen war. Wally watschelte eilig hinter ihm her. Der Junge bog um eine Ecke und blieb nach wenigen Metern vor einem offenbar seit Langem geschlossenen Bastelbedarfsgeschäft stehen, dessen Schaufenster mit schwarzem Papier verklebt war. An der nur angelehnten Eingangstür hing ein verbogenes Vorhängeschloss. Diese Tür hielt der Junge für Wally auf und wartete, bis sie in den fast dunklen Raum dahinter getreten war. Dann lief er davon.

Wally hörte seine sich entfernenden Schritte, drehte sich um und rief ihm verdutzt nach. Aber statt stehen zu bleiben oder sich wenigstens umzuschauen, beschleunigte er das Tempo, wobei er etwas über seinem Kopf schwenkte, was Wally für einen Zwanzig-Euro-Schein hielt.

Bevor sie ihrer Verwunderung über das Geschehen Ausdruck geben konnte, fühlte sie sich von hinten gepackt und auf den Fußboden geschleudert. Zischend entwich Luft aus ihren Lungen. Gleichzeitig fiel die Eingangstür mit einem Knall zu.

Wally lag flach auf dem Rücken. Sie hatte keine Ahnung, was mit ihr passiert war, und auch keine Zeit, darüber nachzudenken.

Ihre Arme wurden grob gepackt und über ihren Kopf gestreckt, dann plumpste etwas Schweres auf ihre Handgelenke.

Wallys Augen waren weit aufgerissen, die Augäpfel quollen schier heraus, rollten von links nach rechts, von oben nach unten. Es war jedoch viel zu dunkel in dem Raum, um mehr als nur Schatten erkennen zu können. Einer dieser Schatten hatte eindeutig eine menschliche Gestalt. Soeben bewegte er sich, trat an Wallys linke Körperseite und verharrte ungefähr auf Höhe ihrer Hüfte.

Im nächsten Augenblick traf sie ein Fußtritt in die Rippen. Wally stöhnte auf. Daraufhin hagelte es Tritte in die Weichteile. Wally wimmerte, Tränen liefen über ihre Wangen.

Eine Fußspitze stieß unsanft an ihr Ohr, als wolle sie jener dumpfen Stimme Gehör verschaffen, die plötzlich zu vernehmen war. »Schluss mit dem Schnüffeln. Ab sofort verhaltet ihr euch ruhig und kümmert euch um euren eigenen Kram. Und kein Wort zu irgendjemandem, schon gar nicht zur Polizei. Beim klitzekleinsten Verdacht, dass ihr weiterschnüffelt, schnapp ich euch, und dann kommt ihr mir nicht mehr lebend davon.«

Während die Stimme sprach, hatte Wally die Augen zugekniffen und den Atem angehalten. Nun traf sie ein Tritt in die Seite, der ihre Atemluft wieder ausströmen ließ. Gleich darauf hörte sie ein Rascheln und ein Klappern. Dann war es still.

Bin ich jetzt tot?, dachte Wally.

Sie neigte dazu, das anzunehmen, bis ihr der Gedanke kam, dass Tote keine Schmerzen verspürten. An ihrem Körper aber zog und pochte und zerrte es. Am schlimmsten stand es um die Handgelenke. Sie waren eingeklemmt, und die Kante einer Kiste oder etwas Ähnlichem schnitt sich ins Fleisch.

Sie lebte also noch, aber angesichts ihres Zustandes war sie sich sicher, dass sie bald sterben würde.

Wallys Tränen flossen reichlicher. Allein und verlassen würde sie in diesem dunklen Loch hier verrecken. Jawohl, verrecken.

Die Kistenkante schnitt so schmerzhaft in Wallys Handgelenke, dass ihre Arme reflexartig anfingen, sich zu bewegen. Mit einem Ruck, der sie aufschreien ließ, war der linke Arm frei, dann der rechte. Die Kiste schlug mit lautem Knallen auf dem Boden auf.

Wally knetete die lädierten Handgelenke und starrte angstvoll in die Dunkelheit. Die menschliche Gestalt war verschwunden. Da wagte Wally es, sich aufzurichten, kam auf die Knie und, indem sie sich an der Kiste abstützte, auch auf die Füße.

Die Tür, durch die sie den Raum betreten hatte, zeichnete sich deutlich von der Wand ab, weil schmale Lichtstreifen sie wie eine Borte umrahmten.

Wally humpelte darauf zu.

Die Klinke ließ sich hinunterdrücken, die Tür ging auf; Wally machte noch einen Schritt, dann stand sie in dem Gässchen hinter dem Apothekencenter.

War sie gerettet?

Sie schaute an sich hinunter. Ihre Kleidung wies ein paar Schmutzflecken auf, war jedoch nicht zerrissen, und ihre Beine sahen aus wie immer. Die Handgelenke waren rot und geschwollen, aber die Arme zeigten keinen einzigen Kratzer.

Wally betastete ihr Gesicht, das unverletzt wirkte, und fuhr sich mit den Fingern ordnend durch die Haare.

Ich glaube, man sieht es gar nicht, dachte sie. Man sieht nicht, wie weh mir jeder Knochen tut.

Als sie am Parkplatz ankam, stand Sepp Maibier gegen den Wagen gelehnt da. Er hatte die Arme auf dem Autodach verschränkt und den Kopf darauf gelegt.

»Ich bin schon da, Sepp.«

Er wandte sich ihr zu.

»Mein Gott, Sepp. Was ist denn mit dir passiert?«

Wallys Blick tastete sein Gesicht ab, meldete ein fast zugeschwollenes Auge, eine Platzwunde auf der Stirn und einen tiefen Kratzer an der Wange. »Bist du auch überfallen worden?«

Er winkte ab. »Steig ein. Wir fahren nach Hause.«

Wally beeilte sich, Folge zu leisten, denn ihr Mann machte nicht den Eindruck, als würde er Geduld mit ihr haben.

Erst nachdem sie die Stadtgrenze hinter sich hatten, wagte Wally noch einmal zu fragen: »Was ist denn passiert?«

»Auf der Baustelle ausgerutscht und dumm aufgeschlagen«, antwortete Maibier in einem Ton, der keine weitere Diskussion zuließ. Gleich darauf setzte er zum Überholen eines schwarzen Transporters mit goldfarbenen Schriftzügen auf der Seite an. Der Transporter fuhr ein hübsches Tempo, sodass sich der Überholvorgang hinzog und Wally Zeit hatte, die Beschriftung an der Fahrertür zu lesen: »Oskar Pfeffer – wir trauern mit Ihnen«.

»Nagelneu«, brummte Sepp Maibier neben ihr. »Mindestens hundertfünfzig PS. Alufelgen …«

Als Maibier vor dem Transporter wieder einscherte, hörte Wally ihn nuscheln: »Klotzen statt kleckern, wird er sich gesagt haben, der Pfeffer, als er sich das Kraftpaket da zugelegt hat. Wurde wohl auch Zeit, die alte Karre ist ihm ja schon unterm Hintern weggerostet.« Lauter fügte er hinzu: »Scheint sich ja prächtig auszuzahlen, das Hausieren mit dem Rüstzeug für die Toten.«

Während Wally ihn so reden hörte, kam ihr eine von Hildes bissigen Bemerkungen in den Sinn: »Modetrends machen auch vor Leichen nicht halt.«

Am selben Abend

Gewisse Telefondrähte zwischen Granzbach, Scheuerbach und Moosbach

Wally schien unter Schock zu stehen. Schon unter normalen Umständen war es kaum möglich, nachvollziehbare Schilderungen und prägnante Berichte aus ihr herauszubekommen. In diesem Fall jedoch war es besonders schwierig, etwas Zusammenhängendes von ihr zu hören. Entsprechend lang dauerte es, bis alle drei im Bilde waren, was den jeweils anderen im Laufe des Tages geschehen war.

»Wir gehen schnurstracks zur Polizei.« – Thekla zu Hilde, nachdem sie sich über alles klar geworden war.

»Kommt nicht in Frage. Hat uns der Kerl an Wally nicht zur Genüge bewiesen, wozu er imstande ist? Dagegen war das, womit er uns beide einzuschüchtern versuchte, ja nur ein Klacks. Ich will nicht überfahren, erschlagen oder ersäuft werden. Oder glaubst du, die Polizei stellt uns eine Eskorte?« – Hildes ausgiebige Antwort darauf.

»Sollen wir ihn etwa davonkommen lassen mit allem, was er verbrochen hat?« – Thekla ungläubig.

»Nein. Wir werden ihn in Sicherheit wiegen. Werden so tun, als hätte er uns genug Schrecken eingejagt, sodass wir nun verängstigt in unseren Ecken hocken.« – Hildes Reaktion.

»Du glaubst, er beobachtet uns?« – Wally entsetzt zu Hilde nachdem sie davon in Kenntnis gesetzt worden war.

»Das muss er ja wohl schon seit einer ganzen Weile machen, sonst hätte er uns nicht so gezielt erwischen können.« – Hildes Antwort darauf.

»Wie gesagt, wir müssen ihn in Sicherheit wiegen. Das heißt, wir tun nichts, was seinen Verdacht erregen könnte.« – Hilde zu Thekla.

»Das allerdings heißt: Wir hören auf zu ermitteln.« – Thekla bedächtig.

»Heißt es nicht.« – Hilde ärgerlich.

Schweigen in der Leitung.

»In den kommenden Tagen halten wir tatsächlich still. Wir lassen die Sache ruhen. Am Mittwoch treffen wir uns wie immer im Café Krönner. Dagegen dürfte er nichts einzuwenden haben. Im Gegenteil, es wäre nicht astrein, wenn wir es nicht täten. Und dort halten wir Kriegsrat. – Hilde irgendwann erklärend zu Thekla.

»Er könnte uns belauschen.« – Theklas Konter.

»Dagegen kann man sich vorsehen.« – Hilde in entschiedenem Ton.

»Ich mache keinen Schritt aus dem Haus, nicht einen einzigen.« – Wally unterbrochen von Zähneklappern.

»Sieht ganz so aus, als hätten wir es nicht nur mit *einem* Täter zu tun. Wie hätte einer allein uns allen dreien am selben Tag auflauern sollen?« – Thekla irgendwann nachdenklich zu Hilde.

»Hatte er nicht genügend Zeit dazu? Und natürlich hatte er auch Glück, indem er als Erstes Wally beschattete. Wir beide sind ihm dann fast zwangsläufig in die Hände gefallen.« Hilde ebenso nachdenklich, dann energischer fortfahrend: »Zuerst hat er sich an Wally gehalten und mitbekommen, dass sie in den Apotheken nach Käufern von Barbituraten fragt. Daraufhin hat er irgendeinen Burschen dafür bezahlt, dass er sie in einen Hinterhalt lockt. Wally sagt, um halb zwei stand sie bereits wieder auf der Straße. Ihr Peiniger befand sich da vermutlich schon auf dem Weg nach Moosbach. Vielleicht hat er dort nach dir gesucht, vielleicht auch nicht. Jedenfalls ist er weiter in Richtung Scheuerbach gefahren und hat – welch glücklicher Zufall – deinen Wagen auf der Scheuerbacher Brücke entdeckt. Und du hast nicht weit davon entfernt wie auf dem Präsentierteller darauf gewartet, dass er dir eine stinkende Decke über den Kopf wirft. Da war es ungefähr fünf Uhr am Nachmittag. Nach mir musste er auch nicht lange suchen. Die Dachziegel prasselten allerdings erst um sieben auf mich herunter. Der Kerl hat sich zwei Stunden Zeit gelassen. Inzwischen konnte er noch was weiß ich anstellen.«

Mittwoch, der 6. Juli

Nachmittags im Café Krönner

»Reg dich nicht auf, Wally. Stell dir einfach vor, dass heute ein ganz normaler Mittwochnachmittag ist, an dem wir über etwas reden, das sich in Kirgisistan abspielt«, sagte Thekla und setzte sich auf ihren gewohnten Platz am Fenstertisch. Sie ignorierte Wallys nur schlecht unterdrücktes Aufstöhnen und wandte sich an Hilde. »Und du brauchst Wally wirklich keine Standpauke zu halten. Ihrer Recherche haben wir es zu verdanken, dass sich die Spur zu Meilers Halbbruder aufgetan hat, auf die wir schon viel früher hätten kommen können, wenn wir Elisabeths Bemerkung über den Epileptiker in der Nachbarschaft nicht so schludrig übergangen hätten.«

»Wie hätten wir da schon wissen sollen, dass das wichtig sein könnte?«, knurrte Hilde.

»Wie auch immer«, fuhr Thekla fort. »Wir können ja Elisabeth nach dem Namen von Meilers Halbbruder fragen.«

»Verdammt, das können wir eben nicht.« Hilde deutete anklagend auf ein junges Mädchen in schwarzem Rock und weißer Bluse, das nebenan gerade Bestellungen aufnahm.

Thekla taxierte die fünf jungen Frauen, die dort saßen, und kam zu dem Ergebnis, dass keine Gefahr bestand, von ihnen belauscht zu werden. Alle anderen Tische waren zu weit entfernt, als dass die Gäste dort hätten hören können, was Thekla, Hilde und Wally sprachen – vorausgesetzt sie taten es in einer Lautstärke, die den allgemeinen Geräuschpegel im Café nicht übertönte.

»Elisabeth hat Urlaub«, sagte Hilde, »und ist mit ihrem Mann an den Gardasee gefahren, wie du sehr gut weißt.«

Jetzt fiel auch Thekla ein, dass Elisabeth vergangene Woche von ihrer Ferienreise gesprochen hatte.

Inzwischen war die Aushilfsbedienung herangetreten und fragte lächelnd nach ihren Wünschen.

»Verdammt und zugenäht«, fuhr Hilde die ohnehin bereits eingeschüchterte Wally an, nachdem Thekla das Übliche, Wally Prinzregententorte und sie selbst eine Blätterteigpastete bestellt hatte. »Warum hast du dich bei dieser Apothekerin nicht nach dem Namen von Meilers Bruder erkundigt? Da stößt du schon mal auf eine heiße Spur, und dann gehst du ihr nicht nach.«

»Vorwürfe bringen uns kein bisschen weiter«, versuchte Thekla sie erneut zu beschwichtigen. »Wir müssen seinen Namen eben auf andere Weise herauskriegen.«

Daraufhin herrschte ein Weile Schweigen am Tisch. Wieder sah sich Thekla um, studierte die Gesichter und das Verhalten der übrigen Gäste, bis Wally sagte: »Wir können Elisabeth ja am nächsten Mittwoch danach fragen.«

Hilde stieß ihre Gabel in die Pastete, die das Mädchen soeben vor sie hingestellt hatte, als wolle sie das Ragout fin darin erdolchen. »Und bis dahin sollen wir dem verbrecherischen Geschehen seinen Lauf lassen und uns davor fürchten, dass uns der Kerl erneut attackiert?«

Wally presste sich erschrocken die Hand vor den Mund, in den sie sich gerade einen ansehnlichen Brocken von ihrer Torte gesteckt hatte.

Thekla beschloss, Hilde nachhaltig zurückzupfeifen, und sagte in scharfem Ton: »Lass gut sein jetzt und hör auf zu zetern. Wir machen in dem Tempo weiter, in dem es uns halt möglich ist.« Milder fuhr sie fort: »Hast du nicht schon genug um die Ohren? Reicht es nicht, dass du mutterseelenallein im Bestattungsinstitut die Stellung halten musst, weil Lore nach wie vor im Koma liegt, Rudolf deswegen mit der Arbeit nicht nachkommt und Pfeffer derweil mit dem Grabbagger von Friedhof zu Friedhof hetzt?«

Aber Hilde ließ sich nicht besänftigen. Sie stach auf den Blätterteig ein, als hätte sie vor, Hackschnitzel daraus zu machen. »Wollen wir das Ganze nun aufklären oder uns Ausreden dafür einfallen lassen, es nicht zu tun, weil wir zu feige sind, weiterzumachen?«

Seufzend legte Thekla ihre Kuchengabel ab. Sie hatte ihr Stück Agnes-Bernauer-Torte schon halb aufgegessen, ohne wie sonst die cremig herbe Süße genießen zu können.

Ich hätte ebenso gut geraspelte Möhren bestellen können, dachte sie verärgert, dann würde ich morgen wenigstens nicht ein Kilo mehr auf die Waage bringen.

»Gut«, wandte sie sich an Hilde. »Der nächste Schritt wäre also, Meilers Bruder ausfindig zu machen, um mit ihm zu reden.«

»Wir könnten im Telefonbuch nachsehen«, meldete sich Wally.

»Oder meint ihr, der Name Meiler ist zu häufig?«, fügte sie zaghaft hinzu.

Hilde gab ein entrüstetes Schnauben von sich. »Welches Telefonbuch würdest du denn da empfehlen? Der Meiler-Junge kann ja überall hingezogen sein.«

»Aber«, wagte Wally einzuwenden, »Elisabeth hat doch gesagt, dass er öfters zu Besuch gekommen ist, da kann er doch nicht recht weit weg wohnen.«

»Also schön«, lenkte Hilde ein, »gehen wir vernünftigerweise davon aus, er ist im Landkreis geblieb–«

Sie unterbrach sich, weil Thekla plötzlich zusammengefahren war, als hätte sie sich gestochen.

»Was ist denn mit dir?«, fragte sie.

»Sie sind Halbbrüder«, sagte Thekla.

»Davon war von Anfang an die Rede, was stört dich jetzt auf einmal daran?«, fragte Hilde unwillig.

Thekla rieb mit zwei Fingern über ihre Stirn. »Der andere muss nicht zwangsläufig Meiler heißen.«

»Nicht?«, kam es erstaunt von Wally.

»Unsinn«, sagte Hilde. »Hieß es nicht immer ›die Meiler-Buben‹?«

»Ja, schon«, gab Thekla zu. »Aber sicher können wir uns dessen nicht sein.

»Toll.« Hildes Stimme troff vor Ironie. »Wir suchen also nach einer Person, von der wir weder den Namen noch den Aufenthaltsort wissen – genau genommen wissen wir nicht einmal, ob der Kerl noch lebt.«

»Welcher von den beiden Brüdern ist denn nun eigentlich der Epileptiker?«, meldete sich Wally.

»Das«, antwortete Hilde spitz, »wissen wir im Prinzip auch nicht.«

Wally straffte sich und hörte sich schier heroisch an, als sie sagte: »Vielleicht sollte ich jetzt gleich noch mal zum Apothekencenter gehen. Der netten Frau, die mich dort bedient hat, wird sicherlich noch einiges über die Meilers einfallen, wenn sie ein wenig an ihre Zeit in Granzbach zurückdenkt.«

Im nächsten Moment fiel sie allerdings in sich zusammen wie ein verdorbenes Soufflé, denn Hilde erwiderte: »Ja, das solltest du. Und der Fußmarsch würde dir auf alle Fälle besser bekommen als ein zweites Stück Torte.«

Thekla warf Hilde einen tadelnden Blick zu und legte Wally die Hand auf den Arm. »Bleib sitzen, Wally. Wer weiß, ob die Frau heute überhaupt Dienst hat; und selbst wenn, vielleicht herrscht so ein Andrang, dass sie sich für ein Privatgespräch gar keine Zeit nehmen kann. Außerdem, wie wahrscheinlich ist es denn, dass sie sich an viel mehr erinnert? Offenbar ist es ja eher Jahrzehnte als Jahre her, seit sie aus Granzbach weggezogen ist.«

Wally atmete sichtlich auf.

»Aber wir müssen diesen Halbbruder finden«, sagte Hilde nachdrücklich. »Es springt doch geradezu ins Auge, dass er derjenige ist, der das Barbiturat besorgt, mit dem Meilers Birnensaft versetzt wurde.«

»Selbstverständlich müssen wir das«, stimmte ihr Thekla zu. »Weil uns aber Name und Adresse fehlen, sollten wir versuchen, ihm aus einer anderen Richtung auf die Spur zu kommen.«

»Aus welcher denn?«, fragte Hilde fast lauernd.

»Wie wäre es, wenn wir wieder der Birnensaftfährte folgen würden?«, antwortete Thekla.

»Und wo soll die noch hinführen?«

»Führt sie nicht zum Haus des Dichters?«, fragte Thekla.

Wally hatte sich offenbar von ihrem Schock erholt. Sie bestellte sich bei Elisabeths Vertretung ein Stück Baumkuchen und wandte sich dann aufgeregt an Thekla. »Zur Witwe. Sie führt zur Witwe. Sepp hat doch gesagt ...«

Hildes Stimme unterbrach sie. »Wir schnappen uns die Witwe und prügeln aus ihr heraus, wie sie dazu kommt, deinen Mann —«

»Wir«, schnitt ihr Thekla das Wort ab, »machen einen Spaziergang um die Moosbachschleife. Das dürfte unserem Beschatter nicht besonders verdächtig erscheinen. Außerdem bleiben wir zusammen. Das macht uns weniger angreifbar. Am Haus des Dichters legen wir eine Rast ein und bewundern den Garten. Wenn

Gerlinde Lanz zu Hause ist, wird sie herauskommen und sich in unserem Beifall sonnen wollen.«

Wally klatschte in die Hände. »Oh ja, da kann ich sie fragen, wo sie die hübsche Ente aus schwarzem Metall gekauft hat, die so niedlich mit dem Kopf wackelt.«

Hilde gab ein besorgniserregendes Röcheln von sich.

»Brechen wir vom Fleck weg auf?«, fragte Wally begeistert.

Thekla schüttelte den Kopf. »Wir sollten uns für morgen verabreden. Es wirkt harmloser, wenn wir uns erst morgen treffen, zudem haben Martin und ich heute noch eine gesellschaftliche Verpflichtung.«

»Und ich muss schleunigst ins Geschäft zurück«, schloss sich Hilde an. »Rudolf hat gleich einen Auswärtstermin.«

Nachdem die Rechnung beglichen war, erhob sich Hilde, und Wally folgte ihrem Beispiel, nur Thekla machte keine Anstalten, aufzustehen.

Als Hilde ihr einen fragenden Blick zuwarf, deutete Thekla auf den Rest des Tortenstücks, der noch auf ihrem Teller lag. »Ich esse in Ruhe zu Ende und denke dabei ein wenig nach.«

Zum Nachdenken sollte sie allerdings nicht kommen.

Kaum hatten Hilde und Wally das Krönner verlassen und kaum hatte Thekla den ersten Bissen im Mund, den sie gründlich auszukosten gedachte, hörte sie eine wohlbekannte Stimme hinter sich.

»Darf ich mich einen Moment zu Ihnen setzen?«

Heinrich Held hielt eine Kaffeetasse in der einen und einen Teller, auf dem eine Butterbrezel lag, in der anderen Hand.

Thekla schluckte den Bissen unzerkaut hinunter. Wie oft hatte sie im Laufe ihrer Unterhaltung mit Hilde und Wally den Blick prüfend durch das Café schweifen lassen? Zehnmal? Zwanzigmal? In welcher Nische hatte sich Heinrich versteckt gehabt? Theklas Augen fixierten die Brezel. »Das ist eine Konditorei, da bestellt man sich doch Kuchen oder Torte. Mögen Sie nichts Süßes?«

Lachend nahm Heinrich auf dem Stuhl ihr gegenüber Platz. »Wie habe ich doch neulich irgendwo gelesen: Kalorien sind fiese kleine Tierchen, die nachts die Kleidung enger nähen.«

»Ich kenne sie gut«, erwiderte Thekla.

Heinrich strich über ihren Handrücken. »*Sie* müssen Kalorien wirklich nicht fürchten. Genießen Sie die berühmte Agnes-Bernauer-Torte unbeschwert und mit der erforderlichen Muße.«

Offenbar wusste er genau, wie er ihr zu besagter Muße verhelfen konnte, denn er begann gelassen, Stück für Stück von seiner Brezel abzubrechen und schweigend zu verspeisen.

So saßen sie, jeder mit sich selbst beschäftigt, sich still gegenüber wie ein langjähriges vertrautes Ehepaar.

Eine schlichte Brezel scheint ihm tatsächlich lieber zu sein als Kuchen und Torten, streifte Thekla ein kurzer Gedanke, während sie Mokkacreme im Mund zergehen ließ. Denn schlank und drahtig, wie er ist, müsste er nicht auf Konditorwaren verzichten. Als der Gedanke daraufhin die Frage aufwarf, weshalb Heinrich Held ausgerechnet das Café Krönner aufsuchte, um eine ganz gewöhnliche Brezel zu verzehren, verjagte sie ihn. Doch widerspenstig kehrte er zurück und ritt darauf herum, dass Heinrich Held es wieder einmal geschafft hatte, sich unbemerkt in ihre Nähe zu schleichen.

Das gelingt ihm ja erschreckend gut, flüsterte der Gedanke. Könnte nicht Held es gewesen sein, der über dich herfiel, als du unter der Scheuerbacher Brücke deinen Gedanken nachhingst? Könnte er auch Wally …?

Thekla schickte den Gedanken zum Teufel.

Der Kuchenteller war leer gekratzt, der Geschmack der Mokkacreme auf ihrer Zunge begann bereits zu schwinden.

Heinrich Held räusperte sich und sagte: »Bitte, Thekla, vertrauen Sie mir an, was hier vor sich geht.«

Seine Stimme klang sanft, betörend fast, sie hüllte Thekla ein wie eine Wolke aus Wohlgerüchen. Heinrich hatte mit seinem Blick den ihren eingefangen, hielt ihn fest und wiederholte: »Bitte, Thekla, sagen Sie es mir.«

Ohne bewusst den Entschluss dazu gefasst zu haben, begann Thekla zu sprechen. Sie hatte bereits von Rudolfs Beobachtungen berichtet, als sie merkte, was sie tat.

Heinrich hatte ihre beiden Hände, die unruhig auf dem Tisch

herumgekrochen waren, mit den seinen umschlossen und hörte ihr aufmerksam zu.

Nachdem die Schleusen einmal geöffnet waren, schritt Theklas Bericht klar und zügig fort. Präzise erläuterte sie, was Hilde bei Frau Kaltenbach erlebt hatte und unter welchen Umständen Wallys Mutter gestorben war. Sie erzählte von Babett Zankl, näherte sich über die Zankls der Birnensaftspur und erwähnte den Getränkelieferanten der Maibiers. Letztendlich kam sie noch auf Lores Unfall zu sprechen und berichtete von Hildes Spekulation, es könne sich dabei um einen Mordanschlag gehandelt haben. Und ganz zum Schluss gestand sie, wie der Täter sie, Hilde und Wally davor gewarnt hatte, seine Spur zu verfolgen.

Während Thekla redete, konnte sie beobachten, wie Heinrichs Gesichtsausdruck mehrfach wechselte. Verwirrung löste sich mit Begreifen ab, Verblüffung mit Erkenntnis, Schock mit Angst. Ja, ganz am Ende stand Furcht in seinen Augen. Er unterbrach sie kein einziges Mal. Auch als Thekla schließlich sagte:»Nun wissen Sie, was vor sich geht«, blieb er stumm.

»Verstehen Sie jetzt, warum wir mit niemandem darüber sprechen können?«, fragte sie.»Anfangs hatten wir ja nichts in der Hand als seltsame Flecken, die nicht einmal etwas zu bedeuten haben mussten. Unser Argwohn nährte sich von nebulösen Beobachtungen, seltsamen Vorfällen, eigenartigen Zusammenhängen, die genauso wenig etwas zu bedeuten haben mussten ...« Ihre Stimme versandete.

Weil Heinrich auch daraufhin schwieg, entzog sie ihm ihre Rechte und klopfte mit dem gekrümmten Zeigefinger auf die Tischplatte.»Die Ereignisse, von denen ich gerade erzählt habe, ergäben einen gewissen Sinn, wenn sie auf eine Person hinweisen würden, die hinter all dem stecken könnte.« Sie streckte den Finger aus und reckte ihn hoch.»Aber das tun sie nicht. Im Gegenteil, sie führen insofern in eine Sackgasse, als die Kandidaten, die als Täter in Frage kommen, aus unterschiedlichen Gründen ausscheiden.«

Thekla holte den Finger wieder ein, und ihre Rechte schlüpfte in den Schutz von Helds gewölbten Händen zurück. Mit einem kleinen Seufzer fügte sie hinzu:»Meiler, der Hersteller des Birnensafts, sitzt hinter Gittern. Lanz, der den Saft vermutlich von ihm bezogen hat, ist tot. Meilers Halbbruder, der rechtmäßig an Barbiturat gelangen kann, ist noch nie in Erscheinung getreten. Damit endet die Fährte.« Sie machte eine kleine ablehnende Bewegung mit dem Kopf, als wolle sie Heinrich daran hindern, ihr zu widersprechen, was er eindeutig nicht beabsichtigte.

»Natürlich haben wir auch versucht«, fuhr sie angesichts seines erneuten Schweigens fort, »den Täter über mögliche Motive aufzuspüren. Aber dabei ist die Angelegenheit geradezu peinlich geworden.« Sie machte ein betretenes Gesicht. »Hilde ist nicht davor zurückgeschreckt, ihren Neffen zu bespitzeln. Wir hatten ihn verdächtigt, weil er einerseits sozusagen vom Tod lebt und andererseits ein Faible für die nordischen Heldensagen hat. Als ob diese Vorliebe auf eine Gesinnung schließen ließe, die ihn zum Mörder macht. Aber jeder Strohhalm war uns ja recht. Hilde hat seine Wohnung durchsucht, was ihm nicht verborgen geblieben ist. Daraufhin haben sie sich ausgesprochen. Kurzzeitig hat Hilde sogar den jungen Mann als Täter in Erwägung gezogen, der Kitschbilder auf Urnen malt und angeblich auf Friedhöfen damit hausieren geht …« Thekla verstummte.

Es blieb wieder eine Weile still, dann sagte sie kühn: »Aber jetzt musst du mir erzählen, was dich so oft in meine Nähe führt, oder willst du als Stalker bezichtigt werden?«

Heinrich Held rührte sich nicht. Er wirkte wie in einem Wachtraum gefangen.

»Heinrich?«

Plötzlich breitete sich auf seinem Gesicht ein riesiges Lächeln aus, und seine Finger griffen so fest zu, dass sie scharf die Luft einsog. »Du?«

Thekla merkte, wie ihr die Hitze in die Wangen stieg. Herrgott, sie war doch keine siebzehn. Und ja, sie hatte ihn absichtlich geduzt. Es war einfach an der Zeit gewesen.

Heinrich hob seine Hände, legte sie um ihr Gesicht, beugte sich über den Tisch und drückte einen Kuss auf ihren Mund. »Das gehört sich so.«

Theklas Verlegenheit ließ als Antwort nur ein läppisches »Aha« zu.

Daraufhin machte Heinrich Anstalten, Elisabeths Vertretung an den Tisch zu winken. »Womit wollen wir anstoßen?«

Wenn er Prosecco bestellt, sieze ich ihn wieder, dachte Thekla. »Mit einem Gläschen Rotwein vielleicht?«

Thekla nickte. Herrgott, woher kennt er mich so gut? Es blieb still, bis der Wein serviert war und sie die Gläser hoben. Da sagte Heinrich: »Ich danke dir für dein Vertrauen.«

Thekla hatte sich weit genug gefangen, um trocken antworten zu können: »Höchste Zeit, dich zu revanchieren.«

Er nickte. »Das will ich gern tun, aber was ich zu sagen habe, ist längst nicht so spektakulär wie deine Geschichte.« Heinrich setzte sich zurecht, tastete erneut nach ihren Händen und begann zu sprechen. »Wie inzwischen anscheinend allgemein bekannt ist, habe ich mich nach meiner Pensionierung in Moosbach angesiedelt. Nachdem ich aus dem Dienst ausgeschieden war, wollte ich weg von der Hauptstadt; weit weg von dort, wo Terrorzellen ihre Netze auswerfen, wo ich die Wohnungen verdächtiger Personen lokalisieren kann und beinahe jede fragwürdige Kneipe kenne. Aber wie heißt es so schön: Die Katze lässt das Mausen nicht, und diese Volksweisheit trifft wohl auch auf mich zu, obwohl ich in meiner Laufbahn nicht häufig mit Ermittlungen vor Ort zu tun hatte.«

Thekla fühlte die Wärme seiner Haut, blickte in seine blaugrauen Augen, hörte seine sympathische Stimme und hatte Mühe, sich auf seine Worte zu konzentrieren. Heinrich fuhr fort: »Was mich hellhörig gemacht hat, war der Name Hermann Lanz. Ich hatte gerade meine Anmeldebestätigung im Rathaus abgeholt und ging über den Vorplatz, als mir im Schaukasten mit den Gemeindenachrichten und allen möglichen Angeboten ein Lyrikbändchen des Dichters Hermann Lanz ins Auge fiel. Ganz automatisch habe ich den Namen mit Informationen über staatsfeindliche Gruppierungen verknüpft, die mir in meiner Zeit beim BND untergekommen sind, und erinnerte mich, dass Lanz wegen seiner Texte überprüft worden war.«

Thekla musste lachen. »Seine Gedichte sind mir zwar ausgesprochen suspekt, aber für staatsfeindlich hätte ich sie nicht gehalten.«

»Sie sind grauenhaft«, gab ihr Heinrich recht. »Und einige von

ihnen lassen auf eine, nennen wir es gestörte ethische Grundan-
schauung schließen. Deshalb wurde er unter die Lupe genommen.«

»Was ist dabei herausgekommen?«, fragte Thekla gespannt.

»Wenig«, antwortete Heinrich. »Lanz lebte vom Geld seiner
Frau und schrieb schlechte Gedichte, die ihm jedoch durchaus
Bewunderung einbrachten – hauptsächlich bei der älteren Ge-
neration. Er unterhielt keine verdächtigen Kontakte, besaß keine
verbotenen Embleme oder Schriften und verbreitete keine Hetz-
parolen.«

Heinrich ließ für einen Moment ihre Hand los und trank ihr
zu.

»Trotzdem«, berichtete er dann weiter, »verblieb sein Name im
System, denn Lanz wirkte sehr überzeugt, sehr leidenschaftlich, ja
fast fanatisch, was das Gedankengut betraf, das in seinen Gedichten
dort und da auftauchte.« Heinrich verzog den Mund zu einem
schiefen Lächeln. »Ich kann nicht recht erklären, was mich dazu
bewog – vielleicht war es Neugier, vielleicht wollte ich nur die
Zeit totschlagen –, jedenfalls fing ich an, regelmäßig Wanderungen
am Moosbach entlang zu unternehmen, die mich jedes Mal zur
Granzbacher Schleife führten.«

Thekla hatte sich bequem zurückgelehnt, achtete jedoch darauf,
dass ihre Hände mit den seinen verbunden blieben.

»Und da machte ich so meine Beobachtungen«, erzählte Held
weiter. »Ziemlich regelmäßig – meist nachmittags gegen vier –
verließ Lanz das Haus und fuhr davon. Immer hielt er eines seiner
Gedichtbändchen in der Hand, wenn er in den Wagen stieg. Meist,
aber nicht jedes Mal, hatte er auch eine kleine Umhängetasche
dabei.

Kaum hatte Lanz das Grundstück verlassen, pflegte ein Kasten-
wagen der Tischlerei Maibier vorzufahren.«

»Also doch«, entschlüpfte es Thekla. »Maibier hat was mit der
Lanz.«

»Das war auch meine Deutung«, stimmte ihr Heinrich zu.
»Denn wäre er wegen Tischlerarbeiten gekommen, hätte es eigentlich ab und zu ein Zusammentreffen mit Lanz geben müssen.
In letzter Zeit wurden Maibiers Besuche allerdings spärlicher und
kürzer. Die Affäre ist so gut wie beendet, würde ich sagen.«

Thekla fühlte sich regelrecht erleichtert. Wally musste von dem Seitensprung ihres Mannes nie etwas erfahren.

»Irgendwann begann ich mich natürlich dafür zu interessieren, wohin es Lanz so wiederholt mit seinen Gedichtbändchen zog«, sagte Heinrich. »Um das herauszubekommen, musste ich ihm mit meinem Wagen folgen. Das tat ich dann auch einige Male.«

Thekla nickte wissend. »Er ist zu pflegebedürftigen alten Menschen gefahren, um ihnen vorzulesen.«

Heinrich pflichtete ihr bei. »Das war nicht schwer zu ermitteln.«

»Und als du wusstest, wie Lanz seine Nachmittage verbrachte, hast du dich wieder verstärkt für seine Frau interessiert«, sagte Thekla.

»Ja«, erwiderte Heinrich. »Weil ich das Gefühl hatte, dass sich im Hause Lanz irgendetwas verändert. Maibier schien aufs Abstellgleis geraten zu sein. Statt seines Kastenwagens tauchte in Lanz' Abwesenheit regelmäßig ein alter Lieferwagen auf, den ich auch zuvor schon des Öfteren auf dem Grundstück gesehen hatte, allerdings dann, wenn auch Lanz im Haus war. Damit wusste ich nun gar nichts Rechtes anzufangen. Deshalb habe ich Gerlinde Lanz ein wenig im Auge behalten, bin ihr sogar ein-, zweimal gefolgt, was allerdings zu nichts führte.«

»Und eines Tages war Lanz tot«, sagte Thekla.

»Ich muss gestehen, dass mich diese Entwicklung überrascht hat«, erwiderte Heinrich. »Zugegeben, Lanz sah nicht gerade aus wie das blühende Leben. Er war Alkoholiker, würde ich wetten, und das schon seit langer Zeit. Trotzdem schien mir sein Tod etwas plötzlich …«

»Weshalb du die Witwe noch genauer ins Visier genommen hast«, beendete Thekla den Satz.

»Soweit meine Zeit es zuließ«, antwortete Heinrich, und ein warmes Lächeln erschien auf seinem Gesicht, das seine Augen lichtblau aufleuchten ließ.

Thekla spürte ein Kribbeln im Körper wie nach einem Anfall von Hyperventilation.

»Es tut mir leid, aber ich muss jetzt wirklich kassieren, das Krönner schließt um sechs.«

Beide schreckten hoch, als wären sie bei etwas Verbotenem ertappt worden.

Das Mädchen, das an Elisabeths Stelle bediente, lächelte freundlich. Thekla warf einen erschrockenen Blick in die Runde und sah nur leere Tische.

»Höchste Zeit, sich auf den Nachhauseweg zu machen«, sagte Thekla, als sich die Tür des Krönner hinter ihnen schloss. »Ich bringe dich heim«, kündigte Heinrich an. Aber Thekla lachte. »Und mein Wagen? Soll ich ihn mir mit der Post nachschicken lassen?«

Heinrich ging nicht auf ihren Scherz ein. »Wie könnte ich dich noch aus den Augen lassen nach dem, was vorgefallen ist?«

Nun wurde auch Thekla ernst und legte ihm die Hand auf den Arm. »Du musst dich nicht beunruhigen. Wir haben dafür gesorgt, dass sich unser Gegner in Sicherheit wiegt. Weder Hilde noch Wally noch ich haben auch nur den Hauch einer Ermittlung angestellt, seit er uns die Warnungen zukommen ließ. Er muss glauben, dass wir uns angsterfüllt zurückgezogen haben und unsere Wunden lecken.«

Heinrich sah sie einen Moment lang argwöhnisch an, dann sagte er: »Was aber nicht der Fall ist.«

Thekla drückte seinen Arm, auf dem noch immer ihre Hand lag. »Wir werden auch weiterhin nichts Verdächtiges tun – versprochen.«

»Und wie muss ich mir die unverdächtige Aktion vorstellen, die ihr geplant habt?«, verlangte Heinrich zu wissen.

Thekla zwinkerte ihm zu. »Hilde, Wally und ich werden einen ausgiebigen Spaziergang machen. In Gottes freier Natur, wo die Vögel zwitschern, der Wind säuselt und uns ausschließlich wohlige Gefühle durchströmen.« Damit drückte sie ihm einen Kuss auf die Wange, löste ihre Hand von seinem Arm und eilte davon.

Nachmittags an der Moosbachschleife

»Du hast recht, Martin«, murmelte Thekla, als sie Wally auf dem Granzbacher Dorfplatz stehen sah. »Weit wird Wally nicht kommen.«

Ihr Bruder hatte diese Prophezeiung ausgesprochen, nachdem Thekla ihm mitgeteilt hatte, sie würde den Nachmittag freinehmen, um mit Hilde und Wally eine kleine Wanderung zu unternehmen.

Kurz entschlossen lenkte sie den Wagen an die Bordsteinkante, winkte Hilde heran und schlug ihr vor, lieber noch bis zum Ende der Stichstraße zu fahren, die zu einem winzigen See nahe der Moosbachschleife führte.

Hilde nickte, rief nach Wally, und beide stiegen zu Thekla in den Wagen.

Am Weiher hatten sich weder Fischer noch Badegäste eingefunden, denn der Tag war kühl, und bis Mittag hatte es sogar geregnet. Thekla stellte den Wagen vor einer hölzernen Planke ab, die den schmalen Grasstreifen am Ufer begrenzte.

Während sie darauf wartete, dass Wally ihre Körperfülle aus dem Sitz wuchtete, schaute sie sich neugierig um. Sie war hier nicht mehr gewesen, seit man den Weiher vom Bewuchs befreit, das Ufer befestigt, Wege angelegt und Bänke aufgestellt hatte.

»Aus dem sumpfigen Loch ist ja ein ganz hübsches Plätzchen geworden«, sagte sie zu Hilde.

Die deutete auf die gegenüberliegende Seite des kleinen Sees, wo Felsblöcke aus dem Wasser ragten, die sich teils stufig, teils senkrecht fast fünfzig Meter hoch erhoben. »Das ist die eigentliche Attraktion hier. Bei schönem Wetter turnt die Granzbacher Jugend in den Felsen herum wie eine Horde Affen.«

Theklas Blick tastete die Felswand ab. »Nicht ungefährlich.«

»Hirnverbrannt«, schnappte Hilde. »Das Gestein ist nicht nur glatt und feucht, sondern auch brüchig. Soviel ich gehört habe, sollen demnächst Verbotsschilder aufgestellt werden. Wer sich nicht daran hält —«

Wallys Stimme schnitt ihr das Wort ab. »Was für ein romantischer Ort doch aus dem alten Steinbruch geworden ist!«, schwärmte sie. Hilde rollte die Augen.

Thekla hatte sich indessen nach Osten gewandt, wo man zwischen ein paar Bäumen den Dachgiebel des Lanz'schen Anwesens erkennen konnte. »Wir sollten uns auf den Weg machen.« Hilde nickte ihr zu und überließ ihr die Führung.

In der Nähe des Weihers war das Vorwärtskommen einfach, denn die Umgebung war von vielen Füßen platt getreten. Aber nachdem Thekla etwa ein Drittel der Strecke zum Haus des Dichters zurückgelegt hatte, geriet sie zwischen hohe stachelige Grasbüschel, dornige Sträucher und tückische Kriechgewächse. So gut es ging, schlängelte sie sich durch das Gestrüpp. Weit hinten hörte sie Wally keuchen.

Glücklicherweise wurde der Boden bald sandiger, sodass sich Pflanzen nur noch vereinzelt behaupten konnten.

Wenig später erreichte Thekla, dicht gefolgt von Hilde, die rückwärtige Umzäunung des Lanz'schen Grundstücks. Bis Wally aufschloss, sollte allerdings noch einige Zeit vergehen.

Thekla gruselte sich fast vor dem Anblick, der sich ihr bot, denn hier an der Rückfront wirkten Haus und Garten noch überladener als vorne, wo die breite Zufahrt dominierte. Hier hinten gab es eine kleine Pforte aus Schmiedeeisen – gekrönt von einem Löwenkopf –, von der aus ein Kiesweg, der von Glasobjekten, Skulpturen aus Holz und Metall und von Lampen mit Hüten aus Solarmodulen gesäumt wurde, zu einer breiten Terrasse führte. Pflanzkübel jeder Fasson – Amphoren, Zylinder, Würfel und Halbkugeln – standen in Doppelreihen um die Terrasse, sodass sich Engelstrompeten mit Oleanderblüten, Bougainville mit Kakteentrieben und Gladiolen mit Begonien verflochten. Zwischen den Obstbäumen, die vereinzelt auf dem Rasen links und rechts des Kiesweges wuchsen, tummelten sich Rehe, Häschen und bunte Zwerge aus Keramik.

»Himmelmutter, das ist ja wunderschön!« Wally war angekommen. Sie klammerte sich an den Zaunlatten fest, streckte sich, so weit es ging, den Zwergen entgegen und rief mit sich überschlagender Stimme: »Schaut doch, schaut den Kleinen an, den mit der Schubkarre. Ist der nicht drollig?«

Dieser ganze Plunder ist kitschig, erdrückend und einfach stillos, dachte Thekla. Aber uns dient das Panoptikum ganz vorzüglich. Wally wird keine Ruhe geben, bis sie nicht jedes einzelne Exponat gebührend bewundert und kommentiert hat. Falls Gerlinde Lanz zu Hause ist, wird ihr gar nichts anderes übrig bleiben, als nachzusehen, was sich hier abspielt.

Bereits eine Minute später öffnete sich die Verandatür. Die Witwe des Dichters trat ins Freie, überquerte die Terrasse, wobei sie einer steinernen Putte und einem bronzefarbenen Delphin ausweichen musste, und machte ein paar Schritte über den Kiesweg, bevor sie abwartend verharrte.

»Wie haben Sie die Bougainville nur so prächtig zum Blühen gebracht?«, schallte ihr Wallys Stimme entgegen.

Daraufhin kam die Witwe näher. Offenbar hatte sie inzwischen die drei Frauen, die da am Zaun lehnten und ihren Garten bewunderten, als Bekannte eingestuft, denn sie machte eine einladende Handbewegung. Wally drückte das Türchen auf und stürmte in den Garten. Sie hielt geradewegs auf einen Schwan aus Tuffstein zu, dessen ausgehöhlter Rücken mit Studentenblumen und Margeriten bepflanzt war.

»Was für ein herrliches Arrangement.«

Hilde und Thekla traten gemessenen Schrittes näher, blieben jedoch in sicherem Abstand von dem scheußlichen Schwan stehen.

Die Witwe gesellte sich zu Wally, und die beiden vertieften sich in ein Gespräch über das Düngen und Wässern von Topfpflanzen.

»Da hätten wir ja ebenso gut beim Gartenbauverein vorstellig werden können«, raunte Hilde.

Thekla musste ihr recht geben. Auf diese Weise würden sie nie an Informationen von Belang kommen. »Wir müssen dem Gespräch eine andere Wendung geben«, wisperte sie zurück.

Sie dachte noch darüber nach, wie das zu bewerkstelligen wäre, ohne Wally oder die Witwe rüde zu unterbrechen, da hörte sie Hilde laut ausrufen: »Und der leckere Birnensaft, von dem ganz Granzbach spricht, stammt wohl auch von Früchten aus Ihrem Garten?«

Gerlinde Lanz wandte sich ihr zu und schüttelte den Kopf. »Leider besitzen wir keinen einzigen Birnbaum.«

»Aber ich dachte …« Hilde erweckte den Eindruck, als müsse sie überlegen. »Ja, die alte Frau Kaltenbach – Gott hab sie selig – hat mir einmal von einem geradezu köstlichen Birnensaft vorgeschwärmt, den ihr der Dichter geschenkt hat.«

Jetzt nickte die Witwe. »Das muss Meilers Birnensaft gewesen sein. Hermann hatte immer einen großen Vorrat davon. Aber er war sehr eigen damit. Nicht einmal ich durfte mir einfach eine Flasche davon nehmen. Man könnte fast sagen, dass er über seinen Birnensaftbestand Buch geführt hat. Wenn er eine Flasche verschenken wollte, hat er immer ein Kärtchen mit dem entsprechenden Namen drangeheftet, als ob er es ganz speziell für denjenigen ausgewählt hätte.«

Sie wischte sich die Augen, die ihr feucht geworden waren, und wandte sich wieder Wally zu. »Hermann war schon begraben, da habe ich in seinem Arbeitszimmer noch zwei von diesen gekennzeichneten Flaschen gefunden. Eine war für Ihre Mutter, Frau Maibier. Ich habe sie Ihrem Mann gegeben, als er die Spiegelkonsole geliefert hat.«

»Und die andere?«, fragte Hilde viel zu schnell.

»Die andere?« Gerlinde Lanz dachte einen Moment nach. »Die war für Babett Zankl. Ich erinnere mich vor allem deshalb daran, weil ich das recht seltsam fand. Die Zankls haben ja den Saft kistenweise bezogen. Aber ausgerechnet diese eine wollte Hermann der Babett schenken.«

Thekla hatte den Arm um die Imitation einer griechischen Säule gelegt und den Kopf ans Kapitell gelehnt.

Aus dem, was Gerlinde Lanz da sagte, ließ sich eindeutig schließen, dass der Dichter einzelne Flaschen präpariert hatte und sie dann den als Opfer Ausersehenen gezielt zukommen ließ. Warum sonst hätte er sie so akribisch kontrollieren und etikettieren sollen? Andererseits ließ sich daraus auch der Schluss ziehen, dass Gerlinde Lanz in die Machenschaften ihres Mannes nicht eingeweiht war.

»Wirklich schade«, sagte Hilde, »dass Ihr Vorrat an Meilers Birnensaft schon aufgebraucht ist. Ich hätte gern eine Kiste davon gehabt oder wenigstens eine Flasche.«

Gerlinde Lanz machte eine bedauernde Geste.

Das war's dann wohl, dachte Thekla. Jetzt können wir zwar

so gut wie sicher sein, das Lanz die Finger im Spiel hatte, aber wir haben noch immer nicht den leisesten Hinweis darauf, wer uns diese drastischen Warnungen zukommen ließ und vermutlich im Sinn hat, weiterzumorden. Nicht einmal Lanz können wir posthum etwas beweisen, außer im Lanz'schen Haus würden sich größere Mengen an Barbituraten finden oder Rezepte dafür.

Es war eine Weile still, bis Wally schwärmerisch sagte:»Granzbach hat noch nie so eine feierliche Beerdigung gesehen wie die Ihres Mannes, Frau Lanz. Aber wir alle würden uns wünschen, dass er noch ein wenig länger hätte leben dürfen.«

»Er litt doch nicht etwa an Epilepsie?«, fragte Thekla scharf.

Die Witwe sah sie verdattert an.»Natürlich nicht. Wie kommen Sie denn auf so etwas?«

Darauf hatte Thekla keine Antwort parat.

Hilde sprang ihr bei und tischte der Witwe auf, es habe Gerüchte darüber gegeben.

Während Hilde sich darüber ausließ, was Klatsch alles anrichten konnte, fragte sich Thekla erneut, wo Lanz die Zutaten für seinen Todestrank aufbewahrt und wo er ihn zusammengemischt hatte, falls nicht nur das Verteilen seine Aufgabe gewesen war. Könnte es nicht sein, dachte sie, dass es im Keller des Lanz'schen Hauses oder auf dem Speicher einen Raum gibt, den Lanz stets verschlossen hielt, weswegen Gerlinde Lanz auch nach dem Tod ihres Mannes nicht auf die Idee kam, ihn zu betreten?

Ohne lange darüber nachzudenken, beschloss sie, diese wenn auch wenig wahrscheinliche Möglichkeit zu überprüfen.

»... war nett, sich ein wenig mit Ihnen zu unterhalten und ...«, sagte Hilde soeben, was bedeutete, dass sich Thekla schleunigst etwas einfallen lassen musste, wenn sie noch zum Zug kommen wollte.

»Ach, Frau Lanz«, fiel sie Hilde, die offensichtlich noch einiges hinzufügen wollte, ins Wort, »ich wäre Ihnen wirklich dankbar, wenn Sie mich noch kurz Ihre Toilette benutzen ließen.«

Gerlinde Lanz wies auf die offen stehende Verandatür. »Durchs Wohnzimmer auf den Flur, dort die zweite Tür links.«

Thekla schritt den Kiesweg hinunter, umrundete vorsichtig die Pflanzkübel, wich der Putte und dem Delphin aus und trat ins

Haus. Kaum außer Sicht, begann sie zu rennen. Sie lief den Flur entlang und kam zu einer Treppe, die sowohl nach oben als auch nach unten führte.

Keller, entschied sie. Auf Speichern ist es im Sommer zu warm und im Winter zu kalt für eine Giftküche. Kellerräume lassen sich leichter klimatisieren.

Thekla hastete die Stufen hinunter und riss die erstbeste Tür auf. Waschmaschine, Trockner, Körbe für Schmutzwäsche. Sie machte kehrt, öffnete die nächste Tür und erblickte eine Art Saunalandschaft. Hinter der übernächsten befanden sich Heizkessel, Öltanks und ein ausgedienter Ofen. Im Raum gegenüber lagerten Autoreifen, ein Rasenmäher und diverse Gartengeräte. Weiter den Gang hinunter gab es noch einen Hauswirtschaftsraum mit Kühltruhe, Regalen voller Marmeladengläser, Brotbackautomat, Römertopf, Steingutkrug. Nichts Verdächtiges, alles harmlos.

Aus, dachte sie, als sie die Tür hinter sich schloss. Sonstige Türen gibt es hier nicht.

Der gesamte Keller hatte sich als geräumig und übersichtlich erwiesen, nirgends waren ihr Winkel oder Nischen aufgefallen, in denen sich eine verschwiegene Tür zu einer Giftküche verbergen hätte können.

Die Zeit, die man für einmal pinkeln benötigen sollte, war längst um.

Thekla lief hastig die Treppe hinauf, mäßigte jedoch im oberen Flur das Tempo, um nicht völlig außer Atem bei den draußen Wartenden anzukommen. Nach einigen langsamen Schritten blieb ihr Blick an einem ordentlich beschrifteten, gut bestückten Schlüsselbrett hängen. Die Angaben über den Haken lauteten: »Haustür«, »Haustür«, »Garage«, »Garage«, »Zaungatter«, »Keller außen«, »Keller innen«, »Gewächshaus«, »Lagerhalle«.

Lagerhalle?

Thekla nahm den Schlüssel vom Brett und begutachtete ihn. Er war für ein Sicherheitsschloss gemacht. Doch nirgends auf dem Lanz'schen Grundstück befand sich etwas, das nach Lagerhalle aussah.

Aber es muss sie geben, überlegte Thekla, und sie scheint viel benutzt zu werden, sonst hinge der Schlüssel nicht griffbereit am Bord.

Eine Minute noch, sagte sie sich, schoss die Treppe hinauf und presste die Nase an eine Fensterscheibe im oberen Flur, von wo aus sie einen guten Blick über die Moosbachschleife hatte. In einiger Entfernung glänzte ein lang gestrecktes, silberfarbenes Dach.

Während Thekla die Treppe wieder hinuntereilte, versuchte sie sich zu vergegenwärtigen, wo genau sich die zu dem Dach gehörige Halle befand und wie man auf dem kürzesten Weg dorthin kam. Nach einigem Grübeln hatte sie es.

Unterhalb der Zufahrt zum Lanz'schen Anwesen, kurz vor der Hauptstraße, bog ein Feldweg ab, der die Moosbachschleife wie eine Sekante schnitt. Er führte am vormaligen Schuttplatz vorbei, wo Thekla das Dach der Halle gesehen hatte, in Richtung Moosgasse, und sie hätte wetten mögen, dass er direkt auf Meilers Haus zuhielt.

Ohne zu zaudern, steckte sie den Schlüssel in die Hosentasche, bevor sie durchs Wohnzimmer auf die Terrasse hinausging.

»Sie können an der Moosbachschleife entlang zurück nach Granzbach laufen«, sagte Gerlinde Lanz gerade. »Sie können aber auch den Trampelpfad hier nehmen, der auf einen Feldweg trifft, auf dem Sie zum Beginn der Moosgasse kommen, von wo aus es nicht mehr weit zum Granzbacher Dorfplatz ist.«

»Wir nehmen den Trampelpfad«, entschied Thekla und erntete dafür einen erstaunten Blick von Hilde.

Wally quälte sich noch den Pfad entlang, als Thekla bereits das Tor der Lagerhalle aufschloss. Hilde befand sich zwar schon auf dem Feldweg, war aber noch etwa fünfzig Meter weit von dem Gebäude entfernt.

Während der Torflügel aufschwang, registrierte Thekla etliche Ölflecken auf dem geteerten Geviert davor, nahm sich jedoch keine Zeit, sie näher zu inspizieren, sondern schritt forsch in die Halle.

Dort weiteten sich ihre Augen.

Die Halle diente als Sarg- und Urnenlager. Teils ineinander geschichtet, teils einzeln – komplett montiert samt Griffen und

Zierleisten – standen reihenweise Särge auf niedrigen Sockeln aus Holzbohlen.

Als Thekla den Blick hob, entdeckte sie breite Borde, die an den Wänden entlangliefen und mit Kisten und Kartons bestückt waren. Sie trugen Bezeichnungen wie »Pietätsartikel Seiffenberger«, »Sargausstattung Müllinger« und so weiter.

Ihr Blick wanderte an den Borden entlang, bis er am Ende des Raumes an einem schmalen Durchgang hängen blieb, der offenbar in eine Nebenkammer führte.

Thekla setzte sich in Bewegung.

Während sie sich zwischen einem Mahagonisarg und einer Tannentruhe durchschlängelte, streifte sie kurz ein irritierender Gedanke, der die Frage aufwarf, weshalb ihr Hilde eigentlich noch nicht nachgekommen war. Doch sie schenkte ihm keine Beachtung, sah sich nicht einmal um, hielt stattdessen beharrlich auf den Durchgang zu, als zöge er sie magisch an.

»Hab ich es doch geahnt«, entschlüpfte es ihr, denn dahinter befanden sich stapelweise Flaschenträger. Einige waren mit vollen Flaschen bestückt, die meisten enthielten leere.

Es handelte sich durchgehend um solche Sinalcoflaschen, wie Hilde und Wally sie beschrieben hatten und wie Thekla selbst sie bei den Zankls mitgenommen hatte.

An der Stirnseite des Kabuffs befanden sich ein länglicher Tisch und ein kleiner Kühlschrank.

Thekla sah Pipetten herumliegen, Flaschenverschlüsse, unbeschriftete Etiketten, Arztrezepte und irgendwelche Listen. Sie dachte an das Sarglager, das sie eben durchquert hatte, und Stück für Stück fügte sich in ihrem Kopf ein Bild zusammen.

Der Herr dieser Lagerhalle musste Oskar Pfeffer sein. Sie diente ihm offenbar als Stützpunkt, als Depot – und als Giftküche.

Thekla vergegenwärtigte sich, dass der Ort ziemlich genau in der Mitte zwischen Meilers Haus und dem von Lanz lag, und sie begriff nun, welchen Zweck das hatte.

Oskar Pfeffer war Meilers Großabnehmer. Peu à peu und im Verborgenen hatte er Meilers Birnensaft an Lanz weitergeliefert – präparierte oder unpräparierte Flaschen, je nachdem.

Oskar Pfeffer.

War er derjenige, der sich Barbiturate verschreiben lassen konnte, weil er von Kind an unter Epilepsie litt? War er derjenige, von dem Elisabeth und die Angestellte im Apothekencenter gesprochen hatten? War Oskar Pfeffer Meilers Halbbruder? Und war Oskar derjenige, der in Abwesenheit des Dichters dessen Frau besucht hatte, nachdem sie Maibier den Laufpass gegeben hatte?

Ist Oskar Pfeffer ein Verbrecher oder verdächtige ich ihn zu Unrecht?, fragte sich Thekla.

Vom Sarglager nebenan drang plötzlich das Geräusch eiliger Schritte an ihr Ohr.

Hilde, na endlich, dachte Thekla. Jetzt wird sie gleich staunen.

Als sie wenige Augenblicke später ein Scharren hinter sich hörte, machte sie sich gar nicht erst die Mühe, sich umzudrehen. »Ich denke, ich habe gefunden, wonach wir gesucht haben, Hilde.«

»Offensichtlich«, antwortete eine Männerstimme.

Thekla wirbelte herum.

»Und damit haben Sie sich um Kopf und Kragen gebracht, Frau Stein«, sagte Oskar Pfeffer.

»Hilde?« Thekla reckte den Hals, als erwarte sie, Hilde hinter Pfeffer auftauchen zu sehen.

Der deutete ein Grinsen an. »Die liegt ordentlich verschnürt im Laderaum meines neuen Transporters – ein außerordentlich elegantes Fahrzeug, nebenbei bemerkt.«

Thekla konnte gerade noch innehalten, bevor ihr die Frage nach Wally über die Lippen kam.

Er könnte sie verfehlt haben, überlegte sie. Falls Wally noch nicht auf den Feldweg eingebogen war, als Pfeffer ihn entlangfuhr, hat er sie womöglich nicht gesehen.

Unbewusst warf sie einen Blick aus dem einem Bullauge recht ähnlichen Fenster, neben dem sie stand, und schrak zusammen. Denn vor diesem Bullauge hing Wallys Gesicht.

Thekla hob hastig die rechte Hand und machte damit Bewegungen, als müsse sie eine Fliege verscheuchen. Dann sah sie Oskar Pfeffer herausfordernd an und sagte sehr laut und sehr deutlich: »Sie haben all diese alten, kranken Menschen auf dem Gewissen.«

Pfeffer winkte bloß ab. »Die wären doch sowieso bald gestorben. Wir haben sie nur von ihrem Leiden erlöst.«

»Sie haben Lanz als Handlanger benutzt«, warf ihm Thekla vor.
Doch Pfeffer konterte: »Falsch, Frau Stein. Ganz falsch. Lanz
war derjenige, der sich als Herr über Leben und Tod sah.« Gedankenvoll strich er sich eine Haarsträhne aus der Stirn. »Hermann
Lanz hielt sich für einen göttlichen Dichter, einen großen Philosophen, einen, dem es erlaubt ist, das Schicksal zu lenken. Er hat es
zutiefst genossen, den Zeitpunkt des Todes jener alten Menschen
bestimmen zu können.«

»Und welche Rolle haben Sie gespielt?«, fragte Thekla vernehmlich.

»Ich war sein Schüler«, antwortete Pfeffer prosaisch. Doch in
seiner Stimme klang leiser Spott.

»Sie hielten Lanz für einen Trottel«, konstatierte Thekla.
»Warum haben Sie ihm zugearbeitet?«

Pfeffer grinste. »Es hat sich in barer Münze ausgezahlt. Lanz ließ
sich die Spezialmischungen, die ich ihm liefern konnte, schön was
kosten. Zudem gab es oft Boni. Viele der alten Leute, manchmal
auch ihre Angehörigen, bedankten sich bei Lanz mit Geschenken
für seine Besuche. Und es kam durchaus vor, dass sie etwas weggaben, das wertvoller war, als sie ahnten.« Er grinste breiter. »Kurz
vor seinem Tod bekam er eine kleine Münzsammlung geschenkt,
die mir zweitausend Euro einbrachte. Vor einiger Zeit war es ein
Briefmarkenalbum – dreitausend Euro unter Philatelisten.«

Thekla musste nicht fragen, warum er die Kuh geschlachtet
habe, anstatt sie weiterhin zu melken, denn die Antwort lag auf
der Hand. »Eines Tages haben Sie beschlossen, sich nicht mehr
mit Lanz' Brosamen zu begnügen, sondern den ganzen Kuchen
zu schlucken.«

Pfeffer schien amüsiert. »Nette Metapher. Es wurde einfach
Zeit, die Sache zu beenden. Rudolf Westhöll wirkte immer so
grüblerisch, wenn er von der Versorgung eines unserer Opfer
zurückkam. Irgendwann wäre alles aufgeflogen. Lanz musste weg.
Er hätte nie freiwillig Schluss gemacht.«

»Und sein Tod brachte Ihnen den ganz großen Bonus«, sagte
Thekla. »Nämlich seine Witwe, eine sprudelnde Geldquelle.«

»Sie war nicht schwer zu erobern«, versicherte ihr Pfeffer beiläufig, während er einen Schritt auf sie zutrat. »Wollen wir?«

Einen Moment lang wusste Thekla nicht, was er damit meinte, und sah ihn verdutzt an.

»Sie und Hilde Westhöll hätten meine Warnungen beherzigen sollen«, erklärte Pfeffer. »Die gute Frau Maibier war offensichtlich klüger.«

Thekla versuchte, ihre Erleichterung zu verbergen. Pfeffer ahnte nicht, dass Wally mit von der Partie war.

Indessen sprach er weiter. »Sie wird sehr traurig sein, wenn sie vom Ableben ihrer beiden Freundinnen erfährt.«

»Mein Bruder …«, begann Thekla.

Pfeffer hob eine Augenbraue, als wäre er ungemein interessiert an dem, was sie zu sagen hatte.

»Er weiß —«

Pfeffer unterbrach sie lachend. »Martin Stein weiß gar nichts. Ich habe erst vor einer halben Stunde mit ihm gesprochen. Außerdem ist er sehr beschäftigt. In Moosbach scheint die Darmgrippe zu grassieren. Die Ladenglocke steht keinen Augenblick still.« Er sah sie abwägend an, bevor er erklärte: »Meine liebe Frau Stein, Sie werden jetzt gemeinsam mit Ihrer Freundin Hilde und mir einen kleinen Ausflug ans Wasser machen, von dem Sie beide aber leider nicht mehr zurückkehren werden.«

Zeit, schoss es Thekla durch den Kopf, ich muss so viel Zeit als möglich gewinnen. Vielleicht hat Wally kapiert, was sich hier abspielt, und ist gescheit genug, Hilfe zu holen.

Himmelmutter, dachte sie bar jeder Ironie, lass Wally die Polizei alarmieren!

Im Plauderton sagte sie zu Pfeffer: »Weshalb wollten Sie denn eigentlich auch Lore in den Tod schicken?«

Er schien erstaunt. »Wer sagt denn …?«

Theklas Antwort kam, noch bevor er zu Ende gesprochen hatte. »Der Ölfleck. Als Sie Lore aufgelauert haben, hatten Sie ja Ihren neuen Transporter noch nicht. Der alte war aber wohl schon so marode, dass er Öl verlor, wie man an den Pfützen vor der Halle erkennen kann.«

Pfeffer hob spöttisch eine Augenbraue. »Nicht schlecht kombiniert.«

»Wie haben Sie es geschafft?«, fragte Thekla und dankte Wallys

Himmelmutter dafür, dass sich Pfeffer auf ein Gespräch mit ihr einließ. »Dass es keine Lackspuren an Lores Rad gab, meine ich?« Pfeffer schien einen Moment lang irritiert, dann sagte er: »Das Fahrzeug war gar nicht beteiligt. Ich hatte es nur abgestellt.« Damit hatte Thekla nicht gerechnet. »Sie müssen doch Lore mit Ihrem Wagen gerammt haben, wie sonst hätten Sie den Unfall herbeiführen können?«

»Das ist eine recht dumme Spekulation«, entgegnete Pfeffer. »Die Spurenlage wäre doch eindeutig gewesen.« Theklas verständnislose Miene brachte ihn wieder zum Lachen. »Es war geradezu lächerlich einfach. Ein dünnes Seil quer über der Fahrbahn, im richtigen Augenblick straff gespannt, lässt sogar Radprofis Saltos schlagen.«

»Aber warum?«, stöhnte Thekla, während sie daran dachte, wie groß die Gefahr war, dass Lore nie wieder aufwachen würde.

»Na, warum wohl?«, äffte Pfeffer sie nach. »Weil Lore genauso eine Schnüffelnase war wie Sie. Lore hat zwar nicht die Dreistigkeit besessen, den Schlüssel zu klauen und einfach hereinzuspazieren, aber sie ist draußen lange genug von Fenster zu Fenster geschlichen, dass sie sich vermutlich ein höchst aufschlussreiches Bild machen konnte. Anschließend ist sie auch noch nach Moosbach geradelt und hat Martin vorgeflunkert, ich hätte sie geschickt, das für mich bestellte Luminal abzuholen.«

Stimmt, dachte Thekla. Lore kam an diesem Tag von Moosbach her und nicht wie sonst aus der anderen Richtung. Und Hilde hat recht gehabt, Lores Unfall war in Wirklichkeit ein Mordversuch. Sie hatte sterben sollen, weil sie zu viel wusste. Im Gegensatz zu uns hat Lore anscheinend sogar herausbekommen, wo Oskar Pfeffer das Luminal … Ihre Gedanken schlugen Purzelbäume, als ihr zu Bewusstsein kam, was Pfeffer soeben von sich gegeben hatte: »… nach Moosbach geradelt und Martin vorgeflunkert …«

Thekla machte ein derart verblüfftes Gesicht, dass Pfeffer jetzt lauthals herauslachte. »Wusste ich es doch, dass auf Martin Verlass ist.«

Himmelherrgott noch mal, fluchte Thekla stumm, der Kerl hat die Barbiturate aus unserer Apotheke bezogen. Und ich habe nicht das Geringste davon gemerkt.

Wie auch? Bei ihrem Versuch, Einsicht in die Unterlagen der Apotheke zu nehmen, war sie auf unlösbare Probleme gestoßen.

Martin war für Buchhaltung und Bestellungen der Apotheke zuständig, und beides erledigte er mit Hilfe eines Computerprogramms, das für sie ein Buch mit sieben Siegeln war. Frustriert hatte sie ihre Ermittlungen in den Akten der Stein'schen Apotheke abgebrochen. Ein schwerer Fehler, wie sich jetzt herausstellte.

»Jetzt wollen wir aber«, sagte Oskar Pfeffer nun ernst. Ansatzlos versetzte er Thekla einen Schlag gegen die Schläfe und nützte ihre daraus resultierende momentane Orientierungslosigkeit, um sie herumzudrehen und gegen die Wand zu pressen. Im nächsten Moment spürte Thekla, wie ihre Handgelenke im Rücken zusammengebunden wurden. Eigenartigerweise fühlte sich die Fessel so weich und flauschig an, als wäre sie aus Plüsch.

Dann packte Pfeffer sie bei den Schultern und stieß sie vom Nebenraum in die Halle. »Unser erstes Ziel ist der Transporter. Ich muss doch nicht etwa nachhelfen?«

In der Hoffnung, Pfeffers Vorhaben hinauszuzögern, machte Thekla ganz kleine, zaghafte Schritte.

Wie ließe sich bloß noch mehr Zeit gewinnen?

Panik drohte sie zu überrollen. Was zum Henker war aus Wally geworden? War sie unterwegs, um Hilfe zu holen, oder hatte sie sich unter dem Fenster zusammengekauert, unfähig, einen einzigen Schritt zu tun?

Wie auch immer, Zeit zu schinden war Theklas einzige Option.

Sie wandte sich um und schaute zum Durchgang zurück, aus dem einer der Flaschenträger ein Stück weit hervorragte. Der Anblick der Sinalcofläschchen gab ihr eine Frage ein, die Pfeffer vielleicht ablenken und zu weiteren Mitteilungen veranlassen würde.

»Wusste eigentlich Ihr Bruder, wozu sein viel gerühmter Birnensaft missbraucht wurde?«

»Deshalb sitzt er ja im Gefängnis«, antwortete Pfeffer trocken und amüsierte sich daraufhin erneut über Theklas Verblüffung.

»Aber er ist doch wegen Mordes an seiner Frau verurteilt worden«, erwiderte sie verwirrt.

»Unschuldig in diesem Fall.«

»Unschuldig«, wiederholte Thekla verständnislos. »Wieso unschuldig?«

Pfeffer ließ sich tatsächlich zu einer Erklärung herbei.

Meiler, erfuhr Thekla, war irgendwann dahintergekommen, was sein Halbbruder mit einem Teil des Birnensafts anstellte, den er in großen Mengen von ihm bezog.

»Alf hat gezetert, gedroht und gebettelt«, sagte Oskar Pfeffer. »Aber er hat mich weiterbeliefert und kein Wort über die ganze Sache nach außen dringen lassen, weil ich ihm drastisch klargemacht habe, dass es ihm schlecht bekommen würde, nicht zu spuren.«

Aber Meiler hatte eines Abends den Fehler gemacht, seiner Frau Ulrike von Oskars Machenschaften zu erzählen. Als die tags darauf – Alf befand sich in der Garage und reparierte einen Wäschetrockner – Oskar auf den Kopf zusagte, sie würde ihn anzeigen, war ihm sofort klar, dass ihr der Mund ein für alle Mal gestopft werden musste, denn Ulrike war ein anderes Kaliber als sein Halbbruder.

Oskar tat reuig, sagte, er würde sich der Polizei stellen, schenkte ihr und sich Birnensaft ein, wartete auf einen Moment, in dem sie ihm den Rücken zukehrte, und schüttete eine üppige Dosis Luminal in ihr Glas.

Eine halbe Stunde später schlief sie tief. Oskar verstand genug von Elektrotechnik, um seine Schwägerin an einen Stromkreis anschließen zu können. Das nötige Material dafür war ja zur Hand.

»Sie sind es gewesen«, keuchte Thekla. »Und Ihr Bruder …«

Ein Stoß in ihren Rücken ließ sie vorwärtstaumeln.

»Ich hätte selbst nicht gedacht, dass es so leicht sein würde, meinen Kopf aus der Schlinge zu ziehen«, sagte Pfeffer. »Aber ausgerechnet Alf hat dafür gesorgt, dass es einfacher nicht hätte sein können. Ulrike war noch keine fünf Minuten tot, da kam mein Bruder herein. Er stürzte sich auf sie, riss ihr die Kontakte ab und versuchte, sie wiederzubeleben. Irgendwann musste er jedoch einsehen, dass er sie nicht zurückholen konnte, und fing an zu heulen. Währenddessen hatte ich Zeit, die ganze Sache ins rechte Licht zu rücken. Ich brachte das benutzte Material – das von Alfs Fingerabdrücken nur so strotzte – in den Keller und verstaute es dort. Als ich wieder nach oben kam, kniete Alf, der

Schlappschwanz, immer noch heulend neben der Toten. Ich musste ihn nicht einmal besonders unter Druck setzen, um ihn von einer Anzeige abzuhalten. Er war völlig willenlos. Als später ans Licht kam, dass Ulrike ermordet worden war und man in Alfs Keller die nötigen Beweisstücke mit seinen Fingerabdrücken darauf fand, ließ er sich wortlos abführen.«

Pfeffer gab Thekla erneut einen Stoß. »Und jetzt sollten wir uns ein wenig beeilen, Frau Stein.«

Derselbe Tag

Gleichzeitig, ganz in der Nähe

Wally interpretierte die Geste richtig und verstand, dass sie schleunigst aus Theklas Sichtfeld zu verschwinden hatte. Geistesgegenwärtig trat sie einen Schritt zur Seite und drückte sich neben der Fensterluke, die einen Spaltbreit geöffnet war, mit dem Rücken an die Wand.

So stand sie da und hörte wie gelähmt zu, was Thekla und Oskar Pfeffer miteinander redeten, bis Pfeffer das erste Mal »Wollen wir?« sagte. In diesem Moment rutschte Wally die Wand entlang abwärts bis zum Boden, wo sie in der Hocke verharrte. Aber auch in dieser Position konnte sie dem Gespräch zwischen Thekla und Pfeffer noch recht gut folgen, und ganz allmählich formten sich elementare Erkenntnisse in ihrem Hirn:

Hinter der Wand, an der sie lehnte, befand sich Thekla zusammen mit einem Mörder, der vorhatte, sie umzubringen. Hilde war im Fahrzeug dieses Mörders eingeschlossen – ob tot oder lebendig, war ungeklärt. Und wenn sie, Wally, nicht bald etwas Zweckdienliches unternahm, würde der Mörder sie ebenfalls entdecken und …

An dieser Stelle der Liste kam Wally zu dem Fazit, dass sie Hilfe holen musste, und zwar schnell: am besten telefonisch über die Notfallnummer 112.

Genau so eine Situation muss der Sepp gemeint haben, dachte sie, als er mir vor ein paar Jahren das Handy gekauft und sich wirklich Mühe gegeben hat, mir beizubringen, wie man es benutzt. »Das Ding ist für Notfälle«, hat er gesagt. »In einem Notfall kann ein Handy lebensrettend sein.«

Sepp Maibier hatte seiner Frau damals aufgetragen, das Mobiltelefon überallhin mitzunehmen. Wally hatte seine Anweisung gehorsam befolgt, und seitdem steckte es immer in ihrer Handtasche.

Die Handtasche befand sich allerdings in Hildes Wagen, der auf dem Granzbacher Dorfplatz stand, wo sie in Theklas Auto umgestiegen waren.

Mit dem Handy hätte ich anrufen können, dachte Wally und ließ entmutigt den Kopf auf die Brust sinken. »Früher gab es an jeder Ecke eine Telefonzelle«, murmelte sie vorwurfsvoll. Daraufhin sah sie sich suchend um, als erwarte sie, irgendwo eine aus dem Boden wachsen zu sehen. Stattdessen entdeckte sie in einiger Entfernung das Lanz'sche Anwesen.

Der Anblick brachte Wally auf die Beine. Die nette Witwe würde sie in ihrem Haus aufnehmen, würde sie telefonieren lassen, würde ihr Trost und Zuspruch und Unterschlupf gewähren.

Aber um all das zu erlangen, sagte sich Wally, musst du ein schönes Stück laufen – über den Feldweg und den Trampelpfad zurück bis an die Rückseite des Grundstücks. Und denk daran: Dabei darfst du dich keinesfalls vom Mörder erwischen lassen.

Wally holte tief Luft und stieß sich widerstrebend von der Wand ab, die ihr wenigstens ein bisschen Schutz gewährt hatte. Gebückt schlich sie an der Hallenwand entlang, setzte ihre Schritte so leise sie es vermochte. An der Ecke atmete sie erneut tief ein und stürmte dann im Galopp auf den Feldweg zu. Sie erreichte ihn ungeschoren, wenn auch komplett außer Puste.

Dessen ungeachtet rannte sie weiter, bog keuchend in den Trampelpfad ein, betrat heftig nach Luft ringend den Kiesweg, der zur Veranda führte.

Sie beabsichtigte, einfach an die Terrassentür zu klopfen, die, wie von Weitem zu erkennen war, noch offen stand, denn damit ersparte sie es sich, ums halbe Haus herum zur Vordertür zu laufen, wo sich die Klingel befand.

Als sie sich gerade an dem bronzefarbenen Delphin vorbeizwängte und die Hand bereits erhoben hatte, um sich bemerkbar zu machen, hörte sie drinnen jemanden den Namen ihres Mannes nennen. Wally zuckte zurück. Himmelmutter, was geht denn da vor? Sie versuchte, weitere Worte zu verstehen, was unmöglich war, weil es in ihrem Kopf plötzlich pochte und rauschte wie in einem Autobahntunnel. Erst nach einigen Minuten ebbte das Geräusch ab, sodass sie mithören konnte.

»… haben Sie und Ihr verstorbener Mann Birnensaft verschenkt«, sagte eine männliche Stimme, die Wally nicht kannte.

»Ja, natürlich«, antwortete Gerlinde Lanz. »Es handelt sich dabei um eine ganz besondere Köstlichkeit.«

Wally sank auf die Knie und konnte eine Weile nichts anderes denken, als dass sie das Wort »Birnensaft« in ihrem ganzen Leben nicht mehr hören wollte.

Inzwischen setzten Gerlinde Lanz und ihr Besucher ihre Unterhaltung fort. Wally schreckte auf, als der Fremde plötzlich wieder den Namen ihres Mannes nannte.

»Schreinerarbeiten«, sagte der Mann höhnisch. »Maibier ist oft ganze Nachmittage hier gewesen, ohne auch nur einen Nagel mitgebracht zu haben. Und er ist erstaunlicherweise immer nur dann erschienen, wenn Ihr Mann aus dem Haus war, Frau Lanz.«

Die Witwe gab keine Antwort, und der Fremde fuhr fort: »Die Besuche sind allerdings kurz vor dem Tod Ihres Mannes seltener und vor allem kürzer geworden. Haben Sie einen neuen Liebhaber, Frau Lanz?«

Wally rang nach Luft. Sie musste sich an den Delphin klammern, um nicht vornüberzukippen und mit dem Kopf auf dem gefliesten Boden aufzuschlagen.

»Das geht Sie nichts an«, antwortete die Witwe dem Fremden scharf.

»Sie haben recht«, erwiderte der. »Aber vielleicht interessiert sich die Polizei dafür, weshalb Maibier zusammengeschlagen wurde und vor allem von wem.«

»Er hat es nicht wahrhaben wollen, dass unsere Affäre zu Ende ist«, sagte Gerlinde Lanz.

»Da hat Ihr neuer Liebhaber dafür gesorgt, dass Maibier einen Denkzettel bekam«, sagte der Mann. »Hat er ihm das Veilchen selbst verpasst, oder hat er irgendwo ein paar Typen angeheuert, die es für ihn besorgten?«

Wieder schwieg Gerlinde Lanz, und die männliche Stimme fuhr fort: »Hat eventuell der neue Liebhaber nicht nur Maibier aus dem Feld geschlagen, sondern auch Ihren Ehemann umgebracht?«

Wally hörte die Witwe nach Luft schnappen. »Warum sollte er das tun? Hermann und ich hatten schon lange ein Abkommen. Er hat meine Affären toleriert, solange ich diskret vorging und es nicht zu weit trieb.«

»Verstehe«, ließ sich die Männerstimme hören. »Aber Oskar Pfeffer war kein Liebhaber, der sich mit nachmittäglichen Schäferstündchen zufriedengeben wollte. Er hatte Sie fest im Griff, Frau Lanz. So fest, dass Sie ihm samt Haus und Hof und samt der Lebensversicherung Ihres Mannes in den Schoß fallen würden, sobald dieser zu Grabe getragen war.«

Der Name Oskar Pfeffer hatte sich wie ein Pfeil in Wallys Hirn gebohrt. Sie packte die Schwanzflosse des Delphins, zog sich daran hoch und stolperte durch die Verandatür.

»Er hat Thekla in seiner Gewalt. Er will sie umbringen!«, rief sie schwer atmend.

Der Fremde war aufgesprungen und kam ihr entgegen. Und auf einmal erkannte sie ihn. Thekla, Hilde und sie waren eines Mittwochnachmittags vor dem Café Krönner mit ihm zusammengetroffen. An seinen Namen konnte sich Wally zwar nicht erinnern, aber der Mann war ihr damals ruhig, besonnen und sympathisch erschienen.

Doch jetzt bombardierte er sie mit Fragen.

»Was hat der Kerl vor? Wohin will er mit Thekla? Was genau hat er gesagt?«

Wally dachte intensiv darüber nach, und es gelang ihr, beinahe wortgetreu zu wiederholen, was Pfeffer gesagt hatte: »Sie, Frau Stein, werden gemeinsam mit Ihrer Freundin Hilde Westhöll und mir einen kleinen Ausflug ans Wasser machen, von dem Sie aber leider nicht mehr zurückkehren werden.«

Der Mann presste die Fingerkuppen an die Stirn. »An welches Wasser will er sie denn bringen? An den Moosbach?«

»Herr Held«, meldete sich Gerlinde Lanz, wodurch sie Wally endlich auf den Namen brachte, »Oskar ist in letzter Zeit oft zu dem Badesee am Steinbruch gefahren.«

Heinrich Held stürzte bereits zur Tür.

»Ich«, begann Wally, war jedoch gescheit genug, sich den Atem für das »komme mit« zu sparen und stattdessen hinter ihm her zu rennen. Sicherlich hätte sie keine Chance gehabt, ihn einzuholen, wenn Held sich nicht noch einmal umgedreht und der Witwe zugerufen hätte, sie solle die Polizei verständigen.

Wally riss die Beifahrertür auf und warf sich in Heinrich Helds

Auto. Keine Sekunde später heulte der Motor auf. Der Wagen schoss die Zufahrt hinunter zur Hauptstraße. Dort trat Held auf die Bremse, schien unsicher, in welche Richtung er fahren sollte. »Rechts!«, rief Wally. Von irgendwo da rechts vorn müsste die Stichstraße zum See führen.

Theklas Wagen stand noch am Seeufer vor der Holzplanke, dahinter parkte Pfeffers neuer Transporter. Bevor Wally auch nur die Beine hinausschwingen konnte, war Heinrich Held schon aus dem Auto gesprungen und ein Stück am Ufer entlanggelaufen. Wally beeilte sich, auszusteigen, und mühte sich vergeblich ab, ihm zu folgen. Plötzlich blieb Held stehen, brachte eine Pistole zum Vorschein und zielte damit auf die Felsen des ehemaligen Steinbruchs, die schräg gegenüber lagen.

Erst als Wallys Blick den Lauf der Waffe entlang und dann noch ein gutes Stück darüber hinaus geglitten war, entdeckte sie Oskar Pfeffer, der, beide Arme um Thekla geklammert, auf der obersten Kante des Felsabbruchs stand.

Im nächsten Augenblick hörte sie Pfeffer lachen. »Lass gut sein, alter Mann. Die Distanz ist viel zu groß. Und selbst wenn nicht, du würdest allenfalls sie treffen.«

Wally registrierte, dass er Thekla vor seinen Körper geschoben hatte wie einen Schild.

Aber wo steckt Hilde?, blitzte eine Frage in ihrem Kopf auf. Die naheliegende Antwort darauf ließ sie zu den Autos zurückhasten. Beherzt trat sie an die Hecktür des Transporters und klappte einen der beiden Flügel auf.

Hildes Augen funkelten ihr entgegen.

Pfeffer hatte ihr einen Knebel verpasst und sie mit schmalen Gurten an einer Art Planke festgebunden, die linkerhand im Laderaum entlanglief.

Wallys von vielen Bastelarbeiten trainierte Finger lösten die Knoten im Handumdrehen.

Als Hilde aus dem Laderaum krabbelte, rief Pfeffer gerade: »Ich werde jetzt dein Liebchen hinunterstoßen, und dann werde ich mich um dich kümmern, Alter.«

Welches Liebchen?, fragte sich Wally, hatte jedoch keine Zeit, über eine Antwort darauf nachzudenken, denn verwundert nahm sie wahr, wie Hilde die Felswand taxierte, sich abrupt in Marsch setzte und kurz darauf verschwand.

Wally selbst stand nach wie vor neben dem Transporter und starrte auf die Büsche am Rande des Felsaufbaus, die Hilde verschluckt hatten.

Von einer aufkommenden Brise verzerrt, drang Heinrich Helds Stimme an ihr Ohr: »Geben Sie auf, Pfeffer!« Es klang gequält, als würde er mit glühenden Eisen gefoltert. »Geben Sie auf. Die Polizei ist längst alarmiert. Theklas Tod bringt Ihnen überhaupt nichts.«

Erneut lachte Pfeffer. »Die Polizei, so, so.«

Gleich darauf begann er zu schwanken.

»Thekla!«, schrie Held so laut, dass Wally vor Schreck einen Sprung rückwärts machte. »Stoß ihn weg von dir, stoß ihn weg!«

Daraufhin ging alles so schnell, dass Wally kaum mitkam.

Thekla war plötzlich nicht mehr zu sehen, Schüsse fielen, Steine prasselten, etwas Schweres platschte in den See, Wasser spritzte auf.

Nach einiger Zeit erschien weit hinter der Felskante Hildes Kopf. Wally kam es so vor, als würde sie sich suchend umsehen. Als sich ihr Blick ebenfalls auf Wanderschaft begab und irgendwann zu Heinrich Held gelangte, erkannte sie, dass er Hilde Zeichen machte und auf irgendetwas deutete, das sich anscheinend mitten in der Felswand befand.

Wally visierte die Felsen an und entdeckte Thekla.

In der Absicht, Pfeffer zu entkommen, hatte sie sich offenbar mit solcher Wucht zur Seite geworfen, dass sie ein gutes Stück nach rechts getaumelt war, wo sie hinfiel, jedoch nicht liegen blieb, sondern ins Rollen geriet. Thekla wäre mit Sicherheit in den Tod gestürzt, hätte sich die Fessel an ihren Handgelenken nicht an einem Felssporn oder einer Zacke verfangen und ihren Sturz gebremst.

»Himmelmutter«, stieß Wally aus, als sie erkannte, woran Theklas Leben hing. »Himmelmutter, lass das Band halten.«

Es handelte sich um ein breites schwarzes Samtband, wie man es bei Beerdigungen als Dekoration benutzte.

Plötzlich bemerkte Wally, dass sich an der Uferstelle, oberhalb der Thekla wie gekreuzigt in den Felsen hing, etwas rührte. Heinrich Held versuchte anscheinend, zu ihr hinaufzuklettern.

Wally schüttelte entsetzt den Kopf. Die Steinblöcke, die eine Art Treppe bildeten, waren ihrer Ansicht nach viel zu glatt und viel zu groß, als dass man sie hätte hinaufsteigen können. Angespannt beobachtete sie, wie Held versuchte, sich schmale Rinnen, Nischen und Verschneidungen zunutze zu machen, um auf den nächsten Absatz zu gelangen.

»Selbst wenn er es schafft, da hochzuklettern, alleine kann er Thekla nicht herausholen«, sagte Hilde, die auf einmal neben ihr stand.

»Du musst ihm helfen«, rief Wally. »Bitte hilf ihm. Wenn er dort hinaufklettern kann, dann schaffst du das auch, rank und schlank und sportlich wie du bist – und eisern«, fügte sie nach einer Pause fast ehrfürchtig hinzu.

Im selben Moment bemerkte sie voller Erstaunen Hildes Gesichtsausdruck. Wallys Augäpfel, die schon während des Eilmarsches von der Lagerhalle zum Lanz'schen Anwesens weit aus den Höhlen getreten waren, quollen noch stärker hervor. Derart betreten und verstört hatte sie Hilde noch nie erlebt. Wieso, um Himmels willen, stand sie tatenlos hier herum, anstatt zum gegenüberliegenden Ufer zu rennen und von dort gemeinsam mit Held zu Thekla hochzuklettern?

Bevor Wally zu einer Frage ansetzen konnte, gestand Hilde mit einem reumütigen Seufzen: »Keine drei Meter weit würde ich da hinaufkommen, denn sobald ich auch nur einen halben Meter irgendwo senkrecht hochsteige, beginnt die Welt um mich herum zu schwanken und zu kippen.«

»Aber du warst doch vorhin gerade –«, begann Wally.

Hilde ließ sie nicht ausreden. »Rückwärtig führt eine breite Schottertrasse auf die Felsen. Als ich oben war, bin ich weit genug vom Abbruch entfernt stehen geblieben, um zu vermeiden, dass mir schwindelig wurde.«

»Aber wie –«

Erneut kam Hilde Wallys Frage zuvor und sagte: »Ich habe Steine nach ihm geworfen.«

Wally schnappte nach Luft.

»Ich weiß, das war riskant«, gab Hilde zu, »aber es war auch die einzige Möglichkeit, ihn aus dem Konzept zu bringen.« Wallys Blick irrte wieder durch die Felswand, fand den sich abmühenden Heinrich und die schlaff dahängende Thekla. »Thekla hat sich noch nicht das kleinste bisschen bewegt«, sagte sie ängstlich. »Sie sieht furchtbar leblos aus.«

Hilde schluckte, dann sagte sie mit resoluter Stimme: »Thekla ist anscheinend klug genug, still zu halten, weil sie genau weiß, dass sie bei der kleinsten Gewichtsverlagerung abstürzen könnte.«

Heinrich Held war es inzwischen gelungen, zwei Felsstufen zu überwinden. Drei weitere trennten ihn noch von Thekla. Als er die nächste in Angriff nahm, rutschte er ab. Zwar fing er sich auf der darunterliegenden, landete jedoch auf den Knien und wischte sich Blut von der Stirn.

Wally hörte Hilde fluchen: »Kreuz–«, den Rest übertönte das Martinshorn.

»Himmelmutter«, sagte Wally, »das war aber wirklich höchste Zeit.«

Derselbe Tag

Zwei Stunden später an der gleichen Stelle

Hilde warf einen letzten bitterbösen Blick auf die Felswand, aus der man Thekla gerettet hatte.

»Die Himmelmutter hat es gut mit uns gemeint«, sagte Wally gerade, »und hat uns erfahrene Bergretter geschickt.«

»Das war der Polizeifunk«, antwortete Hilde trocken. »Und wenn Thekla nicht hyperventiliert und dann ohnmächtig geworden wäre, was sie daran hinderte, herumzuzappeln, hätten die nicht mehr viel zu retten gehabt. Zumal sie ja nicht gerade flink waren. Es hat schier ewig gedauert«, fügte sie grimmig hinzu, »bis sich einer von den Kerlen endlich von oben heruntergeseilt und Thekla an seinem Gurt festgemacht hatte.«

»Aber die Himmelmutter hat dafür gesorgt, dass alles gut ausgegangen ist«, sagte Wally voller Überzeugung. »Thekla ist so gut wie unverletzt geborgen worden, Herr Held konnte sich selbst in Sicherheit bringen, und Oskar Pfeffer, der so viel Unheil angerichtet hat, ist tot.«

Hilde fuhr wutschnaubend herum. »Warum hat denn deine ›Himmelmutter‹ nicht dafür gesorgt, dass alles gar nicht erst anfing?«

Darauf blieb Wally die Antwort schuldig, schaute aber drein, als wäre sie gebissen worden.

Bei Hilde regte sich ein Anflug von schlechtem Gewissen und veranlasste sie, darüber nachzudenken, weshalb sie eigentlich so zornig war. Wie Wally richtig gesagt hatte, war ja alles glimpflich ausgegangen. Thekla und Heinrich Held waren zwar, obgleich auf den ersten Blick nicht ernstlich verletzt, ins Straubinger Klinikum transportiert worden, würden aber nach Ansicht des Notarztes umgehend wieder entlassen werden.

Bevor Thekla auf einer Trage in den Krankenwagen geschoben wurde, hatte ihr Hilde noch zugesagt, sogleich mit dem Wagen, der noch immer am See parkte, zum Krankenhaus zu fahren, um sie dort abzuholen.

Hilde sah sich in ihren Gedankengängen abrupt gestört, als

Wally sie fragte: »Meinst du, Herr Held hat den Oskar Pfeffer glattweg erschossen?«

Hilde zuckte die Schultern. »Versucht hat er es jedenfalls. Aber womöglich war die Entfernung viel zu groß, als dass die Kugeln hätten treffen können. Es könnte aber auch sein, dass einer der Steine, mit denen ich nach ihm geworfen habe, Pfeffer so aus dem Gleichgewicht gebracht hat, dass er sich nicht mehr halten konnte und der Ruck, mit dem sich Thekla von ihm befreit hat, genügte, ihn über die Felskante zu befördern. Aber wir werden sicherlich bald Genaueres darüber erfahren. Die Zeitungen werden gar nicht mehr aufhören, über die Sache zu berichten und ganz bestimmt auch die genaue Todesursache bekannt geben, sobald der Gerichtsmediziner mit dem Kerl fertig ist.«

»Ich kann es einfach nicht fassen«, sagte Wally, »dass Oskar Pfeffer der armen Lore aufgelauert hat und sie umbringen wollte. Hast du nicht mal erwähnt, die beiden seien befreundet?«

Hilde gab ein Krächzen von sich, das ein Lachen hätte sein sollen. »Glaubst du, Mörder halten sich an Freundschaften?«

»Ich hätte geschworen, dass unser Getränkelieferant Lores Unfall verschuldet hat«, sprach Wally weiter, ohne auf Hildes Bemerkung einzugehen. »Das schlechte Gewissen war ihm damals richtiggehend anzusehen.«

»Ich glaube dir ja, dass er ein schlechtes Gewissen hatte«, erwiderte Hilde. »Aber bei der Ursache hast du dich getäuscht. Ihm ging es nicht um Lore, sondern um den Schutzpatron von Hinterkirchen. Hast du den Zeitungsartikel einen Tage später nicht gelesen? Unter ›Lokales‹ stand, dass am Mittwoch, dem 22. Juni – das war der Tag, an dem Lore verunglückt ist –, der heilige Dingsbums, der seit Jahrhunderten über Hinterkirchen wacht, von einem schweren Wagen gerammt wurde und in den Dorfteich gestürzt ist.«

Wally warf Hilde einen vorwurfsvollen Blick zu.

»Schon gut«, sagte Hilde schnell. »Aber ich weiß wirklich nicht, welcher Heilige dieses Kaff beschützt.«

Zwischen Hilde und Wally wurde es daraufhin eine Weile still, während beide gedankenversunken über den See schauten, an dessen Ufer sie noch immer standen.

Ein ganzes Stück von den Frauen entfernt startete Rudolf soeben den Motor des Leichenwagens und fuhr mit Oskar Pfeffer im Transportraum und Egon Pfeffer auf dem Beifahrersitz davon. Rudolf würde Oskar Pfeffer noch heute ins gerichtsmedizinische Institut nach München bringen, und Egon Pfeffer würde dieser Tage das Grab für seinen Cousin ausheben.

Hilde fragte sich, warum sie nie darauf gekommen war, Oskar Pfeffer zu verdächtigen. Lag es daran, dass er mit Egon Pfeffer verwandt war, den sie – trotz all seiner Wichtigtuerei – immer als integer eingeschätzt hatte? Hatte Egon aufgrund dieser verwandtschaftlichen Beziehung unwissentlich und ungewollt seinem Cousin zu einem honorigen Image verholfen?

Was sicherlich nicht seine Absicht war, dachte Hilde, als sie sich erinnerte, wie distanziert sich Rudolfs Gehilfe seinem Cousin gegenüber stets verhalten hatte.

Hat Egon, dieser Hemdfurzer, etwa geahnt – oder gar gewusst –, was sein Verwandter für eine Kanaille war?, überlegte sie. Hatte er eine tief sitzende Abneigung gegen ihn, die auch der Grund dafür war, dass die beiden privat offenbar kaum Kontakt hatten? Oder rührte Egons Aversion einfach daher, dass Oskar nach dem frühen Tod seiner Mutter vom Vater aufgenommen wurde, den Egon womöglich irgendwie dafür verantwortlich machte?

Aufgenommen, dachte Hilde, jedoch nicht adoptiert, weshalb er den Namen Pfeffer behielt, was uns dummerweise daran hinderte, ihn in den richtigen Kontext zu bringen.

»Er muss doch ständig Angst gehabt haben, dass Lore aufwacht und ihn verrät«, sagte Wally.

Hilde brauchte ein paar Sekunden, bevor ihr klar wurde, wovon Wally sprach.

Dann antwortete sie: »Das war wohl der Grund, weshalb er sich unentwegt nach ihrem Befinden erkundigt hat.«

»Meinst du, Lore wacht jemals wieder auf?«, sagte Wally.

Hilde brachte ein Lächeln zustande. »Ich denke, sie *ist* heute Mittag aufgewacht. Kurz bevor ich weggefahren bin, hatte Rudolf einen Anruf aus der Klinik. Daraufhin hat er sich in seinen Wagen gesetzt und ist mit einem Strahlen im Gesicht davongebraust.«

Die Schaulustigen, die sich im Kielwasser des Rettungsteams beim See eingefunden hatten, begannen sich allmählich zu zerstreuen. Die Bergwachtmänner hatten ihre Seile längst zusammengerollt, ihre Gurte und Karabiner eingepackt und waren verschwunden. Inzwischen schienen auch die Polizeibeamten zum Aufbruch bereit zu sein. Kameras wurden verstaut, Absperrbänder aufgewickelt. Ein Polizist in Uniform stieg in Oskar Pfeffers neuen Transporter, startete ihn und holperte auf die Straße zu.

Hilde sah ihm eine Weile versonnen nach, dann wandte sie sich an Wally. »Erzähl mir doch mal ganz genau, was du erlebt hast, während ich in dem Laderaum gefangen war.«

»Ihr seid so schnell gelaufen, du und Thekla«, begann Wally, »dass ich euch einfach nicht einholen konnte. Als ich endlich bei der Lagerhalle ankam, stand zwar die Tür offen, aber niemand war zu sehen.« Sie machte ein betretenes Gesicht. »Und allein habe ich mich nicht hineingetraut, weil da lauter Särge waren. Aber auf einmal habe ich Stimmen gehört, die aus dem rückwärtigen Teil der Halle zu kommen schienen. Weil ich euch natürlich da vermutete, wo die Stimmen herkamen, wollte ich auch dorthin, und deshalb bin ich draußen an der Wand entlanggegangen.«

Auf Wallys Stirn erschienen zwei senkrechte Falten, die von großer Konzentration zeugten und davon, dass sie sich alle Mühe gab, einen verständlichen, detailgenauen Bericht zu liefern. Es dauerte allerdings einige Zeit, bis er beendet war.

Hilde hatte die Hände zu Fäusten geballt. Ihr Mund war ein Strich. Die Sätze, die sie hervorstieß, muteten wie Sturmangriffe an. »Du hast also ewig lang gelauscht. Du hast mitbekommen, dass der Mörder Thekla in seiner Gewalt hatte. Du hast gewusst, dass ich im Transporter eingeschlossen war.« Ihre Stimme klang drohender als das Knurren eines tollwütigen Hundes. »Du hättest mich befreien können, du hättest die Tür der Halle abschließen können, sodass er Thekla nicht fortbringen konnte. Du hättest …«

Sie gab auf. Ließ die Arme sinken, mit denen sie vor Wallys Gesicht herumgefuchtelt hatte, schloss die Augen und bemühte sich, gleichmäßig zu atmen.

Was hatte es für einen Sinn, Wally Vorhaltungen zu machen? Was hatte es für einen Sinn, ihr Unvermögen und Begriffsstutzigkeit vorzuwerfen? Zumal doch alles gut gegangen war. Vielleicht wäre es ja auch gar keine gute Idee gewesen, Thekla und den Mörder in der Halle einzuschließen.

Hilde beruhigte sich und nahm sich vor, Wally nicht zu traktieren. Das besorgte Sepp Maibier ohnehin zur Genüge.

Sepp Maibier.

»Hatte dein Mann tatsächlich ein Verhältnis mit dieser Lanz?«

»Ich fürchte schon«, erwiderte Wally kleinlaut.

Hilde setzte soeben zu einer Antwort an, die Wally klarmachen sollte, was in solch einem Fall zu tun sei, da sah sie Wallys Blick.

Tu es nicht, bettelte er, verlang nicht von mir, mutig zu sein und gegen meinen Mann aufzumucken. Ich würde sowieso und in jedem Fall den Kürzeren ziehen.

Hilde knirschte innerlich mit den Zähnen, schaffte es, ihren Mund zu halten, und stieg in Theklas Wagen, weil sie ja irgendwann losfahren mussten.

Wally, dachte sie, wird schließlich selbst am besten wissen, wie sie ihr Leben leben will – und leben kann.

Würde sie auf eigenen Füßen stehen können? Wohl nicht.

Vielleicht, sagte sich Hilde, ist es ja tatsächlich am gescheitesten, wenn Wally weitermacht, als sei nichts geschehen. Sepp Maibier bedeutet Sicherheit für sie. Als seine Ehefrau kennt sie keine finanziellen Sorgen, wird stets behütet – richtiger gesagt, bewacht, aber wer will schon pingelig sein. Sie kann sich tagaus, tagein ihren Lieblingsbeschäftigungen widmen: Haus und Garten dekorieren, Cremetorten backen, Golden Oldies auf Bayern 1 hören und ihrer Mutter Gedichte von Hermann Lanz vor ...

Nein, das nicht mehr, rief Hilde ihre Gedanken zurück. Wallys Mutter ist schon seit gut zwei Wochen tot – ermordet von Oskar Pfeffer und Hermann Lanz. Plötzlich ließ sie die Hand sinken, die eben den Zündschlüssel ins Schloss stecken wollte, und wandte sich mit einem überraschten Ausruf an Wally. Die bemühte sich gerade, ihren Sicherheitsgurt zu schließen, und ließ ihn jetzt vor Schreck los, sodass er mit einem Zischen in die Halterung zurückfuhr.

»Deine Mutter passt nicht ins Bild«, sagte Hilde.

Wally sah sie verständnislos an.

Lanz hatte keinen Kontakt mit ihr«, erklärte Hilde.

Wally schien noch immer nicht zu begreifen.

Hilde stöhnte genervt, schaffte es jedoch, nachsichtig zu fragen: »Ist denn Hermann Lanz je bei deiner Mutter zu Besuch gewesen?«

»Aber ja doch«, antwortete Wally. »Mama hat sich immer wie verrückt gefreut, wenn er gekommen ist. Er hat ihr vorgelesen, sie haben sich über dies und das unterhalten, manchmal haben sie sich auch zusammen Mamas kleine Münzsammlung angeschaut.«

Hilde umklammerte das Lenkrad mit beiden Händen, bis ihre Knöchel weiß hervortraten.

Irgendwann, dachte sie grimmig, irgendwann bekommt Wally von mir mal so eine gescheuert, dass es sie bis nach Dschibuti trägt.

Das Klingeln eines Handys brachte sie von etwaigen Strafmaßnahmen ab. Der Ton kam eindeutig aus dem Handschuhfach. Vermutlich hatte Thekla ihr Mobiltelefon im Auto zurückgelassen, als sie am frühen Nachmittag zum Haus des Dichters aufgebrochen waren.

Ohne lang zu überlegen, öffnete Hilde die Klappe und schnappte sich das Handy, das griffbereit auf dem ADAC Autoatlas lag.

Das Display zeigte eine ihr unbekannte Nummer an. Hilde starrte ein, zwei Sekunden darauf, bevor sie brüsk die Verbindung herstellte, und erstaunt Theklas Stimme an ihrem Ohr vernahm.

»Ich hatte gehofft, dass du drangehen würdest. Wo seid ihr gerade?«

Hilde sagte es ihr.

»Gut«, antwortete Thekla. »Gut, dass ihr noch nicht unterwegs seid. Ihr braucht uns nicht abzuholen. Du kannst meinen Wagen am Dorfplatz, wo du deinen geparkt hast, einfach stehen lassen und mit Wally nach Hause fahren.«

»Wollen euch die Klinikärzte etwa dabehalten?«, fragte Hilde alarmiert.

Thekla verneinte. »Wir sind bereits entlassen worden. Aber wir möchten noch in der Stadt bleiben, Essen gehen, uns unterhalten, den Abend miteinander verbringen.«

Gib es doch zu, dachte Hilde verärgert, ihr wollt auch die Nacht gemeinsam verbringen. Im Stadthotel vielleicht oder im Asam.

Eine Welle aus Enttäuschung schwappte über sie hinweg, denn irgendwie hatte sie damit gerechnet, dass sie, Thekla und Wally noch lange zusammensitzen und das Geschehene diskutieren würden. Aber Thekla zog offenbar Heinrich Held als Gesellschaft vor, schickte sie und Wally nach Hause wie ungebetene Gäste.

Offenbar deutete Thekla Hildes Schweigen richtig, denn sie sagte: »Oder habt ihr Lust, herzukommen und mit uns auszugehen?«

Da antwortete Hilde spitz: »Nichts liegt Wally und mir ferner, als eure Zweisamkeit zu stören.«

»Es tut mir leid«, erwiderte Thekla darauf ernst. »Ich habe in meiner Hast, dich zu erreichen, gar nicht bedacht, wie wichtig es für uns alle ist, die Ereignisse durchzusprechen. Bitte kommt her. Wir treffen uns im La Piccola.«

Hildes Grunzen konnte mit einiger Phantasie als »Okay« gewertet werden.

Plötzlich lachte Thekla laut auf. »Ich muss Schluss machen, Hilde, und hier ganz schnell etwas aufklären. Sepp Maibier randaliert gerade im Klinikum vor der Pförtnerloge. Soweit ich mitbekomme, denkt er, Wally sei am Granzbacher See angeschossen und schwer verletzt hier eingeliefert worden. Im ganzen Landkreis scheint die Gerüchteküche zu br—«

»Thekla, Thekla, halt, warte!«, schrie Hilde frenetisch, um zu verhindern, dass Thekla auflegte, bevor sie noch mal zu Wort kam. »Hörst du mich, Thekla?«

»Ja«, tönte es unter Nebengeräuschen aus dem Hörer. »Was —?«

Erneut ließ Hilde sie nicht ausreden. »Den Teufel wirst du tun, Thekla. Du wirst gar nichts aufklären und gar nichts richtigstellen. Du wirst dich, verdammt noch mal, klammheimlich verdrücken. Soll Maibier doch persönlich das gesamte Klinikum durchkämmen. Soll er doch randalieren, toben und verrücktspielen, bis sie ihn abführen und festsetzen. Wir lassen ihn am ausgestreckten Arm verhungern, Thekla.«

Theklas Antwort kam — von Kichern und Glucksen schier erstickt — recht unartikuliert, aber klipp und klar bejahend.

Umso deutlicher hing im Raum, was Wally dazu zu sagen hatte: »Himmelmutter.«

Danksagung

Ohne die geduldige Hilfestellung meiner guten Freunde Uschi und Franz hätte ich diesen Kriminalroman niemals schreiben können. Sie haben mich mit Informationen über das Bestattungswesen versorgt, haben mir Einblicke in die Materie verschafft, haben alle meine Fragen mit liebenswerter Nachsicht beantwortet. Uschi und Franz sind sozusagen die unsichtbaren Drahtzieher hinter der Geschichte.

Ich möchte Sie, verehrte Leser, jedoch dringend bitten, keine Parallelen zwischen meinen Freunden und den Figuren in diesem Buch zu ziehen – selbst wenn es welche geben sollte.

Wie immer danke ich auch meinen Kindern und Schwiegerkindern (überwiegend Ärzte) für ihre Unterstützung und meinem Mann für seine Gelassenheit; dem Team vom Emons Verlag für den unermüdlichen Einsatz und Dr. Matthias Auer von der Aulo Literaturagentur für seine Gründlichkeit.

Und ganz zum Schluss danke ich Stefanie Rahnfeld, meiner Lektorin, die mir seit meinem Debütroman treu geblieben ist und mir viel beigebracht hat. Was wäre ich ohne sie?

Jutta Mehler
MOLDAUKIND
Gebunden, 304 Seiten
ISBN 978-3-89705-452-3

»Ein äußerst lesenswertes und spannendes Stück Zeitgeschichte.«
Donau-Anzeiger

»Eine eindrucksvolle Familiensaga.«   Süddeutsche Zeitung

Jutta Mehler
AM SEIDENEN FADEN
Gebunden, 240 Seiten
ISBN 978-3-89705-504-9

*»Ein außergewöhnliches, mutmachendes Buch über eine intensive
Mutter-Tochter-Geschichte.«*   Donau-Anzeiger

*»Das Schicksal eines todkranken Teenagers, frei von Weinerlichkeit
und voller Humor.«*   Buchmarkt

www.emons-verlag.de

Jutta Mehler
HONIGMILCH
Broschur, 208 Seiten
ISBN 978-3-89705-784-5

»*Düsterer Wald, eine Frauenleiche und eine neugierige Hausfrau – mit Jutta Mehlers ›Honigmilch‹ um die Hobbyermittlerin Fanni Rot gibt es nun einen weiteren spannenden Krimi mit Lokalkolorit – nicht nur für Niederbayern lesenswert.*« BR, Abendschau

»*Ein munterer, rasanter, ironisch gefärbter Krimi.*« Passauer Neue Presse

Jutta Mehler
SAURE MILCH
Broschur, 208 Seiten
ISBN 978-3-89705-688-6

»*Jutta Mehler hat einen Volltreffer gelandet. Aus dem Leben gegriffen, bisweilen schreiend komisch sind ihre Beobachtungen und Detailschilderungen.*« Deggendorfer Zeitung

»*Ein ebenso spannend wie durchaus humorvoll geschriebener Krimi.*« Bayern im Buch

www.emons-verlag.de

Jutta Mehler
SCHADENFEUER
Gebunden, 288 Seiten
ISBN 978-3-89705-580-3

»Jutta Mehler schafft eine verblüffende Harmonie von bitterer Realität und mystischer Spiritualität.« Passauer Neue Presse

»Wohltuend karg, realistisch und pointiert.« Unser Bayern

Jutta Mehler
MILCHRAHMSTRUDEL
Broschur, 208 Seiten
ISBN 978-3-89705-963-4

»Ein spannender Krimi mit einer eindrucksvollen Protagonistin, bezauberndem Lokalkolorit, trockenem Humor und nicht nur für Niederbayern lesenswert.« Buchjournal

»Wie stets in den Krimis der niederbayerischen Autorin kreist auch in Fannis fünftem Fall die Handlung um einen sozialen Brennpunkt. Spannend. Sehr gern empfohlen.« ekz

www.emons-verlag.de

Jutta Mehler
ESELSMILCH
Broschur, 224 Seiten
ISBN 978-3-95451-006-1

»Hochspannend und schreiend komisch.«

Jutta Mehler
MILCHSCHAUM
Broschur, 208 Seiten
ISBN 978-3-89705-803-3

»Eigenwillig, mit beachtlicher Menschenkenntnis und bayerischer Bodenhaftung löst die bayerische Miss Marple ihre Fälle im dörflichen Mikrokosmos. Ein großes Lesevergnügen.« Deggendorf Aktuell

»Langsam, aber sicher wird die Bernrieder Romanautorin Jutta Mehler ihrer englischen Kollegin Agatha Christie immer ähnlicher.« Wochenblatt Zeitung

www.emons-verlag.de

Jutta Mehler
MAGERMILCH
Broschur, 208 Seiten
ISBN 978-3-89705-898-9

»Jutta Mehler hat sich innerhalb weniger Jahre eine breite Leser-schicht erschlossen. Mit Menschenkenntnis und Humor zeichnet sie ihre Figuren, und mit Ironie spinnt sie die Fäden der vertrackten Geschichte.« Bayerwald-Bote

Jutta Mehler
DER KLEINE FLÜCHTLING
Gebunden, 288 Seiten
ISBN 978-3-95451-090-0

»Alle Erzählstränge und Lebenslinien verknüpft Jutta Mehler zu schicksalhaften Begegnungen, die bisweilen erschütternd drastische Folgen haben. Beim Lesen lässt sich nur erahnen, wie viel Recher-chearbeit die Bernrieder Autorin investiert hat. ›Der kleine Flüchtling‹ ist trotz aller fiktiven Einschübe ein sehr realistischer Roman.«
Deggendorfer Zeitung

www.emons-verlag.de